Sword Art Online 刀劍神域外傳

Gun Gale Online 10

Five Ordeals

Sword Art Online Alternative
Gun Gale Online 10
Five Ordeals

時雨沢恵一
KEIICHI SIGSAWA

插畫／黑星紅白
KOUHAKU KUROBOSHI

原案・監修／川原 礫
REKI KAWAHARA

Kadokawa
Fantastic
Novels

Sword Art Online Alternative

GUN GALE ONLINE 10

Five Ordeals

CONTENTS

Sword Art Online Alternative
Gun Gale Online
Five Ordeals

Sword Art Online刀劍神域外傳

GUN GALE ONLINE

10

Five Ordeals

時雨沢惠一
KEIICHI SIGSAWA

插畫／黑星紅白
KOUHAKU KUROBOSHI

原案・監修／川原 礫
REKI KAWAHARA

Kadokawa Fantastic Novels

SECT.1

第一章　女孩的Step step

二〇二六年八月二十九日。星期六。

小比類卷香蓮被西山田炎狠狠甩掉，在ＫＴＶ裡連續唱著神崎艾莎的歌直到喉嚨快要扯破之後。

「呼哈咿……」

「太拚命了，小比。不過……妳……真的很酷喲。我重新迷上妳了。痛快一點了嗎？看開了嗎？」

「唔哈呼……」

「哦，這樣啊。幹得好。好了，喝吧喝吧！」

橫長房間的角落裡，疲憊不堪的香蓮正仰著身體坐在沙發上。身邊可以看到美優正把冰毛巾放到好友額頭上，並且把冰紅茶的吸管送到她的嘴裡。

然後美優的身邊，幾乎是房間的中央，戴著較大帽子的神崎愛莎與身穿西裝的阿僧祇豪志正坐著——

「艾……艾莎小姐！我……我們可以問問題嗎！」

「可以嗎！」「拜託了！」「請答應吧！」「求妳了！」「Please！」

接著他們的對面，也就是房間的另一邊則坐著一群元氣十足地舉著手的女高中生。

就是大家相當熟悉的，香蓮就讀的女子大學附屬高中部新體操社的六個人。為了提升隊伍的默契而所有人都操作又強又恐怖的角色來享受GGO，在SJ裡以SHINC這個名稱為人所知的娘子軍。

她們六個人被美優叫來KTV，然後在這裡知道了令人驚愕的事實。

在GGO裡肆虐的破壞與殺戮之女Pitohui，其真實身分是——

SJ2裡對遊戲加上「角色死亡就自殺」這種賭上真實性命的限制。而做出此等變態行為的人——

就是她們所有人都相當喜愛，當今日本數一數二的人氣女性創作歌手——神崎艾莎。

剛才在香蓮熱唱時一直幫忙和音的六個人，等到香蓮唱完歌後當然會想對憧憬的歌手提出各種問題。她們別的沒有，就是有元氣。因為她們都還很年輕。

艾莎這時候正把愛用的吉他收進軟盒裡……

「OKOK！能像這樣在現實世界裡認識也算是緣分！就特別告訴妳們只有相當親近的人才能知道的事情吧！只不過，不能放到網路上。大家要收在自己的心裡喔！」

像這樣乾脆地回答完後，就讓豪志拿著吉他盒，接著把喜愛的黑咖啡喝進喉嚨裡。順帶一提是冰咖啡。

她身邊的豪志小心翼翼地拿著吉他盒，沒有開口說話只是保持著沉默。

接著伸出一隻手，把同樣沒有加奶油與砂糖的黑咖啡移到嘴邊——

唔。

然後輕按住絞痛的胃。

就像這樣的豪志完全不存在於中間一樣……

「那是當然了！我們會仔細把它收藏在小小的胸中！」

ＧＧＯ裡是伊娃，或是被伙伴們稱為老大的女高中生——新渡戶咲眼睛閃閃發亮並且這麼大叫。

「在這裡聽見的事情死掉後 會帶到墳墓裡面！我發誓一定會遵守誓言！違反的話殺了我都可以！It's女人的約定！大家——聽到了嗎？」

「是的！」「嗚啦！」「Ｙｅｓ！」「了解了！」「遵命！」

「唔嗯，很棒的回答。就相信妳們吧。什麼都可以問沒關係。」

艾莎用的不是電視節目裡嫻靜的口氣，而是簡直就像Pitohui在回答一樣，但六個人完全不覺得不對勁只是眼睛閃閃發亮。這些都變成不重要的小事了。看來不論是哪一邊都沒關係。

「那……那——神崎艾莎小姐！雖然有些冒昧，但就由我這個社長新渡戶咲代表提問！我們，不對，請告訴我們全世界都想知道的事情吧！」

咲挺直了背桿，隔著豪志與艾莎相對。

咲雖然是新體操社裡個子最小的，但艾莎卻比她更矮。但美麗臉龐掛著大膽笑容的艾莎，跟辮子筆直下垂且露出緊張表情的咲剛好形成對比。

剩下的五個人也以謁見國王的騎士般面容來望著艾莎。

「嗯，主語的範圍太廣了吧！好吧，記者小姐。盡量問吧。能夠回答的我全部都會說給妳聽。也就是說，不能回答的我一個字都不會透露。」

「太光榮了！那麼就拜託妳了！首先是關於神崎艾莎這個優美的名字！這是本名嗎？」

「不，是花名。」

也就是藝名。

「本名是祕密。」

「那麼那麼，我絕對不會問本名，不過可以說一下這個美麗藝名的由來嗎？」

興奮不已。六個人眼睛閃閃發亮等待著回答。

同一時間，隔著豪志、艾莎以及香蓮坐在沙發另一端的美優也側耳傾聽。這是什麼內幕我沒聽過。好想知道。太想知道了。

艾莎露出燦爛的笑容。

「嗯，其實說起來也不是什麼大不了的理由。就是很久以前的電影，我喜歡裡面壞人的姓氏，下面的名字想用片假名，想了很多唸起來都覺得不太對，最後才浮現這個名字。」

「哦～」

咲以及其他女高中生的眼睛開始發光了。

原來是這種理由啊！喔喔，首次知道神崎艾莎的命名祕密！

「…………」

美優保持著沉默。

瞄了香蓮一眼後……

「…………」

可能是累了吧，依然像灘爛泥的香蓮也是無言且無反應。

「那麼下一個問題！請告訴我們妳幼年時期的事情！艾莎小姐，妳是如何度過幼年時期的呢？」

咲丟出下一個問題，艾莎輕鬆地回答：

「這個嘛，很普通喲。不能告訴妳確切的地點，不過是日本的偏鄉。」

「哦！」

在兩道聲音包夾之下的豪志——

不論是藝名還是幼年時期，真虧她能立刻想出來。

豪志如此靜靜地想著。

他很清楚。艾莎正在說謊。也知道艾莎完全沒有打算說真話。

「我不會問確切的地點，不過就算是鄉下，每個人的印象也都不一樣。那是個什麼樣的地方呢？」

「嗯，一個學年只有一班，而且每班只有幾個人的學校。」

「哦哦。附近沒有咖啡廳、可麗餅店或者ＫＴＶ之類的嘍？」

「是啊是啊。說到玩樂的地方就只有在山裡面亂跑，大概就是那樣的偏鄉。」

騙人的。豪志從艾莎那裡聽說過所以知道。

艾莎是在美國，加州的洛杉磯度過幼年時期。

雖然靠近郊外但絕非什麼鄉下，說起來根本連日本都不是。

「哦哦。是在充滿大自然的土地長大的嗎？那麼，請艾莎小姐談談父母親吧！可以問一下他們的職業嗎？」

「嗯，我們整個家族都是從事林業。爸爸跟祖父都是每入野山，伐樹造物，以謀生立地。我聽說祖先從江戶時代就在那裡從事製炭業。爸爸是使用電鋸的名人，可以削巨大的木頭靈巧地製造出各種東西。總之是個很喜歡樹木的人。」

「哇！」

全是謊話。豪志從艾莎那裡聽說過所以知道。

雖然不清楚江戶時代的祖先，但艾莎的父母親是古典樂的演奏家。兩個都是日本人。但是出生地的日本卻幾乎沒有人認識他們。然而在海外的古典樂迷之間卻是相當知名的夫婦。

母親是鋼琴家。父親是小提琴家。

所以父親根本不會使用電鋸。不知道是不是很喜歡樹木。不過小提琴確實是由木頭製成。

他們是因為巡迴演出而在全世界旅行的人，經濟相當寬裕。而他們沒有正式發表女兒的存在，據說是害怕「閨女」被捲進綁架等犯罪事件當中。

所以即使翻找八卦雜誌，也很難發現艾莎的過去吧。

「然後我是家裡的四女。上面還有三個姊姊。」

「這樣啊！」

「嗯，是個很熱鬧的家庭喲。我從小就在這樣的環境下打打鬧鬧地長大。」

「哇！」

純粹是謊言。豪志從艾莎那裡聽說過所以知道。

艾莎是獨生女。

雙親生下了艾莎。

然後——完全沒有撫養她。那個時候對那兩人最重要的是回應全世界聽眾的期待。

從嬰兒時期就在褓姆，以及之後的保育員包圍下成長，艾莎要好幾個月，甚至是半年才會見到雙親一次。

幼年時期的艾莎，記憶中父母的臉龐不是來自於從地球另一端短暫通話時的平板電腦，就是從國外專門雜誌的封面。

「那妳是個好動的女孩子嗎？」

「那是當然了。小學是在必須越過兩個山頭的地方。冬天時會下雪，也只能請父母接送，除此之外不論是刮風下雨都跑是在深山亂跑來上下學。常會捏扁半途看到的青蛙或者蛇！啊啊，真令人懷念。」

「嗯……太厲害了！」

太會騙人了。豪志從艾莎那裡聽說過所以知道。

艾莎是天生身體就很虛弱的女孩子。

她罹患了呼吸器系統的痼疾。稍微逞強活動一下就會呼吸困難，嘗到宛如溺水般的痛苦。

從幼年時期開始，寬敞的家就是她的整個世界，幾乎從來沒有到可能會讓病情惡化的外面去過。

即使如此，艾莎還是因為發作而好幾次瀕臨死亡。即使生活在陸地上，還是數次嘗到溺水般無法呼吸的痛苦。在極為煎熬且朦朧的意識當中……

「那個孩子不久後就會蒙主寵召了吧。」

好幾次從醫生口中聽見這句話。

醫生之後一定又會跟保育員說這句話。

「不找她的父母親來嗎？」

艾莎每次都有這樣的想法。

這次終於可以輕鬆了？

能死了嗎？

「真的是很狂野的幼年時期耶！」

「是啊。現在想起來，是有點，不對，是非常小屁孩的時期。不過呢，我一直一直覺得那就是『普通』的生活喲！」

只有這句話不是說謊。豪志從艾莎那裡聽說過所以知道。

有錢人的父母親總是不在身邊，沒辦法離開豪華的家裡，一直為呼吸疾病所苦，好幾次都快踏入鬼門關的艾莎。就連這種時候，還是在世界各地巡迴，沒辦法立刻陪伴在身邊的雙親。

但她確實認為這是「普通」的情形。一直覺得其他所有的小孩子或多或少也是這樣活著。

因為沒有跟其他孩子交流的機會，甚至連看電視都不被允許，仰賴雙親鼻息的醫生與保育員也不太告訴……應該說幾乎不告訴艾莎實情。

不知道這是不是父母親，為了不讓活在明天可能就會死亡的狀態下的艾莎，有過多期待的體貼。

「小學高年級時又如何呢？生活有什麼變化嗎？當時感興趣的事情是？會聽音樂嗎？」

「小咲，妳很會訪問耶！這個嘛，生活應該沒有什麼變化吧。音樂的話，當時聽了許多類型吧。從周遭朋友都在聽的流行歌入門，覺得有趣後瘋狂地聽了各種歌手，入手智慧型手機後就利用串流媒體，盡情地選取各種音樂。」

「原來如此！艾莎音樂的原點嗎！」

漫天大謊。豪志從艾莎那裡聽說過所以知道。

從超過十歲開始，艾莎身體的狀況就慢慢好轉了。

當然還是不容許大意，實際上那時候也好幾次瀕臨死亡——但是次數已經緩慢，且確實地減少了。

即使如此，她還是一直在家裡長大。所以根本沒有上小學與國中。

學習全都靠家庭教師。就是有錢的雙親聘請了好幾名優秀的家庭教師來教育艾莎。

艾莎雖然有機會獲得又廣又深的知識，但唯一的例外就是音樂。

除了自己極度喜愛的古典樂之外，雙親就堅定地不允許艾莎聽其他音樂。一直嚴格地限制電視、廣播以及網路環境等等。

每天過著不會挨餓受凍，但是只能待在豪華宅邸裡不能外出的生活。

簡直就像是籠中鳥一樣。

當時的艾莎認為那也是「普通」的情形。

「那麼時間繼續推進，請告訴我國中生時期的回憶！」

「嗯？什麼樣的？」

「抱歉，太模糊了。國中生的時候，我記得自己正值青春期。發生了許多辛苦、具衝擊性的事情。艾莎小姐當時有沒有什麼對人生造成衝擊的事情呢？」

「這個嘛。嗯……衝擊嗎？」

「怎麼樣呢？」

「應該沒有吧。其實頗為普通，就像是小學的延長一般。」

又在說謊。豪志從艾莎那裡聽說過所以知道。

國中生時——說起來艾莎完全沒有上過國中，所以實際上算是十三四歲時，艾莎發生了可以說是人生轉機的事情。

出生之後比父母親更常陪伴在她身邊的呼吸器系統疾病消失了。完全治癒了。

理由不知道是她自身的生命力還是醫學的進步，又或者是兩者皆是。也或許只是運氣好罷了。

不過，只有這一點是事實。

艾莎再也不需要過著擔心明天可能會死亡的生活。

同時……

「結果沒能死成。」

也有了這樣的想法。

明明是那麼地痛苦，那麼深切地想著能夠一了百了就好了。明明希望能夠就那樣結束人生。明明是那麼地期盼死亡。

結果還是沒死。

這是她人生裡極具衝擊性的事件。

「原來如此……那麼，跟現在的我們同年紀時又如何呢？我們因為許多事情而煩惱，也遇到不順遂的情況，同時為了升學等將來的事情而非常不安！不過還是享受跟朋友以及社團伙伴在一起的生活與玩樂，當然也享受著ＶＲ遊戲！請告訴我們艾莎小姐高中時期的事情吧！」

「嗯……青澀的感覺真令人羨慕！當然我也有這種青澀的時期喲！」

「哦！是怎麼樣的青澀感呢？白泡泡幼咪咪的少女嗎？」

「竟然知道這麼冷門的詞。嗯，高中時期嗎～明明才過不到十年，卻已經有懷念的感覺。

嗯，怎麼說呢，就是『享受著普通』吧。」

「哦，妳的意思是？」

「嗯，就是像個高中生那樣好好地用功，不過也盡情玩樂。和朋友去唱歌、大吃甜食。因為是女校，所以跟戀愛沒什麼緣分就是了。」

這部分算是真假參半吧。豪志從艾莎那裡聽說過所以知道。

呼吸器系統的疾病治癒之後，艾莎從高中開始就能毫無問題地上學了。

結果雙親在老家洛杉磯近郊找到住校制的學校，接著就準備把女兒丟到那裡去。

理由當然是夫妻必須持續在全世界各地巡迴演出。讓女兒住進宿舍的話，家裡就不用照顧她了。

但這時候越洋出現一道「等一下」的聲音。

橫跨太平洋與國際換日線來插嘴的是艾莎的祖父母。正確來說是母親這邊的雙親。

母親原本一直以人在美國以及頑疾作為理由來擋住父母多嘴，但疾病痊癒之後情況就不一樣了。

對父母親沒有好好照顧艾莎感到痛心的祖父母，對艾莎提出要不要到日本生活的提案。

明明一直丟下艾莎不管的父母親強烈地反對，但艾莎卻立刻做出決定。決定跟見面次數用一隻手就能數得出來的人，在出生以來從未「去過」的國家一起生活。

當時應該發生了相當劇烈的「摩擦」，但詳細情形豪志也沒有聽說。只知道艾莎最後貫徹了她的意志。

就這樣，艾莎隔了十五年才又踏入日本的土地，在東京近郊開始跟祖父母一起生活。

祖父母是宛如把安祥當成衣服穿在身上走路的人。他們非常疼愛唯一的孫女艾莎。

開始在祖父母家附近的女子高中上學的艾莎，體驗到出生之後首次的「普通生活」。

對於之前一直在美國，而且只能在家裡活動的艾莎而言，自從「出生後隔了許久才再次來到祖國所過的普通生活」完全就是「異世界」。

「自己就像個異形一樣。」

艾莎曾這麼說過。

雖然感覺到強烈的文化衝擊並煩惱、困惑，但艾莎也享受這些事情。

她順利融入日本的生活，立刻學習如何與高中的朋友這種首次出現的存在相處，然後完美地完成所有事情。

豪志認為艾莎絕對不是習慣了日本社會這個異世界。只不過，她的適應力高到能夠享受這個異世界。

這個時期，艾莎首次聽見古典樂之外的音樂。認識了在日本流行，以及在世界流行的一般歌曲與歌手。她貪婪地聽著各式各樣的音樂。

艾莎就像是終於從鳥籠中解放出來般，享受著極其自由、平穩，也就是普通的生活，只不過——

在她心底深處蠢動的，宛如岩漿般的物體並未消失。

「人總有一天會死。」

「那麼，自己什麼時候會死呢？」

「那麼，自己會如何死亡呢？」

然後……

「其他人又是如何呢？」

「是從那個時候開始想成為歌手的嗎？」

「不是。是在那之後，也就是高中畢業才這麼想的。」

「什麼！那麼，又是類似的問題。高中時期最有印象的是什麼事情呢？」

「……嗯……是什麼呢？有點難耶。悠閒的每一天都很快樂。那三年裡……沒有特別留下印象的事情耶。」

這也是謊言。豪志從艾莎那裡聽說過所以知道。

艾莎的祖父母在她高中三年級時相繼過世。艾莎連續送了他們離世。

高齡人士罹患疾病，然後瞬間變得衰弱並且過世，在某方面來說這也是沒辦法的事。

但是，連續失去好不容易才能一起生活的家人應該很難過才對。

豪志完全沒有聽過艾莎提及當時的心情，不過——

艾莎對於死亡的憧憬，是否來自於「死掉的話就能見到祖父母了吧？」的想法，或者是「願望」呢？

豪志是這麼認為。

但是沒有確實的證據。

「請說說高中畢業之後，以成為歌手為目標時的事情。首先，想成為歌手最大的理由是什麼呢？」

「這個嘛……嗯……怎麼辦才好呢～」

「這個答案是祕密嗎？如果是的話，請讓我取消問題！」

「沒有啦，也不是什麼祕密。該怎麼說呢。」

「怎麼說？」

「不是什麼帥氣的理由啦。」

「意思是？」

「嗯，老實說，是想賺大錢啦。為了達成這個目的，就想自己最有機會的是什麼職業！結果就是歌手。」

騙人的。豪志從艾莎那裡聽說過所以知道。

想成為歌手最大的理由不是為了錢。

簡單說起來就是為了祖父母。

高中生的時候，祖父母稱讚了艾莎的歌唱。

那是她從孩提時期就獨自一個人進行的遊戲。

當時唯一能聽古典樂的她，把旋律改編後寫成新的歌曲。艾莎就哼著那些旋律，或者加上歌詞唱出來。

聽了她的歌後，祖父母這麼說。他們說「艾莎有成為歌手的天分」。

那個時候仍是高中生的艾莎，認為那是疼愛自己孫子所說的客套話。剛好那也是她認真享受普通人生的時期，所以完全沒有想過能成為真正的歌手。

但是連續失去祖父母後，艾莎有了這樣的想法。

她想著：「說不定他們兩個人說的是對的？」

然後艾莎又這麼想。

她想著：「希望能讓那兩個人是正確的！」

「我覺得為了錢完全沒關係喔！我將來也想變成有錢人！那麼，實際開始朝夢想前進的狀況如何呢？一路走來有什麼祕辛嗎？」

「當然有辛苦、快樂、困擾、悲傷等種種事情，也有過『搞什麼嘛』的想法——嗯，現在能有這樣的成果，也算是苦盡甘來了。雖然出道之前發生過許多事情，但也有一些內部必須保密的事情，所以這裡不能透露太多。」

不知道是真是假。豪志從艾莎那裡聽說過所以知道。

艾莎出道的過程絕對稱不上輕鬆。

首先，艾莎是一邊打好幾份工一邊學習各種知識。

當然也努力於音樂的研究與歌曲創作——不過最為重視的是學習理財。這是為了將來能完美地掌控自己的財務狀況。

雖然想成為歌手的最大理由不是因為錢，但是艾莎相當清楚人生也需要金錢。

艾莎在孩提時期就花了許多治療費用。沒有雙親經濟上的庇護，她就真的活不下去了。

所以她在金錢方面總是比別人認真許多。

艾莎雖然繼承了祖父母的遺產，但是過著低調生活的兩個人，以金額來看實在沒多少。

然而她完全不求助於雙親。高中時期對方雖然匯入一定程度的生活費，但畢業之後就改變銀行帳號，完全拒絕了對方的金錢。

豪志完全不清楚那個時候艾莎的雙親有什麼反應，因為艾莎從來沒有對他提起過。

只是艾莎曾經這麼說過。

她說「自己已經是無根的浮萍了」。

所以豪志便想像她真的是連根斬斷了與父母親之間的關係。

豪志實際見證了就這樣朝著歌手這個目標邁進的艾莎。因為剛好是他成為跟蹤狂，因為各種事件而變成僕人的時候。

因此接下來就不是聽說，而是他實際見到的事情。

艾莎為了成為歌手盡了絕大的努力。白天時打好幾份工，晚上則到夜校學習管理學。

然後某一天，超級大的「幸運」降臨到她頭上。

世界上首次的完全潛行型・大規模多人同時參加型網路RPG「Sword Art Online刀劍神域」，簡稱SAO。艾莎因為覺得可以在異世界大肆殺戮，而從封測時期就瘋狂地玩著這款遊戲。

所謂的幸運就是遊戲正式營運開始當天，跟到第一家賞識自己的音樂事務所拜訪的日子剛好同一天。

對於死亡與破壞有所憧憬的艾莎，因為無法參加變成真正死亡遊戲的ＳＡＯ而憤怒到忘我。豪志到現在仍懷念那個時候被折斷的肋骨所帶來的痛楚。

艾莎雖然感嘆那是「不幸」，但豪志即使到今天仍擅自認為那是「她人生的三大幸運」其中之一。

那家音樂事務所嚴格地鍛鍊了仍是新人的艾莎。「因為那家事務所才有現在的我」，甚至是已經獨立的現在，她還是經常公開表示這樣的感謝之意。

順帶一提，剩下的兩個幸運之一是這個世界存在她的祖父母這樣的人。然後最後一個則是這個世界存在小比類卷香蓮這樣的人。如果沒有遇見這三者，艾莎的人生將會完全不同吧。

而豪志的人生也是一樣。

豪志是這麼想的。

如果下下下個左右的幸運，是「有自己存在」就好了。

當然對豪志而言，世界上有艾莎存在是人生最大的幸運。

「原來如此……然後才會出道，有閃耀的現在……」

「啊，有件事情忘了說。」

「好的。是什麼事呢？」

「謝謝大家接受我的歌。」

「So……So……So……So——」

「SoSoSo？剛才的歌應該是『Ci』大調喲。」

「So apprehensive！我——我們才應該感謝神崎艾莎呢！謝謝妳唱出那麼棒的歌曲！」

「嗯，不客氣。不過我要再次感謝各位。因為大家承認我是歌手，我才能持續唱下去。然後——」

「然後……？」

「才能在GGO買新的狙擊槍！」

「咕哈！說得也是，真的是這樣，艾莎小姐是操縱Pitohui的人……在這裡不會談及身為Pitohui的行動，不過請讓我說一句話。再次重申，在那個世界也受到妳許多照顧。然後接下來在GGO裡也要請您多加指導與鞭策！」

咲說完之後，所有社員就……

「請多多指教！」

異口同聲地說道並且低下頭來。不愧是體育社團的社員。

「這麼年輕還知道這麼如此艱澀的用詞啊。好喔～！當然沒問題了！我可以指導！也可以拚命鞭策！那麼——下次一起解任務吧？」

「可……可以嗎？」

「為什麼不行？喜愛GGO的伙伴，下次一起享受遊戲吧！妳們知道下個月五日從正午開始有新的任務上線嗎？所有人必須從十二點整一起開始，最快完成攻略的中隊可以獲得大量經驗值與金銀財寶！」

「太好了！那一天的話，我們也OK！原本大家就想要跟平常一樣潛行了！」

「Nice！我們的四個人和——邀約成功的話還有夏莉克拉雙人組，再加上妳們六個人！共十二人的最強小隊好好地大鬧一番吧！」

「我們參加！請讓我們參加吧！」

「很好！那麼，也讓那邊的香蓮小妞聽聽妳們對本次任務的抱負吧？」

「好的！——香蓮小姐！下次一起戰鬥吧！請多多指教！」

由於咲以及她旁邊的五個人傳送過來筆直的視線……

「咦？嗯，好……好的……」

癱在房間角落的香蓮，那一天也沒有像是約會還是約會或者是約會的特別行程，所以身為蓮的她也沒辦法逃走了。於是就決定一起挑戰任務。這就是艾莎狡猾的地方。

「哦，我也要喲！」

像是理所當然般，美優咧嘴笑了起來並豎起大拇指。

六名女高中生裡的一人，金髮的米蘭以低調的聲音向咲搭話。

「那個……老大……」

「什麼？」

「我可以問艾莎小姐一個問題嗎？」

「嗯。」「好喔。」

咲與艾莎兩個人同時回答。

米蘭的藍色眼睛確實看著艾莎，接著詢問：

「神崎艾莎型號的吉他……不對，是真正的艾莎小姐愛用的吉他，手指按壓的檔子部分貼有走路白貓以及其足跡的貼紙對吧。艾莎小姐也喜歡貓嗎？家裡有養貓嗎？」

「嗯，喜歡喲。不過我沒有養。其實我對貓過敏。」

全是謊言。豪志從艾莎那裡聽說過所以知道。

艾莎祖父母的家裡養了三隻毛色與模樣完全不同的貓。牠們受到非常非常優渥的照顧。黑貓是性格最為尖銳的「Spica」。身體相當大的紅褐色貓咪叫「Antares」。最後是漂亮到炫目的白貓「Canopus」。這些全都是行星的名字，很像是喜歡天文學的祖父會取的名字。

艾莎也打從心底疼愛這三隻貓。她說對貓過敏完全是謊話。

但是祖父母相繼過世之後，三隻貓也離開艾莎身邊了。

不是貓咪們自行決定離開。是祖父母的遺言裡早就決定好接下來幫忙飼養的人選了。要照顧三隻貓其實頗為辛苦。祖父母的房產在他們死亡後只能出售，艾莎沒辦法繼續住在那裡。

這或許是雙親——祖父母為了不給將要獨自生活，而且是人生首次獲得真正自由的艾莎多添加負擔的貼心舉動吧。

艾莎因為太喜歡那幾隻貓了，所以不想飼養新的貓。

聽見這件事時，豪志就這麼說道。

「我也喜歡貓。我覺得可以養貓。」

結果艾莎這麼回答：

「寵物的話，現在有豪志在就夠了。」

接著滲出感動淚水的豪志就被狂扁了一個晚上。

言歸正傳。

艾莎現在也沒有養貓。

相對的，在她愛用且最重要的工作用具，也就是吉他的檔子部分貼上貓咪貼紙。然後前方貼上足跡貼紙。模特兒是跟艾莎最親近的白貓Canopus。

意思是「即使只有一點點距離，也要一步一步地前進」。也就是「按部就班」的意思。

豪志看得很清楚。

艾莎雖然沒有彈出聲音，但手指還是靜靜地滑過該處。

「謝謝！」

米蘭隨著道謝低下頭來。

「真的太感謝了！」

咲接下去說道。

「我們差不多該告辭了！我們不會詢問艾莎小姐的聯絡方式！所以請讓我們跟Pitohui小姐取得遊戲相關的聯絡！這就是老大的帳號！」

咲對艾莎遞出智慧型手機，艾莎也將自己的智慧型手機靠過去，然後接收情報。

咲把接收了重要情報的智慧手機抱在胸前後……

「今天在這裡的所見所聞是只屬於我們的祕密！即使死亡還是受到拷問，都不會透露給別人知道！」

以嚴厲的表情這麼說道。所有社員都跟著一起點頭。

艾莎露出燦爛的笑容……

「嗯，謝謝。能這樣就太好了。沒錯……香蓮的失戀是只屬於我們的祕密……」

「嗚！」

逐漸復活的香蓮在房間角落再次發出苦悶的聲音。一八三公分的身體像蛇一樣扭動著。

「姊姊真是狠耶～」

美優才剛邊撫摸好友的背部邊這麼說……

「別擔心啦。兩個月半後失戀的傷口就會完全痊癒，一切會變成快樂的回憶喲。不是說他人的謠言什麼七十五天的。美優妳至今為止都是這樣吧？」

艾莎就如此表示並且眨了一下眼睛，結果……

「啊哈哈……」

香蓮就露出疲憊的表情並微微一笑。

她旁邊的美優則是一臉認真地回答：

「咦？我不用三天喲，怎麼了嗎？」

咲她們回去後，「小比類卷香蓮被甩紀念KTV大會」就結束了。

大吃大喝之後的費用由豪志用公司的信用卡來支付了，所以實質上是艾莎請客。

「那個，今天晚上真的不用陪妳嗎？不用陪妳洗澡沒關係嗎？」

跟不斷做出同性性騷擾發言的艾莎告別後，香蓮踏上徒步回家的歸途。

「那下週一起解任務喲！好好大鬧一番吧！」

艾莎以口罩擋住臉，跟拿著吉他盒的豪志一起消失於停在計時停車場的車子裡。

這時搭的不是平常那輛烏亮的高級車，而是瀟灑且流行色的小型家用車，這應該是為了行動不被人發現的手段吧？

另一方面，為了偷窺香蓮的約會特地搭最早班機從北海道來到此地的美優……

「不好意思，讓我借住一下唄～我可以聽妳抱怨到早上！就像小比對我所做的那樣！」

她一邊這麼說一邊來到香蓮身邊。

星期六晚上的繁華街道上行人相當多，默默走了一陣子的兩人，最後來到人少的巷弄……

「美優——」

「怎麼了？哎呀，要為了今天的事情發脾氣的話，等進到房間裡再說吧。」

「不是啦，我沒有生氣。謝謝妳。」

「我就說吧～嗯，別跟我客氣啦。」

「倒是，關於艾莎小姐剛才的發言……」

「啥？噢。妳果然想跟她共度一宿嗎？」

「不是啦！是小咲提問，艾莎小姐回答的那些事情。」

「噢，那個嗎？」

「我想那混雜了不少謊話。應該說，幾乎沒有透露什麼實情吧？」

「嗯，我想也是。我也聽得出來。雖然小咲她們似乎露出毫無懷疑的純潔眼神相信了她。艾莎大姊……依然是個深不可測的人啊……」

「還有——」

「嗯？」

「在旁邊保持沉默的豪志先生，看起來應該知道所有的實情。」

「我想也是。」

時髦且有著流行顏色的小型車跑在流動的首都高速公路上。

車子內部，坐在後面右側座位的艾莎從盒子裡拿出吉他來抱著……

「哼～哼～哼嗯、哼哼哼～嗯、哼哼哼嗯哼嗯、哼～哼～哼～哼～」

沒有彈出聲音，只是抱著它哼歌。那是她加入穆索斯基作曲的《展覽會之畫》後寫成的歌曲《漫步》。

此時豪志心裡想著：「話說回來，蓮在SJ1的湖畔曾經唱過這首歌。」

當哼歌聲暫時停下來，駕駛座上的豪志就不轉頭直接向她搭話。

「社長。」

豪志由後照鏡瞄了一眼對方的臉……

「好精采的『原創故事』。靈感竟然能像那樣源源不絕，實在太佩服了。」

同時這麼說道。

「還好啦。到了像我神崎艾莎這種水準，這只是輕而易舉的小事。」

「不過，藝名的事情我也還沒聽說過。可以問一下真正的由來是什麼嗎？」

「咦？我沒說過嗎？」

艾莎眨著眼睛，真的嚇了一跳。

「那就特別只告訴豪志你一個人我花名的由來吧。」

也就是藝名。

「實在太光榮了。我洗耳恭聽。」

「神崎的『神』當然是God。崎呢，是末端或者角落的意思對吧？沒有被神明寵召的的人，一定是待在某個角落喲。」

「…………那艾莎呢？」

「只是更加單純的文字遊戲。艾是Get的『獲得』。莎你應該知道了吧？」（註：此指日文發音）

「坐的地方……是『座』嗎？」

「答對了。你這傢伙也變聰明了嘛。」

「在神明的角落，獲得的座位……」

「哎呀，只是老掉牙的搞笑哏啦。想到的時候，我也覺得自己一定罹患了中二病。這真的很羞恥，根本不可能在正式的場合講。」

「不，我覺得是很棒的命名。我好感動。」

「是嗎？不過這是祕密喲。我絕不會對別人說。」

「妳對我說的所有事情，我都會全部帶到墳墓裡面。」

「哎呀，真是謝啦。只是有一件非常非常重要的事情，你似乎忘記了。」

豪志度過了一段只動方向盤不動口的時間。

幾秒鐘後，豪志開口問道：

「是什麼非常非常重要的事情呢？」

「關於我只對你說的事情——」

「對我說的事情？」

「可能完全不是真的喲。」

艾莎說完……

手指就迅速滑過有著貓咪足跡的吉他上方。

SECT.2 第二章　大家一起參加任務

九月五日。星期六。

「嗨！今天是被甩一週紀念日喲，小蓮！」

「不需要那種紀念日！」

ＧＧＯ的首都格洛肯裡，不可次郎跟蓮會合了。

不可次郎今天也是金髮小惡魔般的模樣，身上裹著多地形迷彩上衣以及短褲。

蓮全身上下還是暗粉紅色的戰鬥服，應該說她在ＧＧＯ裡不會穿其他服裝了吧。而且連靴子都是粉紅色。如果頒布粉紅禁止令，蓮可能就不玩ＧＧＯ了。

不過她們兩個人都把武器收在倉庫欄裡，用深茶色連帽斗篷從頭到腳蓋住來隱藏起可愛的身影。看起來就像嬌小的修士一樣。不然就是某星際戰爭電影裡出現的回收廢物部族。

隱藏身形的理由除了太過可愛而引人注意之外，還有因為數次在ＳＪ裡大開殺戒，也算是小有名氣了。

時間是十一點。

在明明還是上午卻帶著紅色的天空底下，霓虹燈飾閃爍刺眼光芒的格洛肯街道，因為眾多玩家角色而顯得熱鬧。不論是觀光景點、遊樂園還是完全潛行ＶＲＭＭＯ遊戲，週末都是特別擁擠。

「別管紀念日了，我們先去買東西吧！沒有子彈了要怎麼射。說到底我們只是女生。」

「突然就開黃腔嗎！」

嬌小的兩個人走在刺眼霓虹燈飾閃爍的格洛肯街道上。

目標是宛如購物商場，但賣的全都是武器彈藥等危險物品的商店。在參加正午一起開始的任務之前，必須盡量把彈藥補滿才行。

「不可，妳沒有回去吧？」

蓮邊走邊詢問右邊的搭檔。

雖然簡短，但是不可次郎能夠理解。

意思是要確認，上週的第四屆Squad Jam——ＳＪ４之後，沒有回到老巢奇幻系完全潛行ＲＰＧ「ALfheim Online（ＡＬＯ）」去吧？自從上次八月十六日為了試玩而轉移過來之後，應該就一直待在ＧＧＯ了。

「是啊。來來去去的連續轉移其實很麻煩，還有在ＡＬＯ是高挑身材，所以感覺還是會錯亂。因此在蓮因為『預習大學新學期的功課』這種無聊理由而不跟我玩ＧＧＯ時，我就暫時自己在這個世界闖蕩了一番。」

「原來如此。等等，不可也預習一下啊。」

「Pass啦Pass。嗯，因此我手邊沒有子彈了。女人的——」
「妳該不會根本沒回北海道吧？」
「哎呀，提現實世界的事情太煞風景嘍。」
「好啦。」
雖然知道在虛擬世界提及現實世界的事情是違反禮儀，但蓮實在無法忍住不提問。
不可次郎——篠原美優在現實世界是蓮從高中時期就認識的好友，她只是為了「偷窺香蓮的約會」就搭飛機從北海道過來。順帶一提，一旦習慣打折機票後就會覺得貴到不可思議的正常票價機票是由艾莎出資。
香蓮被西山田炎甩掉之後，大家一起到KTV大鬧了一番來排解鬱悶，之後在香蓮家住了一晚的美優……
「那我回去了。再被甩的話，我隨時可以飛過來安慰妳喲！」
隔天中午她如此說完就離開了，之後的行動就是一團謎。平常的話，在老家長時間泡澡的她會從浴室打電話過來，但是之後一直沒有接到電話。
香蓮有點，不對，是相當擔心她一直待在神崎艾莎於東京某地的住處叨擾人家。
不可次郎輕易地察覺蓮內心的想法……
「懷疑我是不是一直待在艾莎姊姊家裡打擾人家？哎呀~我沒那麼誇張啦。雖然確實有興趣，但還有豪志先生在，像那樣隨便到兩人的『愛之巢』打擾——嗚哇，超想這麼做的！」

「別幹這種事。還有，別幹這種事。」

蓮說了兩遍。

「我確實回去了。現在也是從自宅的床上Log and in喲。」

「為什麼要分開說？」

「我們的故鄉，北海道聯邦十勝共和國帶廣村已經很涼爽嘍。哎呀，完全是秋天了。是『秋之味』正好吃的時期。」

指的不是某公司的啤酒。這時北海道人所指的是秋天時逆流而上的鮭魚。

「說得也是。」

最喜歡鮭魚料理的蓮，在虛擬世界的肚子開始叫了起來。

單純的烤鮭魚切片。加了許多食材的石狩鍋。烤味噌香氣四溢的鮭魚鐵板燒。用大量鮮採的鮭魚卵製成的自家製醃鮭魚卵……

「也差不多快到豬肉蓋飯和咖哩飯的季節了吧？」

「那個有季節嗎？」

「有喔。一年裡特別是春天與夏天，還有秋天與冬天都很美味。」

「一整年嘛。」

在她們完全聊起現實世界的話題期間，兩個人就來到了槍店。

「好啦，我要買嘍！要大買特買嘍！」

「我也要補充小P跟小Vor的彈藥。」

於是兩個人買了大量的子彈。

LPFM小隊，以及一起解任務的SHINC的集合預定時間是——任務開始前二十分鐘，也就是十一點四十分。

地點是蓮他們至今為止利用過許多次的那間，像是西部劇會出現而且似乎很適合決鬥的酒吧&餐廳。

蓮跟不可次郎因為購物速度出乎意料的快，所以十一點二十分就進入包廂了。接著就拜託長著雀斑的NPC女侍，等同伴來了就讓他們到這個房間來。

占據足以坐下二十人的超大圓桌一角……

「玩遊戲真是太開心了。蓮啊，接下來不知道有什麼樣的戰鬥在等著我們呢。」

「我承認確實很開心，但跟Pito小姐在一起的話，感覺就會變得很辛苦。」

「妳這笨蛋。這本來就是一款讓人好幾次覺得快死掉了的遊戲。」

「嗯，現實世界可不想有快死掉的感覺。」

當蓮與不可次郎茫然喝著薑汁汽水與冰紅茶時，到了十一點三十分……

「嗨！兩位！」

輕輕打開看起來沉重的門，黑色短髮的寶塚男角般的虛擬角色——克拉倫斯走了進來。今天也穿著很適合她的全身黑戰鬥服。

「嘿好久不見～」

「好久不見。」

重重坐到不可次郎與蓮旁邊……

「兩位今天也很嬌小。咦咦，稍微縮水了嗎？」

「嘿嘿嘿，看得出來嗎？」

「還『看得出來嗎』哩，蓮。虛擬角色不會縮水。」

克拉倫斯以左手操作視窗點了果汁。玻璃杯隨即咻一聲從桌子的洞跑出來。

「來吧，乾杯乾杯！」

克拉倫斯伸出杯子來這麼說道，完全看不出杯子裡裝的是什麼果汁，只覺得顏色看起來像美術課後的筆筒水般詭異。

不可次郎舉起薑汁汽水並且問道：

「為了什麼乾杯？」

「我們在ＳＪ４裡的完全敗北。」

「說得好！乾杯！」

「耶～！乾杯！」

蓮這個時候……

「…………」

也跟著舉起冰紅茶的杯子。內心想著：「話說回來我們輸了嗎？」

ＳＪ４的優勝隊伍是全日本機關槍愛好者。簡稱為ＺＥＭＡＬ。

ＳＪ１時是完全不顧背後，只懂得拚命射擊的扣扳機中毒莽夫集團，不過隊伍卻隨著每一屆參賽而逐漸變強。

然後終於在那個叫做碧碧的謎樣女性角色率領下，在ＳＪ４竟然沒有任何成員死亡就領先群雄拿下了優勝。

我們只得到第四名。

對於蓮來說，這是首次沒有站上ＳＪ的頒獎台。等等，其實也沒有特別拘泥於獲獎，但就有種複雜的心情。

我遠比自己所想像的還要喜歡ＧＧＯ與ＳＪ嗎……

當蓮一邊這麼想一邊小口啜著冰紅茶時，突然入內的是有著鮮豔綠色頭髮的夏莉。

身穿經常見到的那件打獵用畫有樹木圖案的森林迷彩夾克，以及茶色工裝褲。由於會阻礙到瞄準鏡，所以棒球帽的帽沿是往後戴。

順帶一提，ＳＪ２與ＳＪ３時臉上所塗的條狀迷彩最近都沒有塗了。或許是被某個人說過那樣有點像中二病的緣故吧。

「什麼嘛，怎麼這麼早。」

在各人向她打招呼當中，夏莉坐到了克拉倫斯的身邊……

「嗨，搭檔。最近好嗎？」

「很好喔。嗯，現實世界是有點忙啦。」

由於克拉倫斯用平常的英俊笑臉如此回答……

「那就好。」

夏莉也就沒有繼續多說些什麼了。

之前不斷表示「在現實世界見面吧」的克拉倫斯，ＳＪ４之後就沒有任何聯絡，所以今天就決定完全不提起這件事。

這也不是什麼必須急著去做的事。哪一天她又想到的話自然又會提起了吧。

在人際關係上都會有一個舒適的距離，就算是同一個對象，有時也會產生變化。然後強求不是件好事。

夏莉，也就是在現實世界裡的霧島舞稍微想起上週一起騎馬的女孩子，然後又邊微微想著她現在不知道在做什麼……

「冰咖啡。不加奶油要加糖。」

邊用聲音做出點餐。

「哎呀，大家都那麼早。」

十一點三十五分。Pitohui進到房間裡面。M則跟在她身後。

兩人沒有改變服裝，還是跟往常一樣的打扮。

亦即Pitohui是貼著身體的緊身衣，M是刺眼的綠色迷彩戰鬥服。目前是沒有任何裝備品實體化的輕裝模樣。

「午安啊。Pito小姐、M先生。」

「估得摸，大姊大哥。」

「嗨嗨。」

「你們好。」

蓮、不可次郎、克拉倫斯、夏莉各自對兩個人打了不同的招呼。

雖然夏莉看向Pitohui時總是會變成瞪人，但只能說真不愧是社會人士。還是沒忘記做人最重要的打招呼。

Pitohui他們坐到空的位子上，各自點了喜歡的飲料並且喝了起來……

「在隊友來之前，先等待遊戲的說明吧。」

Pitohui這麼說的瞬間，在十一點三十六分時……

「失禮了！」

剛才提到的隊友終於來了。

那是身上都穿著相同滿布綠點迷彩服的六名女性玩家。

在綁辮子的猩猩也就是伊娃——通稱老大的率領之下，依序是黑髮狙擊手冬馬、矮壯的女矮人蘇菲、強健魁梧的大嬸羅莎、金髮太陽眼鏡的美女安娜、銀髮狐狸臉的塔妮亞。

在SJ1跟蓮進行死鬥的SHINC小隊的六個人……

「各位！今天請多多指教！」

在老大的一聲號令之下……

「請多多指教！」

挺起肩膀來異口同聲地這麼說道。

蓮被她們的魄力震攝住，不可次郎咧嘴笑了起來，夏莉露出沒什麼興趣的表情，克拉倫斯則「咻」一聲吹了一下口哨。

「好了好了，不用那麼拘謹。講話也不用那麼客氣。遊戲就是要忘記現實的束縛盡情享受！總之享受就對了！」

「是！」

即使Pitohui這麼說，既然知道她是由神崎艾莎操縱，即使在GGO裡也忍不住挺直背桿的六個人……

「那麼失禮了！」

整齊地坐在蓮她們對面空著的位子。

看見簡直就像是準備接受工作的面試一樣，打直背部臉上寫滿緊張的六個人……

「咦？怎麼了？我們要參加那麼恐怖的遊戲嗎？」

克拉倫斯忍不住產生了無謂的擔心。

SHINC的眾人各自點了喜歡的飲料喝了起來，或許是看準她們不再那麼緊張了吧……

「那麼，謝謝大家今天齊聚一堂！然後要再次說聲謝謝！」

Pitohui開始威風凜凜的演說。看來這個人基本上很喜歡演說。

「今天為了要增進彼此的友誼，所以大家一起解任務！槍口應該不會朝向彼此了吧！太好了！太好了！」

嗯，這確實很好。

蓮內心這麼想。

上次的ＳＪ４時，終於如願以償跟老大單挑了。然後蓮在些許差距下贏得了勝利。已經沒有任何遺憾。不過仍不想離開ＧＧＯ就是了。

「大家一起開開心心地努力解任務，以順利獲得第一名為目標吧～！」

「喔～！」

不可次郎與ＳＨＩＮＣ都興奮地舉起拳頭。克拉倫斯遲了一會兒也跟著這麼做。

夏莉當然沒有加入。

在這樣的氣氛下，實在沒辦法說出在這次任務途中會找機會取Pitohui的項上人頭。她只是在心裡想而已。沒錯，她仍未放棄。這個人非常地死心眼。

「那麼，關於這次的任務……」

Pitohui像目前仍在播放當中的某國民動畫下集預告般說道……

「總共有三項？」

不可次郎立刻追問下去。

「可惜！是五項！」

「啥？」

看見裝傻卻得到認真回答的不可次郎真正嚇了一跳的模樣，蓮心裡這麼想著。

妳這傢伙……完全沒有去看所有人都能讀取的任務概要吧？

一板一眼的香蓮會確實地預習將要參加的任務。預習是很重要的一件事。

「我喜歡不可小妞這種生活方式喲。」

Pitohui這麼說……

等等，不能稱讚這種性格啦。

蓮雖然這麼想但是沒有說出口。

「那我就簡單說明一下這次的任務吧。」

Pitohui這麼說著……

「太棒了姊姊！不對，是老師！」

不可次郎拍起手來。

蓮以及SHINC的眾人當然知道概要。但再確認一次也沒有什麼損失。

現在還有時間，於是這時候就默默地聆聽Pitohui老師的授課。

「這次的任務和Squad Jam不同，沒有對人戰鬥。跟平常遊戲時一樣，是打倒在練功區遭遇的敵人，也就是『Enemy』來朝完全攻略的目標前進。然後最重要的是，本次任務是十二點整一起開始的競爭型。」

競爭型就是事先完成預約，然後只有在這個時間開始的中隊才能遊玩的一次定勝負的任務。

亦即從完成攻略的人那裡聽到內容之後，就完全無法享受——失去攻略的醍醐味，也就是準備了包含謎題的劇情。

「那麼，第一名完成攻略的話，就能獲得大量的獎勵點數嘍。」

不可次郎這麼說完，Pitohui就露出滿意的微笑。

「應該吧。當然我們要以那為目標！再來就是小隊內的最多擊破獎勵，或者受到少量傷害就完全攻略者獲得的獎勵之類的。」

「了解了！很好，這樣預習就結束了！謝謝老師！」

「喂，等等。」

蓮終於忍不住出聲了。

Pitohui又接著說：

「任務的名稱竟然叫做──『Five Ordeals』。」

「哦哦，唔嗯唔嗯，原來如此……『五個Ordeals』嗎……這下子……看來會很辛苦……」

不可次郎以嚴肅表情扭曲著嘴巴……

「不可，妳真的懂嗎？」

蓮立刻就開口這麼問。

「是『試煉』的意思吧？拼字是Ordeal。」

不可次郎隨口說出，結果就是完全沒有錯誤的正確答案，蓮也只能氣呼呼地退下了。

「沒錯，以日文來說就是『五個試煉』。這也就表示，除了敵人與戰場會完全不同之外，總共得克服規則特殊的五種難關戰鬥。當然無法預測究竟是什麼樣的內容，只知道對於特定的能力值有時會有利，有時又會變得不利──」

「所以必須得看綜合的小隊能力。」

綁辮子的大猩猩隔了許久才說話……

「正是如此！」

雖然被Pitohui粗魯地用食指指著……

「唔嗯！」

老大看起來很開心。毫不隱藏自己超喜歡操縱Pitohui的人。臉上寫著「沒想到會有這麼一天！GGO萬歲！」的表情。

我可能也有，那種迷妹的時期，也說不一定。

蓮這麼想著。內心話變成俳句了。

「雖然不知道是怎麼樣的五場戰鬥，但是讓我們團結一致來度過難關吧！我們能辦得到！因為是我們啊！」

雖然Pitohui說的是完全不構成理由的內容……

「喔～！」

六名外表粗壯，但操縱者其實是高中生的玩家們異口同聲地這麼說道。太青春了。Pitohui簡直就像老師一樣。

嗯，先不管能不能完成攻略，但是大家不做任何打賭，槍口也不會朝向對方，單純只是玩遊戲確實讓人很開心。

蓮悠閒地想著這種事情。

唔，要在哪個時間點取Pitohui的項上人頭呢……

夏莉悠閒地想著這種事情。

Pitohui又繼續說：

「這次的任務應該有劇作家存在，不過跟平常一樣都不知道是誰。」

由於遊戲的劇作家幾乎都不會出現名字，所以不知道到底是誰的創作。不過偶爾會有公布姓名的例外。

「玩家是一條命制，死亡就The end遊戲結束了。這次居然沒有分配HP回復道具，也不能使用手邊的既有品。」

知道完全不能使用回復道具這件事時，蓮確實嚇了一大跳。不知道是真的如此嚴苛，還是到處都準備了救濟措施。這些都得等遊戲開始才能知道。

「正如請老大她們前來所顯示的，可以參加的人數最多是十二人。所以不湊滿十二個人參加當然比較不利。我不認為人數較少時會調整難易度。不過只要有任何一個人存活下來，所有人都能獲得最快攻略的經驗值。」

「哦哦。那麼只有我可以待在後面發呆嗎？」

不可次郎這麼說……

「妳明明就想到前面去。」

蓮如此表示，不可次郎呵一聲笑了起來。

「這樣啊，原來妳會心電感應。」

「咦？我沒跟妳說過嗎？」

「好了好了，可以聽這邊了嗎？」

Pitohui把話題拉回到說明上。

「不過說明大概就是這樣了。接下來就只能等開始任務才能知道更多的情報。」

說明到此結束。緊接著……

「再次確認所有人的武器吧。有沒有什麼改變？」

聽見Pitohui的提問，SHINC的頭領……

「有喔！」

就用渾厚的聲音這麼回答。

「武器彈藥攜帶到上限了。規則裡沒有特別記載，不過所有人都帶了手槍。然後這次讓蘇菲使用新的武器。『GM—94』——蘇菲，給大家看。」

老大這麼說的期間，蘇菲就把倉庫欄裡的新武器實體化。然後把抓住的武器輕輕放到桌子上。

蓮他們都站起來窺看。

那把武器跟泵動式散彈槍相似，有著把兩根筒子上下並排在一起般的模樣。但是輪廓卻粗了三圈左右。金屬製槍托摺疊起來，比P90長了一倍左右，大概是55公分。拉直槍托的話應該會變成80公分左右吧。

直徑達43公釐，從粗大的槍口可以知道，這不是普通的槍械，它跟不可次郎的MGL—

140一樣是槍榴彈發射器。也就是以拋物線彈道將著彈才會爆炸的小型榴彈射擊到遠方的槍械。

GM—94跟SHINC的其他武器一樣都是俄羅斯製。

「哦，是榴彈發射器嗎……但是能贏得了我的右太、左子嗎？」

不可次郎雖然展現無謂的對抗心……

「當然沒辦法六連發。」

蘇菲倒是老實地認輸了。或者是因為成熟的判斷而避免了意氣之爭。雖然操縱者只是個高中生。

緊接著……

「它是泵動式，從上面的圓筒裝入3發榴彈，然後用手前後移動下面的槍身來重新裝填。最多可到四連發。」

「鏘喀」一聲，蘇菲完成了滑動。和散彈槍不同的是，褪殼時是往前移動，還有移動的是槍身本身。構造算是相當奇特，因為怎麼說都是俄羅斯的槍械啊。

由於現在裡面沒有榴彈，所以扣下扳機後就發出「喀嘰」的聲音。

「買了好貨呢。」

想把GGO所有的槍械收藏在槍櫃裡的貪心收藏家Pitohui這麼說道。

「這把榴彈發射器，室內戰也能使用喔。因為是在『也能夠於接近戰(CQB)使用的槍榴彈發射器』這樣的『驚死人』概念下製作出來，最小安全距離只有10公尺。無視自身傷害的話則可以更近。彈頭的碎片效果範圍是半徑3公尺。」

「沒錯。不愧是Pitohui小——」

蘇菲差點就要加上小姐兩個字，不過最後一刻還是忍住了。

順帶一提，SHINC入手這把槍榴彈發射器的理由，是因為SJ3裡跟蓮她們的戰鬥。

那個時候，在豪華客輪的狹窄通道裡受到槍榴彈攻擊（雖然足以毀壞客輪的電漿手榴彈是不可次郎的失誤）而受到嚴重傷害的痛苦經驗正是購買的契機。

原本就一直想要，現在終於存夠點數，又有中古商品販售，所以就買了下來。

老大又追加說明：

「我對蘇菲說，即使在室內也不用在意多少會對伙伴造成傷害，盡量開槍沒關係。由於她同時還持有PTRD1941，所以可以按照狀況來分開使用。」

蘇菲原本跟羅莎同樣使用PKM機槍，但是不可能同時攜帶差不多重的反坦克步槍。

於是才更換成重量只有三分之一左右，但是火力卻相當高的GM—94。

「嗯，太棒了！期待妳們的表現喲！」

Pitohui很開心般這麼說道。口氣聽起來像是在表示盡量發射槍榴彈到自己正在戰鬥的地方沒有關係。

「嗯……那麼，我們擁有的火力是——」

蓮邊開口說話邊思考著。

再次確認我方擁有多少的攻擊力。

經常能從這種地方看到蓮一本正經的個性。

「有很多喲！」

真的經常能從這種地方看到不可次郎隨便的個性。

蓮溫柔地無視好友。

「首先是我跟克拉倫斯的衝鋒槍。」

嚴格說起來，P90與AR—57使用的5.7×28毫米彈比手槍子彈的威力要大，所以處於衝鋒槍與5.56毫米等級突擊步槍的中間，但要說明這個部分的話將會耗費大量的篇幅，所以先略過不談。把它們歸類成衝鋒槍應該沒問題才對。

「M先生使用的，口徑7.62毫米的自動式狙擊槍，M14・EBR。夏莉使用的同口徑手動槍機式狙擊槍R93戰術2型狙擊步槍，以及開花彈。」

「還有我的右太與左子喲！除了一大堆通常彈頭之外，這次還準備了12發電漿手榴彈喲！」

剛才跟她一起去購物的蓮，心裡傻眼地想著擁有強大威力的電漿手榴彈頭竟然如此昂貴。

「ＯＫ。那麼Pito小姐呢？今天的裝備是？」

「跟平常一樣喲。就跟ＳＪ時相同。」

也就是經過改裝的ＡＫ突擊步槍，ＫＴＲ—０９加上能長時間連射的彈鼓。副武器是改短的散彈槍Ｍ８７０．Breacher、兩把ＸＤＭ手槍以及三把光劍。

「了解。」

「小蓮，妳確實把Vorpal Bunny帶過來了吧？」

一問完，蓮就堅定地點了點頭。

前陣子的ＳＪ４裡，Pitohui為了「只能使用手槍區域」而送給蓮的粉紅色可愛手槍Vorpal Bunny——通稱小Vor們。還有為了單手也能裝填而裝有預備彈匣的背包。

確實帶過來了。包含Ｐ９０的彈匣在內，已經快接近筋力值比較低的自己所能攜帶的重量上限。

但是裝在兩腿上的Ｐ９０彈匣包與槍套會造成阻礙，所以作為裝備只能兩者擇其一。

蓮事先在倉庫欄較淺的階層完成了一鍵就能整個變換裝備的設定。

是要使用小Ｐ，還是小Vor們呢？這就是問題了。

哎呀，還有也不能忘記總是收在腰部背後的小刀刀。

「然後老大她們是——」

另一方面，SHINC的武裝——

「老大是消音狙擊槍Vintorez。塔妮亞是野牛衝鋒槍。蘇菲是剛才的榴彈發射器。羅莎是機槍。冬馬跟安娜是自動式狙擊槍。然後還有反坦克步槍。再來就是手榴彈，以及大家都有手槍。」

蓮把武器列舉出來。裡面有過去讓自己痛苦萬分的武器。也有給我方極大幫助的武器。

「正是如此。」

老大點了點頭。

誰都沒有帶祕密武器。也沒有攜帶對付Enemy效果不錯的光學槍。

長時間愛用實彈槍的話，當然就會用不慣重量與威力等各方面都不一樣的光學槍。

「那麼那麼，可以由我提案隊形嗎？」

Pitohui這麼說……

「是！」

老大以像是要敬禮般的勢頭如此回答。

「等等，不是吧。可以拒絕沒有關係喔。」

蓮看著很難繼續說下去的Pitohui，臉頰稍微露出了笑容。

「那麼我就不客氣了——首先是擔任前衛的Point man，也就是攻擊手就拜託小蓮跟塔妮亞。」

沒有異議。蓮跟塔妮亞點頭之後看向對方。

正因為兩個人的動作迅速，才能經常在隊伍前面移動，或者負起擾亂敵人的任務。當然很危險，但也是能盡情展現己身個性的任務。

「M，你這次待在前衛。一邊輔助小蓮她們，一邊給予指示。」

「遵命。」

M那岩石般的粗獷臉部上下動著。

M先生就跟在後面的話確實讓人感到安心。

蓮這麼想。

「羅莎跟安娜——機槍與狙擊槍的組合確實很有效，所以妳們兩人一組待在M後面。作為主要的火力，隨戰況變化自己判斷要往左或者往右散開。我作為搭檔跟在妳們兩人身後。」

「太光榮了！」

「請交給我們吧！」

「好了好了，不用這麼客氣。然後蘇菲、伊娃跟冬馬等三個人在我們後面。依照伊娃的判斷隨機應變。尤其是老大，殿後就交給妳了。」

殿後就是待在軍團最後方的部隊或者任務。尤其是撤退時，必須承受來自後方的攻擊，是相當重要的工作。

「了解！」

老大代表其他人出聲回答。剩下的兩個人也確實地點了點頭。

「那我呢？」

不可次郎這麼問，Pitohui稍微發出沉吟聲。

「不可小妞就有點困難了……在寬廣戰場的話，就可以待在後面，也可以前進到M所在的地方。室內戰的話就沒有出場的機會了。」

「那我就在整群人之中到處晃吧。需要砲擊支援的話，大家盡量叫我吧。」

「那就這麼決定了，沒有異議的話基本上就是這個陣形。」

Pitohui的提案結束，被叫到名字的人都沒有異議。

只不過……

「等一下，那我們呢～？」

沒有被叫到名字的克拉倫斯急忙發出聲音。同時還指著旁邊默不作聲的夏莉。

「夏莉克拉妳們是游擊隊。兩個人一組，隨妳們高興行動！」

「啥～？」

「夏莉隨時可以來取我的人頭。」

「咦～？」

相對於露出不服表情的克拉倫斯……

「幸好妳是個懂事的女人。」

夏莉露出相當凶惡的表情。雖然是虛擬角色，但那是不太想讓親兄弟姊妹看到的表情。

然後又多了一名露出凶惡表情的女人。也就是老大。

「原來如此，雖然知道夏莉到現在仍以Pitohui為攻擊目標，但這次我們是隊友。希望妳要知道，沒那麼容易能打倒她。」

化身為Pitohui親衛隊的ＳＨＩＮＣ眾人瞪著夏莉。

「哼，真有趣。那我就送妳們所有人歸西吧。迅速回到酒場，喝杯茶悠閒地等著吧。」

「妳試試看。」

看著小隊內在圓桌兩端互瞪的女人們……

「啊啊真是的……」

蓮嘆了一口氣並且啜了一口冰紅茶。

剛剛Pitohui不是才說過，就算人數很少遊戲的難易度也不會降低。即使如此還讓夏莉與克拉倫斯自由行動，真是個膽大包天的人。

覺得傻眼又佩服的蓮看向手錶，發現已經來到十一點五十九分。

「好了各位，那麼我們去享受一番吧？」

Pitohui老師這麼說完，等待著他們的戰鬥就開始了。

十二個人從圓桌前站起來後，各自揮動左手來操作倉庫欄。

倏然出現的光粒集中到所有人身上，逐漸變成彈匣包、裝備背心、頭盔等道具。

最後在眼前形成槍這種武器的形狀，並且來到眾人手中。「喀嚓喀嚓」的裝填聲、金屬摩擦聲響起。

武裝完成後，最後就是通訊道具。

雖然猶豫著應該怎麼辦，不過十二個人還是先連上線了。

這樣不論是誰，不論距離多遠，不論槍聲多麼吵雜，都能正常地進行對話。

蓮緊緊握住塗成粉紅色的Ｐ９０……

「讓我們好好享受吧，小Ｐ。」

接著拉下裝填桿，把子彈送進膛室內。

到了十二點整，所有人都從酒場裡消失了。

不可次郎原本準備將最後的薑汁汽水喝進嘴裡，杯子卻掉到底板上反彈了起來。

SECT.3　第三章　在小狗的引導下　—最初的試煉—

傳送的瞬間，包裹在炫目光芒中而閉上眼睛的蓮……

「那麼……」

緩緩地睜開了眼睛。

然後看見的是……

「街道嗎……」

通稱「廢墟戰場．Downtown」

在GGO裡算常見的戰場。「Downtown」並非高樓大廈林立的區域或者是住宅區，大概就是還算繁榮的商業區域。

由於是美國的遊戲，所以外觀是美國風。回想在好萊塢電影裡常見的樣子，大概就八九不離十了。

首先能看到的平坦地點是鋪設水泥的寬敞四線道路。上面沒有任何車子。直向吊著的生鏽紅綠燈確實很有美國的感覺。

道路左右兩邊沿著大停車場並排的是商店。由於是鋼筋水泥材質，所以建築物還確實殘留了下來，但外表已是破爛不堪。從外觀大致上可以判斷出那間是電器行、那間是書店還有超市等等。

蓮把P90的槍口對準天空，接著轉身看向後方。

由此得知自己正在十字路口中央，也發現伙伴們都在附近。他們手上都拿著武器。

蓮接著抬頭看向天空。

中午的天空一片晴朗，太陽在頂端散發光芒，不過空氣卻呈暗沉的紅色。較低的位置飄浮著幾朵切絲般的雲，但是沒有流動。這就表示目前沒有風。

有沒有風在GGO的戰鬥裡是相當重要的要素。

當然，子彈會隨風流動是其中一個理由，除此之外還有順風處的聲音容易被聽見（反之亦然），但又會因為風聲而難以聽見敵人的腳步聲，或者是戰鬥中發生的煙霧與土塵較容易散去等情形。

任務已經開始了。蓮視界的左上顯示著小小的現在時間。十二點零分三十秒。

不會突然就出現敵人吧？

在環視周圍的蓮背後……

「那麼，這個任務首先要做什麼呢？」

雙肩掛著MGL—140的不可次郎……

「先把這個街道快要崩塌的房子全部轟壞嗎？好喲，交給我吧。」

做出毫無緊張感的發言。

結果……

「各位午安。」

聽見一道聲音。

待在那裡的十二個人全部聽見了，所有人之外的聲音。那是如同少年般年輕的聲音。

「嗚咿？」

蓮的背部為之一震，同時以猛烈的速度回頭。聲音是來自於背後。

然後就看到聲音的主人。

那是一隻狗。

除了蓮之外的十一個人只是比她晚了一些，同樣嚇了一跳並且回頭往下看去。

十二個人的正中央有一隻狗，現在所有人的目光都集中在牠身上。

「小狗……？」

茫然如此呢喃的蓮眼裡，以及除此之外的十一個人眼裡，都看見一隻以四隻腳站立的黑狗。

肩高（從腳底到肩膀的高度）約25公分左右。以尺寸來說幾乎快達到小型犬的上限了吧。

全身漆黑，然後毛有點長，臉與耳朵都是尖形，也就是被稱為「狐狸犬」的狗。

「好可愛！」

發出尖叫聲而吸引所有人注意——

「嗚！沒有啦……嗯，很可愛對吧？」

然後又急忙打圓場的是夏莉。操縱者喜歡動物的真實個性不小心迸發出來了。她很害羞地把頭別開。

「喔喔！這傢伙是怎麼回事！」

不可次郎迅速接近然後膝蓋跪地。

「難道是怪物？不可！小心一點！」

蓮雖然做出警告……

「別擔心啦～」

立刻否定的是Pitohui。面對露出納悶表情的蓮……

「如果是GGO的怪物，就不會以正常小狗的模樣出現了吧？」

「啊，嗯……確實如此。」

蓮同意這個意見。

ＧＧＯ裡出現的動物型怪物，外表絕對會經過變形。而且是朝噁心的方向。從來沒有直接以動物圖鑑裡面的模樣出現過。設定上應該是在未來的地球經過不斷進化的生物吧。

「那麼是？」

蓮剛問完，Pitohui就回答：

「讓牠『本人』來告訴我們吧。」

「那麼再次說聲——大家午安。」

小狗開口說話了。

開合著尖形鼻口部的下顎，發出少年般的聲音。

「我呢——是各位的嚮導。」

蓮理解這句話了。

原來如此，這隻狗就是這次任務裡的嚮導。

接下來蓮他們該做什麼、該去什麼地方，這隻小狗應該都會告訴他們才對。

因此才會突然出現在一群人的中央。

如果從遠方出現的話，有可能會被某個人發現，慌張地表示「發現坐著的怪物！」並且遭到擊殺。

如此一來，蓮等人一開始應該做的事情就很清楚了。也就是仔細地聽他（或者是她）要說什麼。

當蓮這麼想的瞬間……

「哎呀，你好可愛啊！乖乖、乖乖、乖乖！」

蹲下來的不可次郎用雙手來回撫摸著狗的臉頰……

「唔、哈、啊、沒有，等一下，唔哦。」

小狗感到相當困擾。

「喂，不可！會聽不懂在說什麼啊！」

「不會啦，別擔心。我懂的。」

「懂什麼？」

「這傢伙的犬種是『史奇派克犬』。」

「誰在跟妳說犬種的事情。」

在感到傻眼的蓮旁邊，夏莉以冷酷的表情說道：

「史奇派克犬是原產於比利時的狗。屬於狐狸犬大家族，原本是牧羊犬。是在日本很罕見的稀有犬種。」

「等等，誰要妳詳細說明的……」

所以說愛狗人士真的是……

等等，蓮也不是討厭狗。雖然不討厭，但現在應該思考的不是這件事吧。應該不是吧？我應該沒有錯吧？

「好～乖好乖好乖！」

不可次郎來回撫摸的手終於離開……

「唔哈——失禮了。」

狗這麼說道。

接著重新說了一遍之前的開場白。

「我是各位的嚮導。接下來將親自帶領各位接受『五個試煉』。請大家跟我來。」

「嗯，那就拜託你了！請多多指教！」

今天的不可次郎比平常更加亢奮。

「哎呀！能夠跟狗對話真是太開心了！真的好爽！」

這應該是愛狗人士的宿命吧。

蓮決定默默丟下不可次郎不去理她了。

「首先請決定我的名字吧。」

小狗這麼說完，蓮立刻回答：

「小史！」

取名的品味整個爆發。

「老是來這套！駁回！」

被不可次郎打槍後，蓮就鼓起臉頰。

「那要取什麼名字才好？」

「『不可三郎』。」

「喂，等一下。」

「因為是不可次郎的弟弟，所以是不可三郎。」

「這我當然知道！」

不可次郎舉起小小的狗後，用力將牠抱緊在胸前。

「這傢伙一出生就跟我分離，雖然異父異母種族也不同，但牠是我的弟弟！所以叫三郎！」

「不是吧，嗯……」

蓮鮮明地回想起當她是香蓮時所見到的光景。

高中時認識美優，首次被招待到她家去時，看見的一隻混了柴犬血統的雜種老狗。

沒錯。是真正的「不可次郎」。

美優在幼年時期熱切地想要飼養，不斷被雙親表示「不可」之後才終於獲得許可的愛犬。

當牠還可以放進洗臉台的大小時，就從朋友家被帶到美優的房間裡面。

美優一直像真正的弟弟一樣疼愛著牠。

不論是小學還是國中的時候，不可次郎都跟美優在一起。

香蓮在高中一年級首次遇見她的時候，她就積極地照護著這隻腿部與腰部都已經衰弱的老狗。

為了帶牠上廁所，不論怎麼惡劣或是寒冷的天氣，又或者是網球社的練習有多麼地累，美優都會在不可次郎的腰部裝上輔助用的保護帶並且帶牠出門。

為了不讓高二時終於只能成天躺著的不可次郎得到褥瘡，美優會定期地幫牠衰老的身體改變方向。

高三的夏天，當不可次郎終於踏上前往狗狗天堂的旅程時——

痛哭的美優大概有一個星期沒辦法好好進食……

「別在意……這是最新的減肥法喲……」

「少囉嗦快給我吃。年紀輕輕就想變成即身佛嗎？來，啊——！」

香蓮曾經硬把外帶的咖哩塞到她的嘴裡。

首次聽到美優在ＡＬＯ裡幫自己取的角色名稱時——

「嗚……」

香蓮的眼頭就為之一熱。

蓮露出微笑後……

「不可……我知道了啦……那麼，這個孩子的名字就是——」

「兩個人的意見加起來除以二，就叫『史三郎』吧。好了，就這麼決定！」

Pitohui插嘴進來這麼說道。

「獲得名字了。我叫做『史三郎』。」

小狗——不對，史三郎如此說道。

「嗶空」的聲音響起，黑色頭上附加了「Suhzaburou」這個姓名標籤。這是附加在小隊的伙伴、重要道具與ＮＰＣ等上面的標籤。

在遠到看不見身影的距離時，設定就會切換成「顯示姓名標籤」來映入視界當中。

「唔……」

「唔……」

雖然兩個小不點用「ㄟ字形嘴」來表達擅自被決定名字的不滿，但既然決定下來就沒辦法了。

「那麼，我將帶領大家進行最初的試煉。首先會將各位的剩餘彈藥數、槍械的加熱傷害變成『無限』。」

史三郎這麼說著，接著蓮所持的P90，以及所有人的槍械就一瞬間亮了一下。

「唔唔？」

蓮揮動左手看向狀態畫面，結果嚇了一跳，P90與Vorpal Bunny的剩餘彈匣數竟然顯示著「∞」符號。

一個彈匣能夠發射的子彈數仍維持在50，出現在視界右下方的數字沒有變化，但倉庫欄裡的彈匣實質上可以無限更換……

「意思是只要更換彈匣就能永遠射擊嘍？」

蓮這麼問道……

「應該是這樣。順帶一提，光劍的能源也是無限。」

Pitohui開口做出回答。

手持PKM機槍的羅莎則表示：

「槍身的加熱儀表也一樣。這樣要射擊幾百發都沒問題了。」

槍械，尤其是槍身在過度射擊時會開始加熱，最後燙到無法觸摸，然後膨脹或者扭曲。命中準度當然會降低，也會出現卡彈的狀態，該儀表就是顯示陷入這種狀態。

這對狙擊槍與機槍是特別重要的要素，現在也變成全無限制了。

「這樣不是很有利嗎！」

蓮感到很興奮，但是──

「錯了……不是這樣……」

老大以苦悶的聲音如此回答。

蓮看向老大的臉後，發現不只是她，SHINC的眾人，以及Pitohui、不可次郎等所有伙伴都各自露出參加喪禮般的鬱悶表情。

「我說蓮啊……」

不可次郎以罕見的嚴肅表情說道：

「這表示可以無限發射子彈喲。」

「我知道喔！所以非常有利嘛！這樣不是很輕鬆嗎？」

「這也就表示，有那麼多數量的敵人會毫不留情地出現喲。」

「啊……」

當蓮理解最初試煉的內容時……

「正是如此。敵人要出現了。祝各位武運昌隆。」

史三郎這麼說道。

蓮這時終於非常了解他們的起始地點為什麼會是在「寬敞十字路口的中央」了。

「嗚咿……」

蓮的視界前方，大量敵人從東側道路實體化，真的只能用湧出來形容。在300公尺左右的對面，以似乎要掩蓋道路般的速度不斷地產生。

蓮立刻從倉庫欄裡取出單筒望遠鏡並貼在眼睛上。

全都是小型敵人。是玩GGO初期經常登場的模擬豬、鱷魚、昆蟲等外型的怪物，以及非生物的敵人，也就是白鐵皮玩具般的機器人們。

這些是非常弱的敵人。完全不會使用遠距離武器，耐久力也很低，光學槍的話只要幾發，實彈的話只要1到2發——如果是體力值高的角色，即使毆打也能將其打倒，但現在的數量實在太多了。

「眾多小型敵人！東方！」

蓮雖然如此發出警告……

「不對，是全部。」

不可次郎卻這麼表示。

蓮再次旋轉一圈……

「啊啊……」

然後理解了。

不只有東側而已。四面八方的街道都同樣湧出了大量的怪物。雖然沒有行動，但簡直就像矮牆一樣不讓他們通過。

史三郎又表示：

「各位，不論要從東西南北哪個方向都沒關係。從這裡開始在這條道路上前進1000公尺，也就是1公里就能離開這個城鎮。各位的視界裡顯示了剩餘的距離。突破大群的敵人抵達那個距離，這個試煉就結束了。雖然沒有時間限制，但是早點突破的隊伍，在下一個試煉會比較有利。」

傳出「咚」的聲音，所有人的視界右上方都出現「1000m」的數字。

塔妮亞對史三郎問道：

「這是表示，一旦決定方向就一定得從那邊突破了對吧？」

「是的。改變方向或者離開道路，都不算在前進1公里的距離內。」

「討人厭的設定！」

「同意。」

老大邊用鼻子發出哼一聲邊表示：

「遊戲設計者個性很差。」

「我同意。真是太丟臉了。」

史三郎不知道為什麼道歉了。

「別這樣，不准欺負史三郎！」

不可次郎立刻包庇牠。雖然沒有人欺負牠就是了。

「好了好了，各位。要突破嘍。但是得改變陣形。」

Pitohui命令大家重組隊形。

「為了確保射線，羅莎到中間去，所有人組成平緩的倒V字形。老大還是一樣殿後。」

也就是以楔形般的隊伍，把火力集中在前方來闖入敵陣，所有人都對這個提案沒有異議。

「中央後方交給不可小妞。」

「好哦。我會把它們炸得稀巴爛！」

「M！你可以把槍跟盾收起來了。專心幫忙不可小妞的槍榴彈重新裝填。」

「了解了。」

M迅速消除自己的槍跟背包，接著來到不可次郎身後。

不可次郎的右太和左子的其中一邊射完榴彈後，M就負起立刻裝填的責任。這是模仿在S

Ｊ４的購物中心戰鬥讓他們兩人相當辛苦的格洛克１８Ｃ使用者。槍榴彈全裝在不可次郎的背包裡。

「夏莉，近距離的話就用我的８７０吧。現在就把手邊所有的散彈都交給妳。」

「別命令我！」

夏莉雖然如此回話……

「只到穿越這裡為止喔！」

但還是乖乖地答應了。

不突破這個作為最初試煉的戰鬥，根本就沒機會割下Pitohui的頭顱。單發且手動槍機的狙擊槍Ｒ９３戰術2型，不適合面對大量敵人已是無庸置疑的事實。

Pitohui邊靠近邊揮動左手，從倉庫欄直接把道具送了過去。揹著長狙擊槍的夏莉以手勢接下後，就有一個肩包實體化並且掛在她的左側腹。

裡面裝了12包散彈。一次飛出9顆直徑8毫米左右的００ＢＵＣＫ鉛彈。

原本是用來射擊鹿（BUCK指的是公鹿）的子彈，但也經常用在戰鬥上。彈數當然是「∞」。是永遠不會耗盡的魔法肩包。

Pitohui用左手拔出插在左腰槍套裡的雷明登Ｍ８７０・Breacher短管散彈槍……

「拿去。」

然後把它交給夏莉。

「知道怎麼用吧？」

夏莉雖然沒有回答，但是雷明登公司的M870是世界上最有名的泵動式散彈槍。在步槍的持有證核發之前，夏莉曾經於散彈槍狩獵時期使用過。

夏莉接過雷明登M870．Breacher後，一邊推著附加在扳機前面的拉桿，一邊稍微把fore-end（前托）往後拉。由於知道散彈已經裝填，所以確實把前托推回前方，確認已經解除保險。

把手指插進槍身下方管式彈倉底下的洞，推著裝在裡面的散彈，以彈簧的張力來確認裡面裝了幾發子彈。看來確實裝了2發散彈。

以一連串極為自然的動作完成這些流程，顯示出她是相當熟悉散彈槍的人。

夏莉無視微笑著露出「妳看，我就說吧」表情的Pitohui……

這臭傢伙，看來是發現我是獵人了……真是個不能大意的傢伙……那就用不像獵人的方式幹掉她……

夏莉這麼想著，同時捲起上衣衣襬把雷明登M870．Breacher插進腰帶裡。

「好！那我們走吧！」

Pitohui出陣的喊聲……

「嗚啦！」

SHINC的眾人同聲回應，然後……

「好喔！」

「上吧！」

「好。」

蓮、不可次郎以及M……

「跟著妳喲～」

還有克拉倫斯都做出回答。夏莉則是默默無語。

聽見所有人氣勢十足的聲音，Pitohui就……

「那麼，要往東西南北哪個方向前進呢？」

「Pito小姐，這時候應該要帥氣地決定吧！」

蓮感到傻眼……

「想說有沒有喜歡占卜的人。」

「有的，那就由我來吧！」

金髮太陽眼鏡的狙擊手舉起手來發聲。

「好喔，安娜小妹！」

「在今天早上的網路新聞看到了！今天是我的幸運日！幸運色是藍色！」

「喂喂，不是顏色吧。」

「不不不。不可次郎小姐，北側就有藍色看板！」

一看之下，北側的前進方向，由敵人形成的牆後方有一塊斜斜的藍色大看板。由於太遠了，看不清楚看板上的字。

其他三個方向則沒有藍色看板……

「好，就是那邊了！」

不可次郎只舉起右手的右太……

「路線決定了！走吧！史三郎！」

當蓮對於邀請的不是伙伴而是小狗而感到傻眼時，她就在蓮眼前連續發射六發槍榴彈。

不可次郎幾乎是彈無虛發，６發榴彈漂亮地命中３００公尺前方敵人牆壁的後面，多邊形碎片閃亮地在天空飛舞。

「好了，進擊！」

所有人隨著Pitohui開心的聲音快步前進。

雖然敵人數量龐大，但不加以突破的話就無法贏得這場戰鬥抵達前方的過關區域。而且這還只是五個試煉的第一個而已。

待在迅速前進的楔形前端的是羅莎。

「嗚啦嗚啦嗚啦嗚啦嗚啦！」

把PKM機槍舉在強壯腰間的她，邊走邊射擊的槍械發出「咚喀咚喀咚喀咚喀咚喀」的聲音。曳光彈畫出的光線筆直地往前延伸。

同一時間，伙伴們也一起開始發射子彈。周圍籠罩在猛烈的巨響當中。槍聲在左右房子之間反彈，所以可以聽見回聲。

300公尺前方，被發射出去的子彈射穿的敵人不斷消失，但是……

「嗚哇，真的好多……」

蓮眼裡看不到減少的模樣。即使最前列消失了，也會持續從後面出現。到底有多少呢？沒有動作，也沒有朝這裡過來的跡象。但是要前進1公里，就絕對得穿越那個「不讓你們過」的區域。

真的能突破那個地方嗎？

「小蓮，氣勢上可不能輸喲！」

被待在旁邊以KTR—09有節奏地發射子彈的Pitohui識破……

「嗚！」

蓮邊走邊以架在肩上的Ｐ９０瘋狂射擊。雖然還有點遠，但數量如此龐大的話，只要掃射應該就能擊中吧。

持續扣著扳機的全自動射擊。

一秒15發的連射能力。小Ｐ從槍口噴出橘色火焰，同時高速往下排出空彈殼並且持續怒吼著。

槍口所朝的方向，以及視界中著彈預測圓所顯示的方位，都有各式各樣的敵人變成多邊形碎片並且消失。

喀嘰。

當沒有子彈時，蓮就用「高速裝填」技能迅速交換彈匣。

以眼睛幾乎看不見的速度把空彈匣從槍上抽出並且丟棄，接著從左邊腰包抽出一根新彈匣的瞬間……

「哦！」

蓮就了解了。

左右兩邊的腰部掛著裝有Ｐ９０用長彈匣的三連腰包。

腰包的內容物減少後會有布料稍微凹陷的感觸，但現在卻感覺不到。裡面依然有彈匣。這是不論怎麼抽都抽不完的魔法腰包。

原來如此，這就是∞效果嗎……如果永遠是這樣就好了……

蓮雖然這麼想，但這樣遊戲就太簡單了。

「去吧～」

不可次郎的連射開始，慵懶的清脆發砲聲響起六次，接著是巨大的六聲爆炸聲。漂亮地命中敵人之牆的正面，打開了一個大洞——然後又立刻被塞住了。

十二個人呈倒Ｖ字形在寬敞的四線道路上散開。

中央尖端是以ＰＫＭ機槍瘋狂射擊的羅莎。她旁邊的冬馬則幫忙更換彈藥。看準子彈耗盡的時機，從羅莎的背包迅速取出預備的彈藥箱並且裝到槍上。

Pitohui跟蓮在冬馬的左側。塔妮雅與克拉倫斯也排在一起。兩個人都很開心般連續發射子彈。

右側是ＳＨＩＮＣ剩下的成員。蘇菲、安娜以及雖然是同隊成員卻像是不想待在一起般躲在最角落的夏莉。

她們各自朝著前方的敵人，毫不容情地持續開火。

蘇菲左手忙碌地前後操作著新武器ＧＭ—９４來連續射擊。只不過每發射３發就得重新裝填槍榴彈實在有點麻煩。

安娜與夏莉這兩名狙擊手甚至沒有使用瞄準鏡。

她們各自把長槍撐在手肘下方，接著只要把槍口朝著前方水平方向，著彈預測圓就會框住敵群，接著只要隨手扣下扳機。

然後在一群人中央後方的不可次郎……

「來來來來來，你們想要這個嗎，全都拿去吧。」

嘴裡詠唱著俳句，同時很有節奏地持續射擊著槍榴彈。

M則負責幫MGL—140裝填榴彈。

「交給你了！」

「哦！」

不可次郎把射擊完畢的MGL—140遞過去後，就解開鉤子旋轉槍身，從空彈巢丟棄彈殼。用手旋轉彈巢來扭緊捲簧，把從不可次郎背包中取出的6發榴彈裝入，再次轉動槍身回復原狀——M以大手拚命地完成這繁瑣的作業。

或許是知道兩人的身後是最安全的地方吧，史三郎小小的黑色身軀踩著輕快腳步跟了過來。腳步看起來就跟在散步沒有兩樣。

老大按照指示，手拿VSS警戒著後方。經常窺看瞄準鏡，監視著敵人是不是有動作。

在南側500公尺左右前方的敵群完全沒有動靜。

目前為止是這樣。

射擊再射擊，一邊交換能無限使用的彈匣一邊再次開火——變成廢墟的城鎮裡響起吵雜的槍聲，花了兩分鐘左右的時間，十二個人前進了250公尺。仍剩下750公尺。

瘋狂射擊的蓮等人腳邊，金色空彈殼掉落在灰色水泥地上彈跳起來，接著變成鮮豔光粒消失無蹤。

由於數量實在是太多，讓地面就像是滿天星空一般閃閃發亮。看起來相當美麗。

大量的槍榴彈與子彈攻擊，讓原本極為厚實的敵人之牆也不斷被削薄。

看來似乎不會有新的敵人湧出了。

蓮的眼睛裡也看出宛如矮牆般的怪物們出現零星的空隙了。在50公尺前方，可以看清楚灰色的道路。

「這樣應該沒問題！我們的火力確實很強大！」

蓮交換著不知道是第幾次的彈匣並且感到開心。

蹲低身子，把P90打橫像灑水般掃射之後，殘存的敵人就以很有趣的方式消失了。簡直就像是教學課程的射擊練習一般。

蓮以及伙伴們不必在乎彈數的無情射擊，彷彿以燃燒器融化冰塊一樣，迅速地減少著敵人的數量。

嗯……沒有想像中那麼艱難。難易度算低？因為是最初的戰鬥？

蓮腦袋裡浮現這種樂觀的想法……

「所有人！從後面過來嘍！」

隨即被老大焦急的聲音擊碎了。

「可惡！果然是這樣嗎！」

Pitohui咒罵著……

「咦？怎麼回事？」

蓮轉過頭去。然後就看見了。

「嗚咿！」

從數百公尺後方迫近的敵人大軍。

看起來就跟洪水沒有兩樣。

敵人完全覆蓋寬敞的道路，以比我方步行更快的速度往這邊湧至。

「哪一邊的敵人降到一定數量以下，其他三邊的敵人們就會全力逼近。各位，請注意不要被追上了。」

這時仔細說明著已知狀況的是史三郎。

「噠啊啊啊！這隻笨狗！怎麼不早點說呢！」

克拉倫斯代表眾人說出心裡的話。

「真的很抱歉。因為我沒有那樣的權限。」

「不要欺負史三郎！」

不可次郎不論什麼時候都是站在黑狗這邊。

「啊啊……沒有輕鬆的試煉嗎……」

蓮對於自己的過度樂觀感到傻眼，接著把仍剩下20發的彈匣更換成裝著50發的新彈匣。

「那麼，該怎麼辦呢，Pito小姐？」

Pitohui咧嘴笑著回答不可次郎的問題。

「接下來，請在下列三個選項中做出選擇。第一，全力往前逃走。第二，努力往前逃走。第三，趕緊往前逃走。」

「我選全部！」

「那就這麼決定了。」

「我往後射擊吧？」

「不用，我覺得趕快逃比較好。」

那不是射擊6發榴彈就能夠止住的洪水。

「說得也是啦。」

不可次郎拿著M幫忙重新裝填的MGL—140往前拚命開火。雖然著彈並且爆炸了，但數量已經減少許多，所以不太有效果。應該沒有繼續射擊的必要了。

「所有人，快跑——！」

Pitohui的一聲令下，一群人便奮力朝所剩不多的北側敵人發動突擊。

蓮率先高速衝出，瞬間就超越羅莎的位置，與她拚命發射的子彈平行前進……

「嘿呀！」

零碎地三連射後，把三隻怪物變成多邊形碎片。

「電漿手榴彈！設定時間後放下來！」

老大對隊伍做出指示，自己也從倉庫欄裡把手榴彈實體化。

除了單手可以投擲的尺寸外，還有其三倍大……足有一顆小西瓜大小的巨大型——通稱「巨榴彈」的手榴彈。

老大維持站姿瞪著南方，測量我方目前所在位置大概有多久會被追上……

「大概是六十秒吧……」

迅速設定好計時器，然後從腳邊把手榴彈滾出去。

蘇菲也同樣滾出手榴彈……

「老大！快一點！」

對依然停在現場，希望盡可能多放一些手榴彈的老大如此搭話。

「別管我，妳先走！」

「嗚！」

既然是老大的命令就沒辦法了。腳程緩慢的蘇菲開始跑了起來。

前進1公里的話這場戰鬥就結束了，目前還剩下700公尺。

先不管能像車子一樣快速奔跑的蓮與塔妮亞，腳程慢的M、蘇菲與羅莎絕對會被敵人追上。

「別想得逞。」

為了不引起誘爆，老大在一定的間隔之下放置了所有的電漿手榴彈。

「嘿呀！」

一度穿越敵群的蓮，回過頭來開始掃蕩剩餘的敵人。

憑蓮的腳程絕對來得及。因此她為了不讓敵人阻礙伙伴們而想盡可能地減少北側的敵人。

面對間隔數公尺散開的異形生物……

「嘿呀！嗚呀！嘿咿！」

伴隨著具節奏感的喊叫聲，以P90的簡短連射不斷地屠殺敵人。

「不愧是小蓮！」

當Pitohui從旁邊跑過之後，蓮就看向南側。

腳程緩慢的M、蘇菲仍在奔跑。而他們的後面還能看見落後一大段距離的老大。

從老大身後逼近的是如同洪水一般的黑色敵群。腳程絕對不算慢的老大為什麼會如此落後呢？蓮立刻就知道答案了。

蓮的視界中出現了藍色光芒。

由於自己也經常使用所以相當清楚。那是電漿手榴彈的爆炸。被藍色奔流捲入的敵人們逐漸變成粉末並且消失。爆炸聲與震動傳到了腳邊。

老大留下來的伴手禮在完美的時機下於洪水前端以及中央炸裂，一瞬間將數百隻敵人炸成碎片。

「太厲害了！」

蓮覺得感動又佩服，接著爆炸的光芒消失……

「嗚——」

更後方能看見足以稱為第二波洪水的黑色塊狀物。

「對哦，是從三個方向……」

老大轟飛的是來自南側的一群。但是西、東側的道路也有許多怪物，一想到連它們也逼近了……

果然來不及了……

光是逃走的話，腳程緩慢的M與蘇菲將在途中被趕上。

於是老大停下腳步。

站在那裡揮動左手，操作起倉庫欄。蓮預測到老大正在做什麼以及接下來想做些什麼。

蓮決定了。沒有任何猶豫地朝老大跑去。手上的P90同時拚命地射擊。

「什麼！」

老大吃驚，同時理解了。

來自於蓮的紅色彈道預測線穿越自己身邊，接著子彈就沿著線飛至。邊跑邊回頭就看到逼近的敵人稍微減少了一些。

「喂，快住手，蓮！」

老大對為了拯救自己而衝過來的同伴這麼大叫。

這時老大已經停止奔跑，以左手操縱著倉庫欄。腳邊出現數量無限的實體化手榴彈往前滾動著。

老大就連平常都帶著足以將豪華客輪炸成兩半的電漿手榴彈，現在數量更是毫無限制。可以說是難以形容的強大火力。

但是最後自己也會被追上並且死亡。

「我一個人在這裡喪命就夠了！」

聽見老大這麼叫著……

「果然！」

蓮就知道自己的預測一點都沒錯。

老大不再逃走，專心將手榴彈實體化並且不斷設置，然後藉此盡可能削弱敵人進擊的速度，準備為了拯救所有人而犧牲自己。

「哦哦！這就是『島津的捨奸戰術』。1600年！Battle of 關原之戰！」

克拉倫斯邊跑邊這麼說……

「妳這傢伙，怎麼記得這種奇怪的事情？」

夏莉邊以M870把眼前的敵人變成蜂窩邊感到佩服。

「不過『Battle』跟『之戰』重複了喔。」

跟蓮一樣轉身跑回來的是塔妮亞。

「不會讓老大被殺死！」

她把野牛衝鋒槍舉到腰部，跟蓮同樣往南衝刺。這時Pitohui……

「真是的，明明越少人犧牲越好的啊……」

看著跑過身邊的銀髮，同時以受不了的口氣這麼呢喃著。

「怎麼辦？」

從後面踩著沉重腳步拚命跑過來的M這麼問道。

「還能怎麼辦，不想打從一開始就無謂地失去同伴。」

Pitohui跑著，然後從倉庫欄將KTR—09的75連發彈鼓實體化，一邊交換一邊這麼回答。彈鼓實在太大，沒辦法放在腰包裡掛在身上算是美中不足之處。

Pitohui就像是帶隊的老師一樣，對回頭幫忙同伴的兩個人做出溫柔的發言。

「小蓮、塔妮亞小妞。我知道妳們很努力了，不過對老大的支援還是要適可而止就回來喔。」

「不要哩！」

蓮毫不遲疑的回答回到Pitohui的耳朵裡。

「小蓮，老大是為了大家而努力喔。而這場戰鬥沒有犧牲一兩個人是無法獲勝，設定就是這麼地惡劣喲。」

「就算是這樣！也不能捨棄同伴啊！」

「唉……拿妳沒辦法。」

Pitohui停下腳步回過頭去，看著在南方300公尺左右處拚命抵抗的老大他們。

老大面部朝向後方前進著，同時不斷投擲著電漿手榴彈，蓮與塔妮亞在她身邊持續連射。

蓮她們的連射一點一點地讓敵人消失，有時藍色奔流會直接刪除一整片敵人，但數量實在是太龐大了。不久之後她們就會遭到淹沒。

「怎麼辦才好呢？」

Pitohui的腳再次動了起來，大步朝北方走去，同時這麼自言自語著。

仍然殘活著的鱷魚怪物，張開嘴巴朝以複雜表情思考著的Pitohui靠近……

「怎麼辦才好呢……」

Pitohui以左腳踢飛鱷魚，讓牠飛到空中。光是這樣就讓對手的ＨＰ歸零，在空中變成多邊形碎片。

接著映入眼簾的是掛著藍色看板的店家。

這時Pitohui是在從開始地點前進了495公尺的地方。已經可以看清楚貼了整面玻璃的店家內部。

咧嘴一笑。

Pitohui扭曲著臉上的刺青笑了起來。

「安娜……今天真的是妳的幸運日。太厲害了。」

透過通訊道具聽見這道聲音的安娜……

「啥?」

以Strizh手槍的連射屠殺殘留在眼前的幾架小型機械,然後把臉朝向Pitohui。

「別管那麼多,跟我來吧!」

Pitohui離開道路朝著店家跑去。安娜看著她的背部……

「喂喂,Pito小姐。沒有空shopping了喲?」

在克拉倫斯與夏莉保護下跑著的不可次郎如此表示。

「Shopping?錯了——我接下來要做的是『shoplifting』。」

「What?」

「『竊盜』的意思。聽好了，這裡考試會考喔。」

不知道是第幾次的電漿手榴彈炸裂，讓大量的敵人隨之消失。

接著在藍色奔流消失之後，漫天大軍就是像要塞住那個缺口般不斷從後面湧至。

「可惡！」

老大知道這樣的攻擊無法抵擋那些傢伙了。不對，應該說再次確認。更早之前她就知道這一點了。

「老大！」

「老大！」

嬌小的兩個人以超快速度來到自己兩側，然後腳底的靴子像要摩擦出火來一般緊急煞車。

接著把槍械擺在腰間瘋狂地射擊。

蓮的P90可連射50發，塔妮亞的野牛衝鋒槍則可連射53發，雖然幫忙毫無間斷地射擊，但是終究只是螳臂擋車……

「蓮！塔妮亞！雖然很感謝，但已經夠了！已經爭取到讓所有人逃走的時間！妳們快走吧！」

「但是！」

「在這裡減少一個人跟減少三個人，哪個比較好？」

「…………那當然是一個人啊！但是！」

「那事情就是這樣了！走吧！」

「不要！我要留下！我們的話可以輕鬆逃走。所以要待到最後一刻！」

「就算待著也沒用喔。」

嘴裡即使這麼說，老大卻依然不放棄將電漿手榴彈實體化，進行時間設定以及丟出的行動。

「不！Pito小姐會想辦法！我相信Pito小姐！」

來自蓮手中Ｐ９０的空彈殼像下雨般掉落……

藍色奔流不斷誕生並且成長為球體，稍微阻擋了排海倒海而至的敵人。

「真是太瞧得起我了。那麼，我們走吧。」

Pitohui這麼說道……

「好！」

M這麼回答……

「交給我吧。」

夏莉這麼回答……

「真的沒問題嗎？」

克拉倫斯感到擔心。

掛著藍色看板的店。覆蓋店面前方的玻璃從內側被打破了。

接著有兩台車衝了出來。

那是被稱為皮卡車，後部是平坦貨斗的車子。這輛是真實存在的車種，名字叫「Jeep Gladiator」。

吉普車是傳統且具代表性的四輪驅動車，其皮卡車版本就是Gladiator了。

全長為5．5公尺的它算相當長，從側面看很容易就能看出呈凸型。有引擎蓋、前後排座位的加高駕駛座，以及後部稍微凹陷的貨斗。

這輛車沒有車門，從側面能清楚看見搭乘的人。同時也沒有車頂，透過鐵管車架可以清晰地看見天空。擋風玻璃被連同窗框往前弄倒，所以眼前空無一物。車子相當通風。

在窗戶、屋頂全部拆除，把擋風玻璃往前弄倒的狀態還能駕駛正是吉普車四輪驅動的特徵。從第二次世界大戰軍用車輛的初代遺留下來的傳統。因此開放感可以說絕佳。甚至足以讓人感到有些恐怖。

雖然是兩台一模一樣的車，但車體的顏色是紅色與黑色。即使GGO世界裡經常顯得破爛暗沉，但也可以說是別有一番風味。

更重要的問題是，被放置到地球文明結束的車輛，為什麼引擎還能夠馬上發動，為什麼能夠完美地行駛，不過所有玩家都無視這一點。因為這是遊戲。

M坐在紅色車的駕駛座上握著方向盤。因為是北美規格的車所以是方向盤在左邊。右側的副駕駛座是把KTR—09的槍口朝向前方的Pitohui。後部座位左側坐著不可次郎，她把史三郎放在後部座位中央並且用手支撐著。

羅莎占據了貨斗的中央，把PKM機槍放置在車頂的鐵管上，完成可以朝前方瘋狂射擊的設置。

冬馬跟剛才一樣擔任裝填機槍子彈的人員，目前待在羅莎的右側。

至於另一台黑色的車……

「真的沒問題嗎？」

副駕駛座的克拉倫斯感到擔心……

「別擔心，交給我就對了！」

夏莉正握著方向盤。

後部座位的蘇菲與安娜，臉上都帶著些許不安的表情。臉上露出一副「如果是由冬馬來駕駛就好了」的模樣。應該是因為剛出發就稍微撞上路旁電線杆的緣故。

兩台Gladiator以極快的速度回到來時的道路上。

「哈囉！小蓮妳們累了吧？要不要搭計程車啊？」

因為通訊道具傳來的話而回頭的蓮，確認往這邊開過來的兩台車……

「謝謝！Pito小姐果然很可靠！車子太強了！怎麼弄到的？」

蓮隨著歡喜的笑容提出問題。

「藍色看板的店是汽車經銷商喔。所以從那裡借來開一下。」

「什麼！這場戰鬥也有能動的車嗎……」

「應該是『先找到的人先贏』的救濟措施吧。」

在進行這樣的對話期間，紅色Gladiator就來到蓮她們面前停了下來。

咚咚、咚咚咚咚、咚咚咚咚！

車頂上傳來羅莎的ＰＫＭ機槍發出的重低音，降低了湧至的敵人們的速度。

後部座位的不可次郎以雙手蓋住史三郎的耳朵，不過就算不那麼做大概也沒關係。反正是在GGO裡面。

「這裡坐滿了，大家搭黑色那輛吧。」

聽對方這麼一說，蓮、老大與塔妮亞所看的方向就有一台黑色Gladiator從後方逼近……

「嗚！危險！」

蓮發出悲鳴的同時，黑車猛烈撞上紅車後方才停了下來。很遺憾的，駕駛輔助系統似乎故障了。因為怎麼說都已經放置很長一段時間了。

遭到追撞而稍微被往前推的紅色Gladiator，差點就要撞飛來到前面的塔妮亞。

「好痛！」

黑色Gladiator副駕駛座上的克拉倫斯，臉部整個撞上儀表板。她的臉上閃爍著受傷的特效光。HP減少了5%。

這個任務最初的負傷者是克拉倫斯。理由是交通事故。

「…………」

「…………」

後部座位上的蘇菲與安娜同時鐵青著臉。她們似乎只是身體撞上了前方的座位，沒有受到損傷。

「這輛車是怎麼搞的！煞車沒有什麼用嗎！破銅爛鐵！」

駕駛座上的夏莉雖然用力拍打著方向盤發脾氣，但純粹是她踏板踩得太慢又太輕了。完全是駕駛的失誤。

從紅色車的貨斗跳下來的冬馬……

「換……換手吧！」

靠近黑車的駕駛座並且表示要換手……

「什麼嘛，我還想繼續幫忙開車的啊。」

「不用了，夏莉比較適合貨斗。好了，去讓綠色頭髮隨風飛揚，舉起狙擊槍看看吧。」

被克拉倫斯拖出去後……

「拿妳沒辦法……」

夏莉就輕輕跳上貨斗。

老大坐到黑色車的副駕駛座，蓮跟塔妮亞則因為身材嬌小而坐到紅車的貨斗，待在羅莎等人的後面。

當她們做這些事情的期間，怪物群變成了覆蓋道路的洪水，朝兩台車的前端逼近。

「所有人都上車嘍！」

聽見老大的聲音……

「那麼就出發吧——嘿，司機。」

Pitohui對身邊的M下達命令。

「迴轉太麻煩了，就這樣筆直前進吧。要躲開電漿手榴彈的坑喔。冬馬，從後面跟上。」

「了……了解……」

理解Pitohui的想法後，冬馬握住方向盤的手開始發抖。

「那要走嘍。」

M用力踏下油門，Gladiator的3．6升V6汽油引擎便發出吼聲。巨軀震動著，車體開始猛烈加速。

貨斗上沒有抓住東西的蓮……

「唔啾。」

整個人幾乎往後仰。

這時他們的方向是南方。不用說也知道，那裡是仍有大量敵人不停蠢動的方向……

「衝進去嘍！快抓緊！」

隨著Pitohui的巨大笑聲，Gladiator開始像除雪車一般把逼近的敵人全部撞飛。

這裡盡是一些低矮且弱小的敵人。

有些被粗大輪胎壓扁而當場四散，有些被保險桿撞飛並且消失，也有些遭到前格柵踢到天空中……

「嗚呀？」

有敵人原本試圖落到在貨斗感到害怕的蓮身上，但在那之前就因為傷害過大而變成多邊形碎片四散了。看起來簡直就跟煙火一樣。

M有節奏地把方向盤往左以及往右打，在千鈞一髮之際躲開電漿手榴彈炸開的大洞。每次閃躲時貨斗上的蓮都會抓住鐵管……

「嗚哇啊。」

為了不被甩下去而拚了老命。

駕車跟在後面的冬馬……

「太亂來了……」

乖乖地跟著M開出來的道路。

「怎麼了黑髮！妳也把敵人撞飛啊！遊戲裡面不用安全駕駛吧！」

貨斗的夏莉雖然如此怒吼著，但是冬馬選擇持續無視她的聲音。

蓮架著P90，槍口朝向貨斗底下，但是已經沒有開火的必要了。

兩台Gladiator切割開掩埋道路的怪物奔流，以猛烈的速度往前直衝。

通過遊戲起點的十字路口——

「穿過去了！」

在車上的蓮露出笑容，他們終於完全衝過敵人的大軍了。眼前能看到的就只有道路。

再來就只要開車即可。根本是簡單的駕車遊戲。

兩台Gladiator不斷加速，一瞬間，應該說大概三十秒左右就輕輕鬆鬆地跑完剩下來的1公里。

沒有任何一隻敵人能夠追得上他們。

穿越街道的瞬間……

「恭喜各位。最初的試煉——漂亮地過關了。」

史三郎做出這樣的宣言。

時鐘顯示著時間正好來到十二點十五分。

SECT.4 第四章 森林中的戰鬥 —第二試煉—

「那麼，繼續帶領大家參加接下來的試煉。」

史三郎剛說完的瞬間就連續發生許多事情。

首先是原本∞的剩餘彈匣數各自回到原本持有的數量。槍械也在一瞬間發光之後，消除加熱傷害的設定就恢復原狀了。

接著原本動力十足地行駛著的Gladiator，這時引擎突然停止，兩台車只剩下輪胎的聲音滑行了一陣子，最後完全停了下來。看來作為道具的壽命已經結束了。

克拉倫斯的ＨＰ稍微恢復了一些。由於變成了97．5％，所以應該是回復了這場戰鬥所受損傷的一半。

接著所有人都被白色光芒包圍……

「嗚呀！」

包含蓮在內的所有人都因為炫目而閉上眼睛。

「唔啊？」

再次睜開眼睛的蓮所看見的是其他的戰場。

最初的試煉是在成為廢墟的城鎮……

「是森林……」

被傳送過去的地點，也就是蓮視界裡所看到的，是長著滿滿筆直粗壯針葉樹的巨大森林地帶。

腳邊濕濡的土地上，長著到達蓮膝蓋高度的蕨類植物。往上看會發現因為枝葉遮擋看不見天空而顯得微暗，可以說跟蓮他們在ＳＪ１遊戲開始時出現的地點一模一樣。

或者應該說，這完全是拿相同的檔案來套用。只是樹皮的皺褶與樹型有幾種不同類型，其他的應該就完全相同。

由於在森林裡面，所以不清楚是不是有風。因為完全聽不見枝葉搖晃的聲音，就算有風吹應該也不會太強吧。

被蕨類覆蓋的地面，間隔10～30公尺左右有平緩的凹凸。如果是凹陷的地點，人趴下來應該可以躲藏。只不過這樣射界也會變窄，像這種時候通常都會趴在凹陷處的邊緣。

因為樹幹重疊所以視界無法望及遠方，屬於不適合狙擊的地點。相對地，對於能夠高度移動的蓮來說是不錯的戰場。粗大的樹幹不論遇到什麼樣的子彈都能成為掩蔽物。

蓮一回過頭就看到所有伙伴。看來是沒有人被拋下。

待在Gladiator座位上的人在維持坐姿的情況下被傳送，所以在森林中擺出很有趣的姿勢。

所有人緩緩站了起來。

這時候作為嚮導的小黑狗當然也在現場……

「各位——現在是『第二試煉』。」

史三郎開口這麼說。

「哦哦，你平安無事嗎！」

由於不可次郎來回撫摸牠的臉頰……

「唔、嘎、奴、咿咿、唔。奴咕。」

「夠了，讓牠說話。」

蓮拉扯不可次郎的背包。

得到解放的史三郎開始說明。

「首先是把各位的ＨＰ變成『無限』。」

啥咪？

蓮感到驚訝的同時，小小的身體就開始發光。

視界左上角自己的ＨＰ條，以及顯示其他十一個人份的較小ＨＰ條都從綠色變成金色。也就是所謂的無敵狀態。

「各位以及各位的武器不論受到多少傷害都沒關係。在這場試煉當中，絕對不會出現各位死亡或者武器損壞的情形。」

史三郎的話讓一群人發出驚訝的聲音，蓮甚至瞪大了眼睛。

「總之這代表了什麼意思？」

「就是字面上的意思喲，蓮。不論受到多少攻擊都沒關係。」

不可次郎隨口這麼回答，蓮則把臉朝向她。

「這我知道喔。所以不是很有利嗎！我想知道的是，以遊戲和戰鬥來說，這樣不會太簡單嗎？」

「當然會有一定的時間限制嘍。還有呢——」

「還有？」

「被擊中還是一樣會有熱辣的疼痛感喲，永遠都不會死就代表必須永遠承受疼痛感喲。」

蓮理解不可次郎以沉重口氣所說的內容了。

關於GGO裡中彈時的疼痛呈現，聽說比其他的完全潛行遊戲還要強烈。據說是因為疼痛緩和機能的等級相當低的緣故。

手腳被擊中的話會麻痺，將有好一陣子無法持物；胴體的話會受到相當大的衝擊貫穿體內；頭或臉中彈的話，甚至會覺得比被人賞巴掌更痛。

連續承受這樣的痛楚，但是一直不會死亡——某方面來說算是拷問了。

「怎麼這樣……太惡劣了吧……」

「所以我不是一開始就說了嗎？」

「咦？什麼時候？」

老大用鼻子發出哼一聲……

「遊戲設計者的個性很差。」

同時說出跟最初的試煉時一樣的發言。

「我同意。真是太丟臉了。」

史三郎不知道為什麼再次道歉了。

「別這樣，不准欺負史三郎！」

不可次郎再次包庇牠。雖然沒有人欺負牠就是了。

史三郎繼續說明。

「這個地點是直徑達2公里的圓形『森林戰場』，裡面共有三十隻敵人。請將它們全滅。時間限制是二十分鐘。再加上剛才過關的獎勵五分鐘。即使早點過關也不會對下一個試煉有影響。另外，過關之後使用的武器彈藥數將全部恢復。那麼——祝各位武運昌隆。」

原來如此。

包含蓮在內的所有人都理解這場試煉的內容了。

視界的右上方出現「30」這樣的數字，以及「25：00」的計時器，結果時間馬上就變成24：59了。

在這個計時器歸零前找到敵人並且將其打倒，把30變成零就可以了。

最初的試煉花了十五分鐘就通過，所以獲得了五分鐘的獎勵。如果在那裡花了二十分鐘以上，在這裡就會被扣掉那段時間吧。入手車子真是幫了大忙。

彈藥將會恢復，是因為剩下來的試煉會用到吧。這也算是很大的助力。

「什麼嘛，聽起來不是太困難啊？分頭快速把它們幹掉吧。我們又不會受傷，子彈也會恢復──『剛剛』好拿它們活動一下筋骨！」

克拉倫斯拍著愛槍AR─57，以平常那種嘻皮笑臉的模樣如此說道。

「幸好不是『肛肛好』……」

「不可妳閉嘴。」

身為好友的蓮率先開口吐嘈，這時她身邊的夏莉露出非常不高興的表情。

實際上她的確很不高興。因為明白了要是不會受傷的話，這場戰鬥裡就無法暗殺Pitohui的緣故。所以她非常不開心。

「來，M？」

Pitohui把話頭丟過去後，M就開始思考作戰。為了讓大家理解，他開口把自己的想法說出來。

「直徑2公里的圓相當廣大。要尋找30隻敵人的話，搞不好可能會有時間到的危險。」

M的話讓蓮點了點頭。

森林裡的能見距離最多也只有100公尺左右。現在沒有地圖也沒有衛星掃描，為了尋找敵人而浪費時間的話，二十五分鐘一下子就到了。

老大表示：

「這樣如何呢？」

為了警戒周圍而維持背對M的姿勢如此提案。

「讓蓮跟塔妮亞朝決定的方位跑。敵人發動攻擊的話，就能知道位置，到時候就所有人一起過去。只不過兩個人必須在那裡忍受一陣子疼痛就是了。」

原來如此，不錯的提案。

蓮雖然心想可以的話想盡可能避免挨疼，但還是同意對方的提案……

「敵人發現之後也不一定會攻擊我們。而且說不定是我們追得上的敵人。」

結果被Pitohui一口駁回。

「嗚，對喔……說得也是……還不知道是『什麼樣的敵人』。」

老大接受這個說法，撤回自己的提案。

GGO裡也有行動模式是「被玩家發現的話絕對會逃走」的怪物。

這個時候，奇襲失敗的玩家不是全力追趕，就是把它誘導到伙伴前方來包抄才能把它解決掉。

不過自己倒是很擅長對付這種獵物。

夏莉心裡想著自己與所屬中隊「北國獵人俱樂部」的眾人都會拿逃走的怪物當成狩獵練習，不過她選擇保持沉默。

M又繼續表示：

「傷害無視設定會白白浪費掉，所以我不認為全部都是逃走的敵人。應該會攻擊才對。不過如果附加了『我方找到躲藏的敵人並且發動攻擊時』這樣的條件，那就跟逃走沒兩樣了。」

夏莉之外的所有人都點了點頭。

「我我我！那這個辦法如何？」

克拉倫斯舉起手來。

「以腳程慢的人為中心，腳程快的人在外側，1公里除以十二個人，所以大概間隔80公尺左右排成一直線！然後用這條線像圓規一樣畫個圓。」

唔嗯唔嗯……這樣說不定可行？

蓮剛這麼想的瞬間，夏莉就開口說：

「這樣不行。能夠敏感察覺接近的獵物——不對，是怪物，就會立刻背對那條線逃走。我們不論繞幾圈都無法發現，也沒辦法追上那個傢伙。」

有在北海道極度寬敞的平原尋找獵物經驗的夏莉，馬上就注意到這方面的事情了。

在追蝦夷鹿時，沒有經過縝密思考就貿然追上去時從來沒有追到過。必須考慮到地形，做出「『習性上』會往這邊跑」的預測。當然也會有猜錯的時候。

聽見眾人發出「哦哦」的佩服聲音後，夏莉感到有些飄飄然……

「不愧是夏莉。」

一看見像是看穿一切而咧嘴笑著的Pitohui，就很想拿愛槍朝她的臉開火。

克拉倫斯不死心地接著說：

「那就各六個人分成兩條線——」

「想要靠這樣包夾吧？我知道妳想說什麼，但間隔160公尺的話，被從中間穿過就完蛋了。」

「唔……夏莉這個壞心眼的傢伙！」

「我只是說出事實。」

那到底該怎麼辦？

蓮開始著急了。

在討論期間，時間依然不停地流逝。已經變成23：00了。

「喂，史三郎！給點提示吧！」

手足無措時就只能拜託別人。

不可次郎不顧羞恥與面子對小狗這麼問，所有人都對她的舉動感到傻眼與感動。大家都覺得「只有這個人能做出這種事」。

史三郎面不改色地回答：

「我只能夠回答『放輕鬆一點吧』。」

「這是什麼提示！沒辦法了，那大家一起坐下來喝杯茶吧？」

不可次郎的發言……

「就這麼辦吧。」

Pitohui這麼說完，立刻受到所有人的矚目。

真的可以嗎……？

屁股坐在直徑2公尺的巨木根部，背靠在樹幹上的蓮，視界右上方的15：00變成14：59。變成14：58。變成14：57。30則仍未有所變化。

平常就總是被Pitohui嚇到，結果這次也不例外。

大約七分鐘前的事情，Pitohui提出了嚇死人的提案。

「大家坐下吧。雖然沒有茶喝。」

「啥？Pito小姐是認真的嗎？」

「認真的認真的，超認真的喲。我們就先坐下來等待吧。如此一來，耐不住性子的敵人就會自己過來了——或許吧。」

「什麼或許吧……」

「小蓮妳不知道嗎？《守株待兔》這首歌。」

接著Pitohui不等待蓮的反應就直接唱了出來。

「守株待兔　守株待兔

某天努力下田耕種

這時一隻野兔輕跳出來

跌了一跤　撞上樹根」

這是由北原白秋作詞的知名童謠。以清唱完美地唱完第一段歌詞後……

「喔喔喔喔喔喔喔喔喔喔！」

老大以泫然欲泣表情拍手的模樣，強烈地引發了ＳＨＩＮＣ所有人的感動。

那個神崎艾莎！

用虛擬角色！

清唱了！

童謠！

差點因為過於感動而被AmuSphere強制斷線。

「這些傢伙怎麼搞的？」

夏莉如此呢喃……

「誰知道……？雖然確實唱得很好，但是有那麼誇張嗎？」

克拉倫斯也露出傻眼的表情。因為不知道內情，所以也不能怪她們。

蓮啪啪地拍著手，同時……

「我當然知道。但是這首歌，最後的結果是一直等待下一隻兔子，然後荒廢工作變成一個沒用的人吧。」

「哎呀是這樣嗎？因為我不知道第二段歌詞啊。」

「這樣就只是一首等待幸運的歌嘛！」

蓮做出吐嘈……

「那麼！就由我們來唱完吧！」

老大發出吼叫。

好了啦，老大。妳們冷靜一下。乖啦乖啦。

不可次郎以右手制止了準備開始合唱的SHINC。左手則一直撫摸著趴在身邊的史三郎。

「嗯，與其像無頭蒼蠅般亂繞而撲空，還是在這裡等待比較好。不要急不要慌，休息啦休息。」

Pitohui只說這些話就一屁股坐到柔軟土地上，M則模仿她的行為，老大等人則是欣喜接受姊姊的命令，蓮看著他們……

「唉……」

湧不出反駁的力氣，直接走向大樹的樹幹，然後在該處輕輕坐下。

在森林裡度過一段悠閒的時間——

時間終於來到10：00，接著在一秒後變成09：59。

「真的沒關係嗎……」

蓮雖然忍不住把至今為止的心情說出口，但從旁邊1公尺處的地方……

「別說話。」

夏莉緩緩舉起R93戰術2型狙擊步槍同時這麼說道。

夏莉原本把背部靠在同一根樹上，然後腳往前伸坐著，現在則是把手肘放到膝蓋附近，穩穩地架著長狙擊槍。

接著——傳出巨響。

R93戰術2型狙擊步槍的槍口附加了槍口制退器，或者可以稱為補償器的零件。

那是將發射的氣體往左右兩邊排放，藉此來抑制槍械往上彈的鼓起與洞穴。

「咕哈！」

由於氣體往正旁邊噴出，在近處的蓮當然無法忍受。她的臉受到宛如被空氣賞巴掌般的衝擊。

發射出去的子彈，以馬赫的速度穿越樹木間的縫隙——

由於在粗大樹幹後面，所以蓮的視界無法捕捉到敵影，不過必殺的狙擊似乎漂亮地命中了。右上的數字從30變成29。

「有一套！」

仰躺在草地上的Pitohui跳了起來……

「唔。」

M在她身邊挺起巨大的身軀……

「來了嗎！」

圍成一圈臉朝外坐著的SHINC也迅速起身。她們以樹幹為遮蔽物，像是要保護所有人一般警戒著周圍。

「什麼什麼？夏莉幹掉的嗎？太厲害了！」

克拉倫斯維持坐姿發出喧鬧聲。

「又是戰爭。為什麼人類就是無法停止紛爭呢……」

不可次郎以雙手來回撫摸坐著呈等待狀態的史三郎，以憐愛的表情看著牠並且說著這種話。看來只有她一個人待在其他世界。

把KTR—09架在肩上，同時警戒著周圍的Pitohui對夏莉問道：

「是什麼樣的傢伙？」

被一擊擊倒一隻的敵人，並沒有從對面發動反擊。也沒有任何動作。森林裡籠罩在寂靜之中。

結束槍機的前後操作，也就是次發子彈的裝填後，夏莉就壓抑下想射擊發問者的心情，一邊用瞄準鏡尋找新的敵人一邊小聲地回答：

「確實有著人類的外型，應該是機械兵吧。」

暗銀色的纖細身軀以及發出深藍光芒的關節，臉龐中央只有一顆紅色鏡頭做成的眼睛，身高約一七〇公分左右的機器人。

GGO裡的人型敵人，目前為止除了這種機器人之外就沒有出現過其他類型了。廢墟工廠、地下迷宮等戰場經常會出現這樣的敵人。

「那就不是太耐打的敵人。」

雖然不像最初試煉的小敵人們那麼弱，但機械兵的耐久值也不是太高。以步槍射擊就能輕易轟飛手腳，擊中頭部的話更是可以一擊就讓HP歸零。

只不過還是不能大意。因為機械兵擁有雙手，能夠跟人類一樣使用各種武器。

雖說它們主要是使用便宜的光學槍，但有時還是會以稀有且強力的實彈槍進行攻擊，而且手榴彈的投擲距離還相當遠。因此從攻擊力方面來看，絕對是不容小覷的對手。

但是唯有在這場戰鬥裡是只要能忍耐疼痛就可以了。

「武器是什麼？」

「誰知道。只是稍微瞄到而已。雖然可以確定拿著自動步槍，但是不清楚種類。」

「喂喂，這很重要吧！妳玩GGO幾年了！」

克拉倫斯從後面噘起嘴巴，但夏莉無視她的發言。由於她並非槍械迷，所以不是很了解突擊步槍的種類，而且也只看到一瞬間而已。

M站起來，把M14·EBR的左側面壓在樹幹上，同時窺視著瞄準鏡。他慎重地在夏莉射擊的方向尋找著……

「看不到。距離大概多遠？」

M老實地報告並且提問。

「大概200左右吧。稍微從樹木之間瞄到就開槍了。」

夏莉雖然回答得很輕鬆——

但是在眾人變得懶散的情況中絲毫不放鬆警戒，比任何人都快發覺，立刻就瞄準並且射擊，最後穿越樹木命中目標，這一連串的行動都需要相當高超的技術。

「不愧是夏莉！」

「…………」

被Pitohui稱讚就會感到焦躁，這就是夏莉。

「好俊的身手。」

獲得M的稱讚，就覺得可以直率地接受，這就是夏莉。

在現實，也就是實際的狩獵時，也經常會有從粗大樹木之間稍微瞄到獵物的狀況。像這種時候，獵人在仔細確認過「不是人類」之前是絕對不會開槍。

過去曾經發生過，進入森林裡的人圍在脖子上的毛巾被誤認為蝦夷鹿的白色臀部，結果遭到射殺的悲慘誤射事故。既然要在日本使用真實的槍械，就絕對不能允許任何的誤射。

夏莉對於射擊對象就是如此仔細地確認，而且也有辨明的能力與經驗。然後這次也漂亮地解決目標。

那麼，敵人接下來會如何反應呢……？

在以蓮為首的眾人繃緊神經警戒之中，寂靜的時間就這樣持續流逝。

敵人確實在時間逼近時來到附近了。但即使打倒一隻，對方也沒有發動攻擊。為什麼呢？果然還是得由我們主動進攻才行嗎？

所有人隨著緊張與疑問持續警戒著四周圍時——

開始傳出某個聲音。

「沙沙沙沙沙」，彷彿下大雨般的聲音。當然天空是一片晴朗。

不是單一方向，而是周圍到處都能聽見這樣的聲音。

聲音越來越大。

而且——越來越近。

「上面！」

Pitohui隨著警告，將KTR—09的槍口朝著天空瘋狂射擊。

從蓮他們所瞪著的世界之外，也就是針葉樹的高處宛如猴子一般跳下來的一架機械兵，被Pitohui射穿後灑落著火花墜落了。

接著陷入距離50公尺左右的地面並碎裂。所持的綠色槍械彈起，消失在蕨類植物叢裡面。

看來Pitohui的「守株待兔作戰」是中大獎了。

「所有人盡量開火！別讓敵人靠近！」

老大的命令與ＳＨＩＮＣ諸成員無情的開火在同一時間發生……

「嗚呀！」

嚇了一跳的蓮也把Ｐ９０的槍口朝向天空。

但是除了枝葉外就看不見其他東西。也因為響徹周圍的猛烈槍聲而聽不見機械兵在樹木之間跳躍的聲音。

「在……在哪？」

「別管那麼多，隨便射就對了！」

克拉倫斯拿著跟Ｐ９０使用同樣彈匣的槍械ＡＲ—５７，以全自動模式朝向空中亂射。尖銳的槍聲彷彿超高速擂鼓聲一般，空彈殼以猛烈的速度往下方飛出。

不知道是克拉倫斯的技術高超，還是幸運值超高，又或者是兩者兼具，40公尺左右的前方掉下手臂遭到射穿的機械兵。

連射再連射。到剛才都很安靜的森林，轉變成幾把槍械持續發出吼叫聲的超瘋狂舞台。

「嗚啦啊啊！」

咚喀咚喀咚喀咚喀咚喀咚喀咚喀。

以擺在腰間的ＰＫＭ死命開火的羅莎，猛烈地擊穿枝葉，讓森林降下綠色的雪。有時還會有機械兵掉下來。

「嘿呀！」

蓮也隨便把一個彈匣的50發子彈像是灑水一樣持續地發射出去，但是看來今天不是她的幸運日。

既然打不中乾脆就停止射擊，交換彈匣後試著警戒敵人會不會從地面攻過來，結果完全沒有動靜。

至於不可次郎……

「我說你啊，比較喜歡羊肉還是雞肉的狗食？」

「…………」

跟惜字如金的史三郎……

「我應該是羊肉吧。稍微撕了一點來吃過，那真的很香……」

果然還是在另一個世界。

由於不可次郎的槍榴彈發射器就算朝上空攻擊也沒什麼意義，所以這算是正確的行動就是了。

於是在吵雜的瘋狂掃射開始二十秒後……

「奇怪了……」

最先注意到變異的是Ｍ。

「各位！有點不對勁！」

尖聲說道的Ｍ，槍上傳出來的聲音減少了。

「哎呀，真的耶。各位──『殘敵數』剩下多少？」

Pitohui的提問讓監視地面的蓮瞄了一眼右上方的數字。

時間倒數是08：05。殘敵數是29。

「沒有減少！還是29！」

蓮一這麼大叫……

「我也是！」

克拉倫斯也發出失了魂般的聲音。

「我也一樣！這太奇怪了！」

老大也做出同樣的回答。

「竟然沒有擊倒……？」

夏莉皺起了眉頭。

從剛才開始，光是看見的就有四架機械兵從空中掉落了。而且在地面變成大量多邊形碎片後四散。數量沒有減少實在是太奇怪了。

這時候手榴彈呈平緩的拋物線往思考著的夏莉飛過來。

爆炸的同時……

「咕哈！」

「呀！」

幾乎在爆炸中心點的夏莉，以及在附近的蓮各被往左右兩邊轟飛。

產生衝擊波型的手榴彈，讓兩個人移動了5公尺。由於蓮比較輕，所以距離幾乎相同。

「好痛啊啊啊啊啊啊啊啊！」

夏莉在土上扭動身體……

「痛死了！」

蓮也有同樣的反應。蓮扭動身體的速度是比夏莉快了將近一倍的高速。

正如不可次郎所說的，全身上下都麻痺到不行，而且極度疼痛。甚至讓人覺得HP條沒有減少是件很討厭的事。另外，中彈特效也確實會發生。身體到處都發出紅色光芒。
就連有點距離的蓮都如此疼痛了，在爆炸近處的夏莉，究竟感覺到何種程度的疼痛呢？
蓮一看之下，她的右半邊就像是被潑了漆一樣，幾乎全是鮮紅色。如果是平常，在感覺到所有疼痛前應該就會立刻死亡了。
「可惡，大混蛋──！」
夏莉為了忍受疼痛而丟出不適合出自美女口中的髒話，但這真的不能怪她。
「咩咯！」
聽見蓮的悲鳴後，Pitohui就趕了過來，然後立刻就發現敵人了。
10公尺左右前方的地面趴著機械兵，從蕨類植物之間露出紅色鏡頭。Pitohui在站立的情況下以KTR─09只發射1發子彈，漂亮地貫穿其銀色的頭部。讓它變成多邊形碎片四散。
「下面也有喔～」
Pitohui的聲音……
「為何……？」
「為什麼？」
讓仍然疼痛的夏莉與身體還感到麻痺的蓮同時感到疑惑。那麼靠近地面的話，還沒有從樹木之間看到實在太奇怪了。就算是匍匐前進，那種尺寸的機械兵還是會被看到才對。不會是潛入地下鑽過來的吧。

「呀嗚！」

「呀！」

接下來聽見的悲鳴是來自於塔妮亞與冬馬。

蓮回過頭去，看見在10公尺左右後方守護著背後的SHINC眾成員中的兩個人，身體正發出光芒，而且躺在地上扭動著身軀。

「可惡！這裡也一樣！下面也有！」

被對著伙伴們投擲的手榴彈轟飛出去的老大果敢地展開突擊。

她把消音狙擊槍VSS切換成全自動模式，一邊對銀色頭部瘋狂射擊一邊跑過去……

「去死吧！」

在距離準備舉起槍的機械兵僅僅3公尺的地方，賞了它的頭部10發子彈。完全是過度傷害。對人戰鬥的話算嚴重違反禮儀。這種行為還是僅止於SJ比較好。

確認機械兵的頭被轟飛，然後身體也變成多邊形碎片消失之後，老大就抬頭看向視界右上方的數字……

「哼，可惡！」

以憤恨的心情確認了沒有變化的29。

「不論怎麼想都很怪！明明在眼前打倒了！」

下一個瞬間，從斜上方出現複數的彈道預測線，接著是衝鋒槍的子彈沿著線降下，命中老大巨大身軀的各個地方，中彈特效把她變成了蜂窩。

「呀嗯！啊啊——痛死了！」

「太詭異了……」

Pitohui在粗大樹木的樹蔭下邊環視周圍邊這麼呢喃。

敵方機械兵確實逼近了，不過也不斷遭到擊毀。但是殘敵數量卻完全沒有減少。

而且明明把從上面來的傢伙們轟落，不知道什麼時候地面上也出現了。

「啊，對了！」

注意到的時候步槍的子彈已經飛至，把Pitohui的臉頰從右到左貫穿。Pitohui動著中彈特效而變成鮮紅的嘴……

「克拉倫斯。」

看起來簡直就像完全不痛一樣對克拉倫斯搭話。

「什麼事？」

不想再被擊中而整個人趴在大樹後面的克拉倫斯如此反問……

「去看一下我剛才擊倒的傢伙。」

「不要哩，會死耶。」

「別擔心，不會死的。去的話會有好事發生喔。」

「什麼樣的好事？」

「去的話，妳可愛的屁股就不會被我射中。」

克拉倫斯抬起頭來，發現Pitohui的KTR—09延伸出的鮮紅色彈道預測線正連結到自己的臀部。

「拿妳沒辦法……要好好援護我喲。」

「OK，快去吧！」

Pitohui開始用KTR—09朝周圍射擊，克拉倫斯起身後，半蹲著一口氣跑過10公尺的距離。抵達剛才被Pitohui射穿並且毀壞的機械兵所在地——！

「咦？」

和待在那裡的機械兵視線相交，槍口在僅僅數十公分的位置互相朝向對方。

「呀——！」

克拉倫斯悽慘的悲鳴傳進所有人耳裡……

「好痛好痛夠了去死啦臭傢伙！屁股中彈還比較好！不過我幹掉它嘍可惡！」

蓮和Pitohui看著胸部與背部發出鮮紅光芒並且當場在地面滾動的克拉倫斯。

看來她是被一擊貫穿了胸部與背部。

竟然能貫穿克拉倫斯ＡＲ—５７用的直向長彈匣包以及穿著防彈板背心的胸部與背部。

機械兵所拿的似乎是直徑８毫米等級以上的極強力步槍。當然，如果是平常的遊戲，這根本是一發即死的狀況。

但問題並非在此。

「咦！為什麼？被誰打中的？」

蓮想知道的不是推理小說裡所謂的「如何殺死的（howdunit）」』而是「犯人是誰（whodunit）」。

「就是第一架機械兵！可惡啊Pitohui！那傢伙完全沒死喔！突然就把槍口對準我！所以我就打爆它的頭把它幹掉了！同歸於盡啊啊！啊啊好痛！」

聽見克拉倫斯的抗議，Pitohui就點點頭。

「嗯，果然如此！」

「果然如此？」

「果然如此？」

克拉倫斯與蓮異口同聲地說道。Pitohui沒有回應她們……

「M！把電漿手榴彈扔到克拉倫斯現在待的地方！」

「喔。」

「嗚咿？等……等一下！」

M完全沒有遲疑。按照吩咐，準確地丟出電漿手榴彈……

「嗚呀啊啊！」

忍受著疼痛站起來逃走的克拉倫斯身後出現藍色球體，讓原本在該處的地面與蕨類變成粉末並且被吹走。產生的爆風還順便推向克拉倫斯的背部……

「噗呸！」

讓她從臉部滾落到地面。感受到虛擬草皮與土壤的味道。

「好難吃！」

然後，視界右上的數字變成了28。

「哎呀～？到底怎麼回事？」

在一群人中央休息的不可次郎說出自己的疑問……

「所有人聽我說～」

結果Pitohui幫忙回答了她的疑問。

「要打倒的不是機械兵。」

啥？

跟蓮一樣傻住的所有人耳朵裡……

「它們所拿的『槍』。那才是這次的敵人。只要不破壞槍，機械兵就會不斷地復活。」

傳來了Pitohui的聲音……

「沒錯，答對了。」

接著又響起史三郎的聲音。

「原來如此！是這麼回事啊！」

老大露出帶著憤怒的笑容，搖晃著辮子，維持小孩子快要哭出來般的表情，朝著在數公尺前方站起來的機械兵衝去。

機械兵以綠色大型，而且形狀從未見過的突擊步槍對準老大並且連續開槍。老大巨大的身軀上不斷閃亮著中彈特效……

「別開玩笑了！」

無視疼痛的老大，以右臂讓機械兵的脖子吃了一記金臂鉤。

對著倒地的機械兵臉龐……

「吃我這記！」

老大以從右腰拔出的Strizh手槍抵住並且開始猛烈的連射。中了5發子彈時，機械兵就消失不見了。

然後只有槍留了下來。

「這把槍嗎……看我轟飛你！」

老大把電漿手榴彈放在上面，然後按下啟動鍵……

「啊，把它拿過來。」

受到Pitohui的命令……

「了解！」

除了欣然允諾外就沒有其他選項了。已經啟動而開始倒數十秒的手榴彈，因為覺得解除也很麻煩就隨手丟到附近。

以藍色爆炸為背景，老大跑回Pitohui的身邊後，把左手拿著的謎樣槍械放到地面。

Pitohui、M以及蓮低頭看著……

「這是什麼？」

M這麼說道。

「M先生不知道這是什麼的話，我不知道也是理所當然的吧。」

蓮這麼表示。

雖然不至於知道所有出現在GGO裡的槍械，但是蓮經常被Pitohui炫耀她的收集品。所以對擁有一定程度槍械的知識感到自負。

連這樣的蓮都首次看見的一把槍，擁有凹凸不平的外觀。

以形狀來說，具備抵在肩膀與臉頰上的槍托，以及用來握住的手槍式槍把——亦即所謂的自動步槍，也就是突擊步槍，但槍身卻像錫鐵機器人般四四方方。槍身前方還有摺疊起來的粗獷兩腳架。

扳機不只在手槍式握把前方，不知道為什麼前方還有另一個。

然後最奇妙的是，槍上還放著一個常見的鳳梨形狀手榴彈。

雖然有從槍口，或者槍身下方擊出形式的槍榴彈發射器，但是沒有見過放在上面的。這樣不就無法使用瞄準鏡了嗎？嗯，反正有彈道預測線，所以可能派不上用場就是了。

看見土氣的造型、格外四方的框架、設在意義不明位置的扳機，以及沒有前例的手榴彈配置，蓮有種它像是小孩子玩具一般的印象。

「Oh my god！這我還是第一次見到！GGO裡面也有嗎！」
Pitohui很高興地大叫……
「Pito小姐，妳知道這把槍嗎？」
蓮不得不感到驚訝。同時也對她真的無所不知而感到難以置信。
M也瞪大了眼睛。Pitohui表示：
「知道喔。這個是——」
至今為止最大的爆炸聲蓋過她的發言，爆風與地震晃動所有人。這是巨榴彈的爆炸。
「怎麼回事？」
Pitohui的話才說到一半，但蓮一抬起頭就看到巨榴彈的爆炸掃倒周圍的樹木，並且逐漸收束……
「老大她！做出自爆攻擊了！」
塔妮亞如此回應。
老大竟然靠著自己的HP不會受到損傷，在靠近到敵人身邊後以抱著的巨榴彈自爆了——
也就是進行所謂的「特攻」。
「嗚咿。明明很痛的啊……」
在無法死亡的情況下，讓巨榴彈的奔流在整個身體裡肆虐。那應該是讓人無法想像，也不也不想去模仿的疼痛。

「哇哈哈哈哈！跟自由體操失敗，整個人跌在地板上比起來！這點小事算不了什麼！也沒有大笑的觀眾啊啊啊啊！」

這時從那個老大傳回笑聲。新體操的自由體操表演失敗也很痛。

「好勇敢……」

蓮這麼呢喃著，視界右上方的敵人數量減為22。由於剩下來的五個人也瘋狂地開火，戰鬥就暫時交給可靠的ＳＨＩＮＣ了。

蓮把話題拉了回來。她指著機械兵拿著的異形武器……

「Pito小姐，這是什麼？」

Pitohui扭著刺青的臉頰咧嘴笑了起來。她舉起謎樣的槍械……

「這把槍的名字是『Johnny Seven ＯＭＡ』。『ＯＭＡ』是One Man Army的簡稱。」

「好浮誇的名字……就憑這把兒童玩具般的槍？」

「因為它就是兒童的玩具啊。」

「啥？」

「這是１９６０年代前半在美國流行的兒童玩具槍。當時Nice的小屁孩們好像就抱著這個在廣大且割得很漂亮的庭院草地上奔跑。什麼步槍啦、衝鋒槍啦、反坦克火箭啦、甚至連物理

上的手榴彈投擲機都有，名符其實地裝載了七種武器。把手槍式握把的部分取下來就能直接變成手槍。」

也只有玩具才會有這種把五花八門的武器集中在一把槍上面的概念。

「簡直就像『XM29』。」

正如M所呢喃的，1990年代，美軍開發了類似概念的槍械。

也就是XM29。把5.56毫米口徑的突擊步槍，跟會在指定距離空中爆炸的20毫米口徑連射式槍榴彈發射器組合起來的槍械。

但那實在是太大，然後也太重了。

因為發現「各拿一把還比較輕鬆吧？」而結束開發。韓國軍隊也有類似的兵器，而且還成為實戰配備，但設計上似乎有瑕疵，因為故障的問題結果還是消失了。

最後得到的結論是讓一個道具擁有各式各樣的性能並非好事。

「哈，原來如此……真的是玩具嗎……等等，Pito小姐。為什麼妳連這種事情都知道？」

「在小學的體育課學到的。」

「絕對是騙人的。」

「先別管這個了，竟然有這種稀有槍！珍貴槍！稀奇槍！這就歸我了！放到倉庫欄當收藏品！才不要給小蓮哩！」

「呃，我才不要呢。而且那是敵人吧？不毀掉的話敵人數就不會減少吧？話說——」

蓮的擔心成真了。

宛如附身在Pitohui所拿的Johnny Seven上面一般，機械兵開始緩緩地實體化了。簡直就像是甦醒的幽靈一樣。

「看吧！」

在蓮用P90開火射擊之前……

「喝！」

Pitohui就把Johnny Seven丟出去，然後以藍白色光刃將其一刀兩斷。居合斬一閃即逝。右手上拿著的是這次初次使用的光劍，名稱為「村正F9」。

機械兵變成多邊形碎片消失，遲了一會兒後，直向變成兩半的Johnny Seven也消失了。

「啊啊真是的！很想收藏的啊！」

當Pitohui發出悲痛的叫聲時，殘敵顯示也從15變成14。

「衝進去後，發現根本是小菜一碟。」

展現鬼神般戰力的老大，不知道破壞第幾架敵人機械兵——不對，是Johnny Seven後才這麼說道。

這場戰鬥的機械兵，只要接近就能知道並不是太強。動作跟普通人差不多，射擊的頻度也很低。

老大已經不再使用電漿手榴彈，而是豪邁地靠近到數公尺，讓敵人嘗到ＶＳＳ的全自動模式射擊。

把消音狙擊槍專用子彈，10發俄羅斯製9×39毫米彈射光後，爆出火花的Johnny Seven就四散了。然後拿著那把槍的機械兵，其單眼露出悲傷表情之後就追隨著槍逐漸消失。

剩下13。

冬馬的連續射擊捕捉到羅莎用機槍擊落到地面的機械兵。自動連射式的德拉古諾夫狙擊槍發揮本領的時刻來了。發射5發子彈來將機械兵架起來的Johnny Seven破壞掉。

剩下12。

「嗚啦啊！」

發出可愛的「啵」一聲後，蘇菲拿著ＧＭ—９４水平開火。15公尺近距離的槍榴彈攻擊把拿著Johnny Seven的機械兵一起轟飛。

剩下11。

「剛才很痛喔！」

夏莉全力往森林裡奔馳，同時對大約30公尺前方瞄到的一架機械兵發射必殺的開花彈。是她擅長的Running snap shot。

跟最初的1發一樣，子彈命中Johnny Seven的中心部並且把它炸裂成兩半。

剩下10。

「有機會過關了！」

蓮邊看著03：58的剩餘時間以及殘敵數邊這麼說道。

這個時候，腦內直接聽見的聲音是……

「各位，請注意。殘敵數在10以下後，攻擊將會變得更猛烈。」

那是史三郎的聲音。

「各位～史三郎他～好像說要注意～聽見了嗎～？」

接著就聽見從剛才就什麼都沒做的不可三郎這麼表示，但是蓮根本沒有多餘的心思來回答她。

眼前飛來紅色砲彈並且爆炸。

「呀啊啊啊啊啊啊！」

蓮隨著都卜勒效應飛上天空。

飛到眼前的槍榴彈炸裂，嬌小身軀被轟飛到比剛才三倍遠的距離，背部猛烈地撞上粗大樹幹……

「噗咿！」

直接往下掉了3公尺……

「噗嘎！」

從臉到腹部都陷入地面數公分。

「好痛……」

再次細細地品嘗了因為無法死亡才能發生的疼痛。

蓮緩緩起身，把P90的肩帶拉過來，緊握住小P的瞬間……

「嘎哈！」

頭部就被擊中了。是以強力步槍貫穿了克拉倫斯的狙擊。或許是Johnny Seven的七大不可思議之一吧，只見她額頭的中彈特效發出強光……

「嗚哇啊……」

試圖要站起來的蓮像喝醉了一樣踩著踉蹌的腳步，最後一屁股重重地坐到地上。

我覺得……這絕對……會對現實的精神產生不良影響……

蓮在像是腦震盪般無法自由操作身體的情況中，卻以相當清晰的意識這麼想著。

雖然早有預想，在GGO裡持續遭到槍擊，然後無法死亡真的相當痛苦。

如果打從一開始就是如此痛的遊戲，香蓮就絕對不會繼續玩了。

雖說剩下十架時難易度會上升，但攻擊實在太過猛烈了。

「嗚哇啊啊啊！好痛——————！別打那裡！色狼！變態！」

可以聽見克拉倫斯的悲鳴。雖然只是猜測，不過她應該是被Johnny Seven的七大不可思議其中之一的機槍部位連續擊中屁股了吧。

「這些傢伙！動作突然變了！」

可以聽見羅莎的叫聲。雖然看不見，但應該是被動作突然變得敏捷的機器兵搞得一個頭兩個大吧。

蓮抬起臉來，就看見夏莉與機械兵在眼前的樹木之間到處亂竄。

機械兵雖然變快了，但夏莉的身手也不容小覷。她不斷避開樹木，進行著壯烈的追逐戰。

夏莉揹著R93戰術2型狙擊步槍，兩手拿著Pitohui借給她的M870・Breacher，不停左右移動避開樹木追著敵人……

「嗚啦啊！」

機械兵隱藏在樹幹後面的瞬間，她瞄準並射擊的不是可能跑出來的另一側，而是剛才躲進去的這一邊。

結果她的預判果然正確，散彈群襲向以假動作轉身並且回到原地的機械兵。數發命中想朝向夏莉的Johnny Seven，其槍身碎裂——

成功了！

在歡喜的蓮眼前，機械兵只拔下手槍式槍把。即使大部分槍身破損，只要手槍的部分沒事，就能直接迅速瞄準夏莉並且射擊。

「咕嘎！」

雖然距離15公尺之遠，但光用一隻右手的手槍射擊還是擊中夏莉的額頭讓她後仰。然後隨著往前方的勢頭整個人撲倒到地上。

把夏莉爆頭的機械兵，單手拿著剩下手槍的Johnny Seven迅速消失在森林裡。

殘敵數依然還是10。剩餘時間是02：59。

「這下不妙了。」

連Pitohui都這麼說了，雖然口氣聽起來還是很輕鬆，但狀況應該真的很不妙吧。

全身麻痺好不容易才消失的蓮站起身後，Pitohui和M來到她的身邊。M雙手拿著可以說是他代名詞的盾牌保護著Pitohui。

剩餘時間02：45。

「小蓮啊。可以請妳幫忙嘗點苦頭嗎？」

「我嘗很多苦頭了！——要做什麼？」

「了不起！妳可以到處亂竄，幫忙尋找周圍機械兵的所在位置嗎？發現的話就全力追趕。小蓮妳很醒目，就算在森林裡也能立刻發現。」

「原來如此……」

如此一來，Pitohui他們也能知道機械兵在什麼地方。從剛才開始，機械兵似乎就沒有逃向遠方，而是在我方的周圍繞圈。

「但是只靠我跟小P的話，可能沒辦法把它們幹掉。」

蓮老實地承認自己的火力不足。憑P90的子彈，沒有自信能從背後射穿機械兵的身體來破壞Johnny Seven。

「嗯，所以——」

Pitohui的發言……

「咕呀！」

被塔妮亞的尖叫聲掩蓋過去。看來是遭到機械兵的痛擊。希望她多保重。

「所以不可小妞就朝著小蓮發射必殺的電漿手榴彈。」

「噗嘿？如此一來……」

蓮不用聽答案也知道……

「咚磅！敵人跟小蓮都……」

但Pitohui還是告訴她了。

如果是能把直徑20公尺內物體全部轟飛的電漿手榴彈，應該很容易就能殲滅敵人吧。代價就是……

「我會痛到快死掉！」

「別擔心，不會死的。」

「但是很痛！」

「沒錯。所以我不會強迫妳……但又沒有其他有效的手段……剩下不到三分鐘了，如此一來我們的任務會只到第二場試煉就結束……雖然想跟大家一起多享受一點遊戲……真是太可惜了。」

「咕唔唔……」

「各位，雖然很難過，但舉白旗投降吧。『任務撤退』的按鍵在哪裡呢──」

「嗚嘎──！我做就是了！」

「這才是小蓮！各位！拍手拍手！」

在SHINC的眾人立正拍手當中……

蓮啊，妳這傢伙還太嫩了……

不可次郎一邊撫摸著史三郎一邊這麼想。

接下來的兩分鐘裡——

蓮嘗到在至今為止的ＧＧＯ裡未曾體驗過的感覺。

如果要以現實生活來比喻的話，大概就是「把非常熱的三溫暖，跟老家北海道零下30度的寒氣混合起來」吧。

Pitohui粗暴的作戰進行地十分順利。

蓮靠著她的腳力從機械兵的槍擊中逃開，同時還追著它們到處跑……

「不可小妞，那邊。」

「去嘍。」

追到的時候，不可次郎的砲擊就會來到。使用的當然是電漿手榴彈。就算有些偏差，其威力影響的範圍依然相當寬廣。

「這次是對面。粉紅色的兔子在那裡喲。」

「好喔。」

在藍色奔流包圍下，蓮看著自己所追的機械兵連同武器——也就是Johnny Seven蒸發，以及殘敵數量減少，同時被一股猛烈的感覺籠罩。

那是無法辨識是冷還是熱的感覺。最後從頭頂到腳尖，也就是全身都連到底痛不痛都不知道了。由於會持續三秒，老實說第1發時就想放棄了，但是——

老大撐住了！

光是這個事實就足以讓蓮支持下去。要是在這裡撐不住的話，不就輸給老大了嗎？不想在老大面前落敗。她是自己唯一不想輸的人。

Pitohui一定是看透這一點才會來搧風點火。這個臭傢伙。

途中雖然塔妮亞也自願負起同樣的任務，但不可次郎的砲擊會太過忙碌，所以遭到駁回。何況電漿手榴彈也只有12發而已。

以承受疼痛的身軀到處追著機械兵，然後再次被捲進爆炸當中……

「來，加油吧～」

隨著提案者無心的鼓勵……

「蓮！加油啊！」

「加油！」

「Fight！」

以及老大等人由衷的鼓勵，蓮總算是撐住了。

「那裡啊啊啊啊啊！」

以鬼神般的模樣追著最後一架並且順利解決掉它，是在距離戰鬥結束剩下三十秒左右的事情。

「呼，收工了……」

結果這場戰鬥裡一次都沒有中彈，也就是從未嘗到痛楚的，就只有不可次郎而已。

「蓮！」

老大跑到整個人倒地的蓮身邊，對她伸出大手。

「幹得好！」

眼冒金星的蓮確實抓住她的手……

「嘿嘿嘿。我不會輸的，老大。」

第二試煉——過關。

SECT.5 第五章　化為雪原　—第三試煉—

十二點四十分。

蓮他們沒有時間療癒戰鬥到幾乎是最後一刻所帶來的疲憊……

「好刺眼！」

再度被白光包圍並且傳送到別處。

「呼……這次是哪裡……？」

蓮睜開眼睛後……

「好刺眼！」

該處是雪白世界——一整片雪原。

天空是略為泛紅的藍色，太陽掛在相當高的位置。然後地面積著滿滿的白雪，其反射讓人感到刺眼。

由於是在VR遊戲內所以不會發生雪盲才對，但的確是足以讓人想戴墨鏡的極炫目地點。遊戲內的明暗理應會自動調整才對，應該是刻意減弱了效果。

往腳邊一看，蓮穿著的粉紅色靴子一路陷到腳踝附近。感覺是堅硬的冰上負載了幾公分經過踩踏的雪。

蓮環視周圍，發現自己跟伙伴的所在地是被360度地平線包圍的平坦雪原。然後——還長著大樓。

大約數十公尺的隨機間隔下可以看見大樓。

外牆破破爛爛，半數以上的玻璃窗已經破碎。一邊約40公尺左右的四方形高樓大廈，全都確實呈垂直線條。沒有任何傾斜的大樓。

大樓凸出的程度不一，高度大概是三樓到七樓都有。不過每一棟都看不見基部與玄關，也就是說應該都埋在深雪當中。

無數大樓只稍微露出頂端的雪原——GGO裡有許多戰場會讓人想調查一下設計師到目前為止的人生，不過這算是特別奇特的場景。給人一種超現實的感覺。

「哇啊！雪裡長出大樓來了！」

克拉倫斯說出所見的感想後，撫摸著史三郎的不可次郎就表示：

「秋天種下的大樓種子漂亮地長大了呢。明年夏天應該就會結出豐碩的大樓果實吧。」

「哇～太厲害了！」

「克拉倫斯……妳有受過義務教育嗎？」

夏莉提出質疑。這種時候像是一定會如此回答般……

「我不記得了。」

克拉倫斯如此回應。

下一個瞬間，地面搖晃了起來。

腳邊一開始是緩慢，接著突然猛烈地跳動起來。

這很明顯是地震。震度大約是五。這樣實在站不住了，當大樓發出摩擦聲，所有人邊聽著窗戶碎裂的聲音邊蹲下來的瞬間——

滋砰！

大樓隨著豪邁的聲音從雪山裡伸出來。

從一群人所在地往南１５０公尺左右，到剛才為止是一棟長寬約10公尺左右的大樓露出頂端。跟其他棟比起來算是很小的大樓。

結果現在卻彈飛周圍的雪不停地往天空伸展。筆直且專一地往上延伸。

「哇……」

茫然往上看著這壯觀場面的蓮等人面前……

「施太多肥了吧？營養與零用錢都是過猶不及喔。」

克拉倫斯感到擔心。

「我知道喲。那會變成竹子。剛長出來時砍掉煮來吃會很美味，但看來已經太遲了……」

不可次郎放棄了。

「竹子的話，可以用來『造物』喔！」

俄羅斯人米蘭——所操縱的冬馬，可能是剛上過竹取物語的課程吧。不然就是把艾莎在KTV裡的哏撿來用了。

大樓發出破風聲的急速成長，在地震止歇的同時也停了下來。其高度大約100公尺。以樓層來看大約是三十層。比其他大樓高出許多，像要突破天際般聳立著。加上其細長的模樣，看起來簡直就像一根直立的棒子……

「那是棒狀圖吧。」

蘇菲表示。

「這個結果的話，還是餅狀圖比較好吧。」

羅莎接著說道。難道是想起了回家作業嗎？

「爬到頂端的話，應該能看到很棒的風景吧。」

老大的發言……

「是的，拜託你們了。」

在史三郎這麼回答後，所有人都嚇了一跳。

「各位，現在說明『第三試煉』的內容。」

「咦？不會要爬上那個吧？」

蓮邊站起來邊這麼問……

「是的。」

史三郎做出肯定的回答。

「各位，請仔細聽我接下來要說的情報。這個戰場最高的大樓屋頂上設置了一扇門。鑽過那扇門就能移動到下一個試煉。」

「是的，任〇門～！」

由於不可次郎模仿絕對是日本最有名的某ＳＦ機器人動畫主角的聲音這麼大叫——所有人都沒有笑。

這是因為實在是太像了。因為實在太像了，就感覺不太有趣。

由於史三郎也沒有笑，所以就淡淡地繼續說 明下去。

「只要有任何一個人鑽過門，那個瞬間所有人的試煉就算結束了。限制時間是從現在開始的十八分鐘。」

蓮他們的視界右上角，顯示的時間從18：00變成17：59。蓮看了一下手錶，現在的時間是十二點四十二分，所以試煉結束的時間剛好是十三點整。

「看來這次的試煉可以鍛鍊腿跟腰喲……」

克拉倫斯這麼說完就咧嘴笑了起來……

「小狗啊，裡面沒有電梯嗎？」

接著對腳邊的狗這麼問道。

「沒有。」

狗如此回應。

「只要有一個人爬到那棟大樓的屋頂？那很簡單吧……？」

蓮似乎也跟安娜有同樣的疑惑。

只要跑到那裡並且爬上去的話，蓮應該只要幾分鐘吧。就算得不斷爬樓梯，反正也不是現實，所以不會疲憊。

「請注意，說明尚未結束。」

互相調侃、傾訴內心想法的一群人挨了小狗的罵。

「喂，各位！別妨礙史三郎！」

不可次郎雖然發脾氣了，不過模仿藍色哺乳類型機器人的不就是妳嗎？

「這場試煉裡，各位所帶來的武器與防具都不能使用。我們會加以回收。」

當蓮想著「啥咪？」的瞬間，拿在手上的愛槍小P一瞬間就消失了。左右腰間的腰包連同內容物一起消失，伸手一碰後，發現背後的小刀也不見了。

怎麼這樣！之後會確實還給我吧……？

蓮感到擔心。即使知道這是杞人憂天。

回過頭一看，發現所有人都空手——或者可以說手無寸鐵。

背心胸口裝了防彈板的人失去了背心，Pitohui的頭罩、不可次郎的頭盔與小刀都消失了。

M的背包因為盾牌消失而變得扁平。

SHINC的眾人也是只穿著戰鬥服的模樣。簡直就像一鍵裝備前在酒店內閒聊時的模樣。

「唉……」

不可次郎失去用來代替髮簪的小刀，於是隨手把飄然落下的長髮綁成馬尾。

雖然應該早就知道答案，但蓮還是揮動左手打開倉庫欄視窗。裝有兩把手槍Vorpal Bunny與彈匣的背包，在顯示上面出現叉叉的符號。根本無法取出。

剩下來的全是跟戰鬥無關的東西。

為了在荒野喝茶而準備的大保溫瓶——而且還有三個、拿來當成點心的餅乾，以及用來聽神崎艾莎的耳機之類的。

由於一直都放在裡面沒有取出，甚至忘了自己身上還帶著這些東西。沒有它們的話，或許就能多帶一些子彈了。

還是別告訴大家自己倉庫欄裡面放了這樣的東西吧。

蓮心裡這麼想。

然後，無法使用小P和小Vor們後，它們空出來的重量當然一口氣讓可搬運重量增加了許多。也就是說，「揹著的透明背包」暫時變輕了。

「階梯慢跑不需要武器的意思嗎？」

老大這麼問……

「嗯，不會出現敵人的話啦。」

而蘇菲如此回應。

「啊哈哈。不可能出現如此『溫吞』的試煉吧！」

Pitohui不知道為什麼看起來很開心。

「對吧？黑心——哎呀，黑毛的小狗？」

「是的，答對了。剛才長出來的大樓，其另一側有怪物的存在。它們會試著比各位更快鑽過門，同時會發動攻擊。」

「咦，不會是要我們赤手空拳幹掉它們吧？我可不想用手打倒怪物喔！」

克拉倫斯如此詢問……

「空手也可以，不過各位能夠使用的武器和彈藥散落在這個戰場的某些地方，請迅速找到，使用自己喜歡的武器吧。敵人也是同樣的條件。然後也能打倒敵人搶走武器。」

什麼！

蓮他們再次嚇了一跳。

於戰場上收集武器，同時也能由敵人身上搶走武器的戰鬥在其他遊戲雖然很常見，但在GGO沒有這種前例。

「各位的HP在受到傷害時跟平常一樣會減少。歸零時——」

會死掉嗎？會從任務中退場？

蓮雖然這麼擔心著，但並非如此。

「就會在該處進入『假死狀態』來待機。有人克服試煉的話，在下一個戰場就會復活，HP也會完全恢復。」

「原來如此。」所有人都能接受這樣的規則。

也就是說這場試煉是——

所有人都能過關，或者所有人都失敗的兩種結果之一。

「說明到此為止。祝各位武運昌隆。」

「好了，蓮！跑吧！帶史三郎散步就交給我了！」

不可次郎大叫著，然後以MGL—140消失後空著的雙手抓起小小的黑狗。

先不理會不可次郎的行動，蓮開始跑了起來。

「交給我吧！」

如果是移動速度的比試，那就是自己最擅長的行動了。在敵人過來之前閃電般跑過這片雪原，爬上宛若棒子一樣的大樓之後，一瞬間就能克服這場試煉了。可以說輕而易舉。

繼上一場試煉之後，似乎能再次成為英雄了。得先思考一下接受採訪時要回答什麼才行。

蓮帶著幹勁，迅速在雪地上留下小小足跡奔跑著——

滋啵！

跑到第四步就整個人陷到胸口。一瞬間就變得動彈不得。

「喂？咦？這裡！腳邊是怎麼回事？」

「看來是變成這樣……」

看向聲音的主人M，發現他的腿部埋進了雪裡，接著前後動著強壯的腳，大量把雪鏟開後往蓮的方向靠近。

這真是太神奇了。

離開開始地點幾公尺後，接下來就是軟綿綿的新雪了。被埋住的蓮雖然掙扎著，但是根本無法動彈。

可惡！

蓮詛咒著自己的矮小。在GGO裡首次如此咒罵。這樣不就沒辦法突擊最高的大樓跑上屋頂了嗎？不就沒辦法成為英雄了嗎？

「咕嗚，好難走……」

老大她們也辛苦地撥開雪前進……

「我們先到左側那棟大樓去！那裡面應該有武器才對！跟我來！」

「嗚啦！」

她們前往最近——20公尺左右前方左側，或者可以說位於東南方的四層樓建築物。

「敵人呢？」

滋啵。

蓮被M從雪地裡拉出來的瞬間這麼問道……

「簡直就像在拔蘿蔔。」

這也誘使還待在開始地點的克拉倫斯說出這樣的感想。

「當然在嘍。在最高大樓後面，300公尺前方。大概有十二隻外型奇異的怪物。現在聚集在一起，噁心地不停朝我們這邊看來是右邊的大樓蠕動當中。」

Pitohui看著雙筒望遠鏡並且這麼表示。

那副望遠鏡的帶子是掛在旁邊夏莉的脖子上。也就是說，夏莉把道具從倉庫欄取出後就被

Pitohui搶了過去，夏莉現在也露出馬上想往Pitohui脖子一口咬下的模樣來瞪著她。

「不論如何，還是得有武器！」

在這麼說的老大帶領之下，SHINC排成一列往附近的大樓前進。

「暫時切斷通訊。有什麼事再呼叫我吧。」

從老大那裡傳來暫時斷絕通訊的通知。像這樣完全分頭行動的時候，一直聽著所有人的對話將會造成不便。

Pitohui回答「好喔了解」後，就輕碰了一下耳邊。接著……

「我們也得快一點才行了。」

對LPFM小隊的成員如此搭話。剩餘時間是十六分鐘多。完全沒有多餘的時間可以浪費了。

M他……

「抓住我！」

光靠手臂的力量就把蓮抬起來，然後直接移動到自己身體的後方。接著把她的雙腿放在自己肩上，也就是所謂的騎馬。

有多少年沒有坐在肩膀上看風景了呢……

M對這麼想的蓮說：

「進背包裡面。可以按住我的頭。」

「哦？噢——」

一瞬間猶豫了一下的蓮立刻理解了。於是把雙腳放進M防具消失後空無一物的背包裡。接著把手放到M大大的頭上，再依序移開雙腳。

就這樣在背包裡面蹲下後，發現大小剛剛好。不會太緊也不會太鬆。簡直就像為了搬運蓮而特別訂做的尺寸。

「好，走吧。」

M揹著蓮大步走了起來。就像一輛除雪車一樣，猛烈地往跟SHINC眾人不同方向，大約40公尺右側的大樓突進。

視點提高後，視野就相當良好。這本來就是理所當然的事。

蓮這麼想著。

在現實世界幾乎都是低頭看別人的香蓮，在GGO世界裡，就只能從相當低的位置往外看。蓮深切地體認到，如果只在意「迅速發現敵人」這一點，那自己就會相當不利。

「蓮，左側看得見敵人嗎？」

確實正如M所說的，左側300公尺左右的前方，有一半埋在雪裡的怪物正在移動。那莫名的噁心物體就這麼蠕動著。

跟我方一樣，似乎正前往西方的大樓。幾乎是平行移動。

明明能看見敵人卻沒有攻擊手段真的令人遺憾，但敵人也是一樣，所以也只能接受。

蓮回過頭就看到Pitohui以及其他人都跟了上來。

「雪中行軍，踏冰前進！不知何處是河何處是道路～！」

克拉倫斯開心地唱著歌……

「妳怎麼會知道這首歌？」

夏莉問完就接著唱了下去。

《雪中行軍》是在雪中遭到役使的士兵唱出了抱怨，算是一首稱不上雄壯的特異軍歌。順帶一提，夏莉因為獵人伙伴在雪中移動時經常會哼唱，所以知道這首歌。不過經常被告誡「會讓獵物逃走別唱歌」就是了。

「馬匹凍斃——在某本漫畫裡看到的。還是動畫呢？」

「這樣啊。」

蓮看向她的後方。

雪被推開後形成道路，在變得最容易行走的最後方是小心翼翼抱著黑狗的不可次郎。

「乖喔乖喔。腳弄濕了會很冷喔。」

會不會過度保護了？

蓮從M的背包跳進去的大樓內部是辦公室樓層。

由寬1公尺，看來相當堅固的柱子支撐著天花板的寬敞空間。

巨大的金屬製辦公桌與鐵管製的簡樸椅子雜亂地放置其中。其中有確實擺放好的，也有整個翻過來的桌椅。地板與牆壁都相當破爛了，但是內部沒有雪。

看不見任何燈光。但是外面的光線讓窗邊以及深處都顯得十分明亮。

蓮進去後立刻……

「陷阱——安全。」

注意腳邊與腰部的位置後做出報告。

「這樣還有機關的話，個性就真的扭曲到極點了。」

克拉倫斯如此呢喃。

攀爬上去後通過整個碎裂的玻璃窗，所有人都進到大樓裡面……

「大家散開去尋找武器，然後集中在這裡。」

M移開桌子並且這麼說道。桌子足有一張單人床那麼大，看起來相當沉重。摩擦地板後發出刺耳的聲音。

「我也要嗎？」

不可次郎這麼問……

「當然！」

回過頭的蓮如此回答。

「真拿妳沒辦法……」

不可次郎邊抱怨邊溫柔地把黑狗放到地板上。接著對立刻輕輕坐下的史三郎說：

「好乖好乖，你好好在這裡『鎮坐』等我喔。不能隨便跑到遠的地方去喔。」

不可次郎撫摸小狗的頭這麼說道。「鎮坐」是「屁股貼在地板上坐好」的北海道方言。

聽得懂的大概就只有蓮跟夏莉吧。

「先走嘍！」

腳步不再為雪所困的蓮，以高速在無人的大樓內亂竄。

大樓中央附近有樓梯。是那種有樓梯平台的折返樓梯。下部完全埋在雪裡，不過應該能到上面去。

樓梯附近有一把槍像是要阻塞微暗的走廊般放在那裡。

槍托是木製，看起來特別細長的手動槍機式步槍。雖然蓮只知道這些，但當然還是把它拿了回去。

旁邊還有一個綠色肩包跟它放在一起。拿起來後就發出沉悶的金屬聲，而且有一定的重量。裝的大概是子彈吧。

蓮把包包掛在肩上，接著雙手直向拿著步槍回到一開始進入大樓的地點。

看來蓮是最早發現寶藏的人，目前仍沒有人回來。

無人的荒廢辦公室內，史三郎坐在地板上等待。

外面炫目的雪造成逆光。黑狗的黑色眼珠一瞬間看起來像是沒有任何表情，蓮因此嚇了一跳，但靠近並且確實地凝視之後，圓眼珠就露出可愛的表情。

「好乖好乖。」

蓮把步槍放到地板上並且摸著小狗的頭……

「別碰史三郎！什麼原來是蓮啊……還以為是全身粉紅色的敵方怪物呢。」

不可次郎說著極度不禮貌的發言走了回來，其他四個人也跟在她後面。各自的手上都拿著發現的槍械。

尚未受到敵方的攻擊。

在雪積得那麼深的情況下，就算前往也不認為能輕易抵達終點的大樓。現在最重要的是先掌握武器。

所有人把拿過來的槍械並排在地板上。其中有長槍、短槍等各種尺寸——

「哎呀……」

這時可以聽見Pitohui發出傻眼的聲音。

「『Mosin-Nagant M1891／30』還有──」

蓮所拿來的是第二次世界大戰中蘇聯軍的步槍。全長大概是1．2公尺。跟冬馬的德拉古諾夫狙擊槍同樣使用7.62毫米口徑的步槍子彈。

「兩把『UZI』衝鋒槍──」

這是以色列製的衝鋒槍。雖然被稱為傑作且相當知名，不過是一九五二年的槍。像是把凸字顛倒過來般的金屬製槍身上附加了木製槍托。子彈是9毫米帕拉貝倫彈。也就是手槍用的子彈。

「『貝瑞塔．M12S』衝鋒槍以及──」

義大利的貝瑞塔公司製，同樣是9毫米口徑的衝鋒槍。一九五九年開發。

「『湯普森 M1A1』再加上──」

美國製，使用45口徑手槍子彈的衝鋒槍。裝著木製槍托與握把，整體來說算是略長。是第二次世界大戰中的槍。

「『PPSh─41』嗎？」

蘇聯製，使用7.62毫米托卡列夫手槍子彈的衝鋒槍。像是步槍的木製槍托與餅乾罐般的71

連發彈鼓為其特徵。這也是大戰中的槍。

也就是說……

「根本就骨董品市場嘛！」

全都是相當古老的槍。每一把都很有歷史了。或許適合沉浸於收集慾與鄉愁當中，但實際拿來戰鬥的話，當然是現代的槍械比較好。

「而且全都是衝鋒槍……」

M也忍不住這麼呢喃。

除了Mosin-Nagant之外都是使用手槍子彈的衝鋒槍。其有效射程，不論再怎麼努力也只有200公尺。如此一來，如果對手拿的是突擊步槍的話，根本無法與之抗衡。

「只能用現有的武器戰鬥了！這就是規則吧！」

夏莉一把抓起Mosin-Nagant，把手動槍機上移並且往後拉開後，把長子彈從上面推進去。這類型步槍的使用方式幾乎都一樣，根本沒有必要猶豫。

面對把5發子彈推入後將槍機朝前關上的夏莉……

「監視就暫時拜託妳了。」

M開口這麼說。夏莉輕輕點完頭後就離開辦公室。

由於夏莉是值得信賴的狙擊手，所以就算是撿來的槍應該也能發揮相當的戰力。蓮相信她的實力……

「那個，我要用哪一把……？」

同時也煩惱著該使用哪把槍。

殘留在眼前的衝鋒槍們。每一把的性能與使用方式自己都不清楚。GGO的初期，為了PK選擇蠍式衝鋒槍時稍微調查過槍的性能，但現在真的全忘光了。

「好，蓮用這把——不可用這把。」

M果斷地做出決定。蓮就不用說了，不可次郎與克拉倫斯也沒有異議，各自像在領紅包一樣老實地接了過去。

但是該怎麼做？

蓮的手裡有一把黑色衝鋒槍。幾十年沒有用過黑色的槍了吧。

扳機後面除了通常的握把之外，隔著細長彈匣的前方也有類似的握把算是外表的特徵。這樣可以讓人比較容易用雙手持槍。

全長42公分。像金屬棒般的槍托往右側摺疊起來。伸展開來的話應該會變得更長，不過蓮覺得摺疊起來就可以了。

幸好沒有沉重到拿著就無法開槍，但最重要的是——不知道該如何使用。

「蓮啊，視窗裡有說明書喲～」

「真的嗎？」

按照不可次郎的話揮動左手，眼前彈出的視窗裡出現槍的名字。根據視窗的內容，蓮右手觸碰著的是「貝瑞塔．M12S」。

還有簡單的說明文彈出。

「貝瑞塔公司的衝鋒槍。口徑是9毫米帕拉貝倫彈。開放式槍機擊發，可藉由選擇器切換半自動．全自動模式。裝彈數30發。不確實握住該處就無法擊發的握把式保險為其特徵。」

「原來如此……」

看完的蓮觸碰浮在空中的說明文，就出現了圖表與操作說明。

彈匣的拆裝方法、保險與全自動．半自動切換桿的使用方式、槍托的摺疊方法等等出現後，蓮就拚命以眼睛追看。

讀完後，剛覺得好不容易理解了的瞬間，就聽見尖銳的槍聲在建築物內迴盪的聲音。

「看來對方準備好了！」

接著是夏莉尖銳的聲音透過通訊道具衝進耳裡。

夏莉確實監視著敵人進入的大樓。然後幫忙對出現的敵人發射了1發子彈。

「頭縮回去了。所有人動作加快！」

她是這種時刻最為可靠的狙擊手。

關於夏莉——

數十秒前，她跑過微暗的走廊，抵達進入處的反方向，也就是能看見敵人那邊的辦公室。裡面的狀況完全一模一樣。只有能看見的景色不同。左前方可以看見作為終點的那棟似近還遠的大樓。

夏莉在粗大柱子後面取出雙筒望遠鏡。

越過玻璃破裂的窗戶能看到的，是敵人怪物小隊應該躲藏著的寬廣大樓。

架起望遠鏡僅僅幾秒鐘後，怪物就從大樓後面出來了。

距離大約300公尺。經過擴大的視界當中，可以清楚看見對方的形狀。

那是非常噁心，像是擁有七色條紋的章魚怪物般物體。至今在遊戲內從未見過那種怪物。給人很不舒服的感覺。

因為與敵人手上拿著的槍對比，才注意到其尺寸剛好跟人類差不多。雖然不清楚槍的名稱就是了。

夏莉以Mosin-Nagant取代原本的望遠鏡，把槍的側面用力按壓在柱子上保持穩定，瞄準做出窺探前方動作的章魚怪物腦袋。

由於是沒有瞄準鏡的槍，所以用金屬照準器來瞄準。

把眼前照門的凹陷對準槍口上凸出的準星來瞄準，是相當簡單且原始的做法。照門的高度可以調整，但事出突然所以直接就開始瞄準。

像從下方抬起般移動槍械，當瞄準與目標重疊的瞬間，夏莉毫不猶豫地開槍射擊。不靠系統的助力，且不會被敵人發現的無彈道預測線狙擊。

因為終究不是自己的槍，所以稍微有些失準。子彈穿過極靠近章魚怪物頭部的地方，讓他（？）把頭縮了回去。

可惡，早知道就乖乖瞄準身體了。

因為平常狩獵時的習慣，夏莉射擊了脖子和頭部這種雖然很困難但只要命中就能一擊斃命的部位。她在心中咒罵著……

「看來對方準備好了！頭縮回去了。所有人動作加快！」

以通訊道具對伙伴——現在暫時算是伙伴的眾人傳送聲音。

然後下一個瞬間，幾條紅色光線——彈道預測線就散開般朝自己所在的大樓，以及辦公室內照射過來。

「嘖！」

夏莉乖乖地躲藏到粗大的柱子後面。

子彈像要消除紅線般飛過來，命中周圍之後發出啪嘰啪嘰的吵鬧聲音。那當然是對手的反擊，不過是為了牽制而胡亂開槍。

可以聽見周圍受到傷害的聲音，槍聲也很輕快，看來對方主要的武器也是衝鋒槍。

如果是能夠射擊一般機槍，也就是6～8毫米等級步槍子彈的武器，就不會只是這種程度。柱子應該會被大量削落才對。

吵雜的著彈聲停止後，夏莉就瞄了一眼敵人的陣地……

「敵人用衝鋒槍射擊。他們沒有出來。」

接著向同伴說明狀況。

「幫了大忙了，謝謝啦。」

被最讓人火大的傢伙感謝實在不怎麼高興。

這時道謝的本人，Pitohui壓低著身體進入辦公室。手上拿著ＵＺＩ。蓮等人則跟在她的身後。

蓮被分配到Ｍ１２Ｓ，Ｍ是ＰＰＳｈ－４１，克拉倫斯手持湯普森，不可次郎則是ＵＺＩ。拿著平常沒有使用的槍械，外表看起來總是覺得不對勁。尤其是拿著黑色槍械的蓮。

所有人都躲在柱子或者側倒的辦公桌後面，然後窺探著前方。

因為太靠近窗戶的話會被對方看得一清二楚，這一點即使不說出口，所有人也都確實地遵守著。

恐怖的是長時間遊玩GGO後，在現實世界也會忍不住出現「待在這種地方會被擊中」、「這個位置很安全」的想法。

香蓮過去曾在能夠俯視十字路口的咖啡廳裡感到坐立不安。因為老是想著「要是從隔壁的大樓被狙擊怎麼辦？」。

蓮瞪著南邊。

炫目雪原的前方，可以清楚看見作為目標的棒子——不對，是大樓，但這之間的空間沒有任何遮蔽物與掩蔽物。再加上是積了厚雪根本沒辦法好好奔跑的大地。

「這要是隨便跑出去一定會挨子彈對吧。」

克拉倫斯這麼說……

「出現我就賞他們子彈。」

夏莉則如此表示。

「陷入膠著了……」

蓮感到憤慨。顯示的剩餘時間剩下十三分鐘左右。絕對算不上寬裕。

「喂喂，伊娃娃。妳們那邊如何？」

Pitohui重新連結與對方的通訊道具並且這麼問道。

蓮期待著SHINC的眾人能拿到什麼強力的武器並且等待著回應，但耳朵聽見的回答是……

「現在正想要報告，這邊不行！到處找遍了還是只有手榴彈！」

「什麼～種類呢？」

「通常的跟電漿手榴彈都有15發。巨榴彈則是多到數不清！可惡，沒有任何遠距離武器嗎！」

「哎呀～這邊也只有一把步槍，其他全都是衝鋒槍喲。嗯，不過敵人好像也差不多啦。」

「那不就陷入膠著了。」

就是啊～

蓮在內心附和老大。

「能到這邊來嗎？我想要手榴彈。」

Pitohui對老大這麼詢問……

「在雪原中匍匐前進的話大概沒問題。倒是能不能以目標的大樓做盾牌，然後在對方看不到的情況下直接到那邊去呢？」

「要注意的事情太多了，有很大的風險……最終判斷就交給妳了，怎麼辦？」

「……先會合吧。」

「那就拜託嘍。」

結果變成SHINC她們要到這邊來了。不過如果有敵人爬到大樓屋頂的話，她們就可能被從斜上方射擊……

「了解了！」

老大立刻做出回答。

希望她們平安無事。

蓮忍不住這麼祈禱。剩下十二分鐘。

「M，有沒有什麼點子？」

夏莉為了打破膠著狀況而這麼詢問。這時她依然架著Mosin-Nagant。雙筒望遠鏡由克拉倫斯拿著窺看大樓。

「唔。」

聽著M渾厚的聲音……

「對了！雪橇呢？」

思考著必須做些什麼才行的蓮說出這個提案。這是北海道出身者的靈感。

「雪橇的話也可以在軟綿綿的雪上迅速前進！就用那邊的白板之類的！」

辦公室的地上確實有略為髒汙的白板。

「原來如此。但光是這樣沒辦法滑行吧？動力呢？」

克拉倫斯這麼問……

「放屁之類的呢？」

不可次郎立刻回答。現場陷入一片沉默之中。

無視好友的發言，蓮絞盡腦汁後回答：

「往後開槍之類的呢？利用後座力來前進？」

「如果在太空或許可以。」

夏莉以傻眼的聲音回答。

以衝鋒槍的連射前進150公尺幾乎是不可能的事情。

「明明只要把小蓮送到那裡去就能馬上過關了。」

Pitohui也感到束手無策。

當眾人在思考對策時，就從對面的大樓延伸出彈道預測線。接著有好幾發子彈飛過來。所有人立刻縮頭所以沒有人受傷，但這樣根本沒有辦法出去。

無計可施的時間就這樣流逝。

「馬上就抵達你們那裡了。」

即使接到老大的聯絡，蓮他們也找不到應該做的事。

無情的倒數持續著，剩下十分鐘。現在變成09：59了。

「敵人有動靜了！」

作為夏莉的觀測手，窺看著雙筒望遠鏡的克拉倫斯發出尖銳的聲音。

蓮取出單筒望遠鏡靠在右眼上，接著從側倒的桌子後面看見了。

「嗚！」

一張桌子從300公尺對面的大樓往這裡過來。

是跟現在我方所躲藏的一樣堅固的辦公桌。而且組成橫向三張，縱向兩張的陣形，慢慢地在雪上前進。當然目標是最細且最高的大樓。

「那些傢伙用桌子當盾牌！」

正如克拉倫斯所說的。不時能從桌子的縫隙瞄到像是敵人怪物的奇怪顏色。那些桌子後面，應該有將近十隻怪物合作抱起六張桌子，然後舉著它們往前推進。

「別開玩笑了。」

夏莉把目標移到桌子上並且豪邁地開火。

子彈一瞬間穿越，擊中桌子的桌面後被彈往斜上方然後消失在天空。受到衝擊的桌子雖然搖了一下，但還是維持六枚盾牌的陣形不斷持續在雪原上前進。

「什麼！」

聽見射擊者憤怒的聲音後，蓮試著敲打眼前的桌面。結果發出「咚」的鈍重聲響。

「這竟然如此堅固……」

沒想到堅固到能在這樣的距離下彈飛子彈。完全出乎意料。性能可比M用太空船的外板所製成的盾牌。未來的辦公室太恐怖了。

「是『發現者獲勝』的設定嗎？M？能模仿他們嗎？」

「我試試看。」

M根據Pitohui的指示抱起同樣的桌子。真不愧是怪力男。被他抱起來了。這樣應該可以舉在前面來前進。當然因為是在厚厚的雪層當中，所以一定會很辛苦才對。

「好，我也來。」

不可次郎也跟著模仿，結果也輕鬆抱起桌子正是她埋頭於遊戲的恐怖之處。只不過……

「我辦不到啦！」

克拉倫斯喪氣地表示。雖然好不容易能抬起來，卻因為超重懲罰而根本無法好好前進。

「我也沒辦法吧。」

夏莉沒有抬就知道，如此一來蓮當然也辦不到了。

「Pito小姐，可以把它砍小嗎？」

「用光劍嗎？『好，就讓我來砍吧，不過請妳先從屏風裡拿出光劍』。」

「啥？啊啊——我忘了……」

武器全部被拿走了。

「那……那……老大妳們能模仿嗎？」

蓮這麼問……

「太麻煩了！在那之前我先把他們射成蜂窩！」

克拉倫斯把湯普森舉在腰部，前往窗邊開始射擊。

300公尺對於手槍子彈來說太遠了，不過只要配合進入視界的著彈預測圓就能降下彈雨。這是「只要讓對方稍微感到害怕即可」的行動，但是——

咻。

「呼呀！」

立刻飛過來的子彈射穿克拉倫斯的左手，讓她整個人往後倒。順帶一提，撒出去的10發手槍子彈，可能有1發擊中桌子造成輕微的衝擊。

「是狙擊！對方也準備了一名——一隻狙擊手！」

夏莉尖銳地說道，同時以Mosin-Nagant朝只出現一瞬間的彈道預測線源頭開火。然後為了不遭到反擊而立刻移動。

「成功了……？幹掉了嗎？」

HP遭減少30％的克拉倫斯，按壓閃爍中彈特效的左手掙扎著爬回原地……

「不，沒有手感。」

夏莉排出空彈殼如此回答。

明明是槍戰卻回答「手感」確實很奇怪，但是埋首於GGO的玩家經常會這麼說。然後很不可思議的是，通常都很準確。

當進行這些事情的時候倒數也一秒一秒地減少，現在顯示為08：40。而敵人怪物製作的桌子盾牌也靠近大樓了。應該剩下120公尺左右吧。

「被對方進去的話，只要兩三分鐘就能爬到樓頂了。」

M的聲音也透露出焦躁。

怎怎怎怎怎麼辦怎麼辦沒有什麼我能做的事嗎怎麼辦怎怎怎。

蓮的內心全被焦躁感占據了。

「哎呀哎呀，各位。就算再急也不會有什麼好點子喔。」

不可次郎悠閒地這麼說道。

而這個不可次郎，從剛才就在地板上進行著什麼作業。看到她以怪力從鐵管製的椅子上把座面以及靠背的板子拆下來。蓮確信她一定是打算做一間狗屋。

就在這個時候……

「我們來遲了！」

老大等六個人大剌剌地走了進來。雖然比想像中還要快……

「看見對方的行動，我們就直接起身跑過來了。」

原來如此，是這樣啊。雖然因為起身之前的匍匐前進而全身是雪，但不久後就像蒸發了一般消失不見了。

Pitohui開口詢問：

「還是沒有槍嗎？」

「沒有……真的很遺憾。再去別的大樓，或許……」

「嗯，那也沒辦法。我們正在想如何突破那面牆。」

老大以自己的雙筒望遠鏡看到死命持續前進的六張桌子。剩下110公尺。

「咕嗚，還有那種方法嗎？那我們也來！」

老大雖然抬起一張桌子……

「就算做一樣的事也來不及了。倒是把撿來的巨榴彈全部拿出來放到這個的後面。」

「知……知道了。」

老大按照吩咐，把剛才發現的大型電漿手榴彈實體化後放到地板上。數量竟然高達二十個。

當然沒有忘記把側倒的辦公桌桌面拿來當成盾牌。萬一巨榴彈被命中，所有人會立刻死亡，這棟大樓也會倒塌吧。

看見這像是南瓜收成般光景的不可次郎……

「話先說在前面，不能馬上吃掉喲。南瓜是更年性蔬果。說好嘍。」

「還在繼續種植的話題啊？」

蓮做出吐嘈。經過確實熟成後的南瓜的確很美味，但是現在完全沒有多餘的心思去想這種事情了。蓮最喜歡「南瓜丸子」，接著是燉煮。

「有什麼對策嗎？」

老大如此詢問Pitohui。用的是希望她有法子的口氣。待在後方的ＳＨＩＣＮ眾成員也露出帶著尊敬與期待的容貌，往刻畫著刺青的臉望去。

刺青扭曲起來，咧嘴露出笑容。

「有是有啦。」

「哦！」

「不過，得先說服一個人才行。」

Pitohui邊說邊以下流媚眼所看的是依然架著Mosin-Nagant尋找敵人狙擊手的夏莉背部。

可能在虛擬空間裡感覺到ＳＨＩＮＣ與蓮等人的視線了吧，夏莉她……

「叫我嗎？」

以險峻的表情轉過頭來。

「敵人一行人正精力旺盛地前進中！總之快點想辦法！」

聽見監視的克拉倫斯這麼表示……

「那我就長話短說。」

Pitohui開始說出策略。

「首先，步槍交給冬馬然後爬到大樓樓頂。」

「對了，從上面狙擊嗎！」

老大幹勁十足地說著……

「還沒完呢。」

結果挨Pitohui的罵了。

「是！很抱歉！」

老大嚴肅地道歉後，夏莉立刻反應：

「別拖拉了快點說。」

「是是是。冬馬只要尋找對方的狙擊手並且攻擊，不用對逼近大樓的傢伙們開火。反正只要把桌面朝上就無法射穿了。讓那些傢伙全進入大樓沒關係。」

「妳忘記規則了嗎？會輸喔？」

夏莉的發言完全沒有反駁的餘地，甚至讓聽著的蓮覺得Pitohui已經放棄比賽了。

「先聽我說嘛。這樣那些傢伙就會爬上大樓。要爬到樓頂，再怎麼快也要兩分鐘。我們至少有這樣的空檔。」

所謂的兩分鐘——是預設有二十五層的100公尺要跑。計算要爬一層折返的樓梯大概得花五秒鐘。雖然是快到不可思議的速度，但蓮就辦得到。

「然後呢？」

「夏莉趁機從這裡滑雪衝到那邊去。」

「嗚——！」

遭到指名的夏莉，發出喉嚨被飯噎到般的聲音。

夏莉擁有滑雪板。是被稱為「高山滑雪板」或者「短滑雪板」，加工成不會往後滑的板子。

那是她在SJ2時迅速登上雪山時使用的道具，由於不是太重，所以經常收在倉庫欄裡。

「之後再逼問妳為什麼知道這件事，這樣確實可以在一分鐘內衝到那棟大樓。但是——」

「剩下60公尺！」

克拉倫斯的報告之後，夏莉繼續這麼說：

「但抵達大樓之後又怎麼樣？我一個人能對付得了那些敵人嗎？」

「不可能。但『可以對付得了大樓』。」

「啥？」

「把M的背包塞滿巨榴彈再拿過去。然後抵達大樓就自爆。」

「啥啊？」

啊！原來如此……

蓮注意到了。不小心發現了Pitohui的策略。

從近處聽見尖銳的聲音。為了盡可能拖慢進擊的速度，M用PPSh－41的全自動模式拚命開火。由於這把槍的上部有用來排彈的孔洞，所以金色的空彈殼就像噴泉般湧出。撞到臉的話應該很痛。

發射出去的子彈大部分都命中已經很靠近大樓的桌子。但也只是命中而已。

發射10發子彈左右的M立刻轉身，來自敵人怪物的狙擊子彈通過一瞬之前他所待的地方。發出許多彈道預測線的連射，會跟燈塔一樣告訴敵人自己的所在位置。

「剩下55公尺！」

「那我自爆之後又會怎麼樣？」

面對憤恨的夏莉……

「大樓會倒塌！」

蓮開口這麼大叫。

「如果是大型電漿手榴彈的連續爆炸，那棟細長的大樓幾乎會被刨空！大樓就會整個倒塌！就像我在SJ3把整艘船炸斷一樣！」

可以聽見周圍的人發出「哦哦」的喊聲。除了克拉倫斯之外。

「50公尺！」

「哦哦原來如此！這個臭傢伙！」

夏莉迅速揮舞著左手。接著兩片底部貼著海豹皮的滑雪板以及兩根滑雪杖就在她眼前實體化。

「M，拜託了。」

「嗯。」

M放下空的背包後，開始把巨榴彈塞進去。裝了5發左右後，雖然還有空間，但就仔細地合起背包，接著把背帶調整成適合夏莉的身高。

「拿去吧。」

老大交給夏莉的是通常尺寸的電漿手榴彈。計時器顯示著「0秒」。這是一按下去就爆炸的詭雷或者是自爆用設定。

「令人欽佩。來杯訣別酒吧？」

這時Pitohui取代意義不明的老大回答：

「只是遊戲，之後再說吧。」

「哼。」

瞪了Pitohui一眼之後，夏莉就揹著背包，在最靠近窗戶的柱子後面把滑雪板裝到腳上。只要將其固定在靴子的前端就可以了。

「冬馬，拜託了。」

「嗚啦！」

拿著Mosin-Nagant與子彈的冬馬，以及同為狙擊手但這時充當觀測手的安娜在老大命令下跑出辦公室。

「剩下30公尺！」

夏莉雙手握住滑雪杖，把引爆用的1發著裝在腰部後方……

「但是怪物進入大樓之後也不一定全都會爬上樓。過來我們這邊，然後埋伏在窗邊的話，過去只會被射死。」

「是這樣沒錯，但是我賭怪物會全部爬上去。」

「應該有理由吧？」

「當然的嘍。因為那樣比較安心。只有一個人爬的話，在途中跌倒或是遇見障礙物就會停下來了。所以只要情況允許，所有人一起爬安心感才比較高。」

「哼！一群怪物哪有什麼安心感不安心感。」

「剩下20公尺！」

「咦？妳還沒注意到嗎？」

「…………注意到什麼？」

「剩下15公尺！已經進入大樓的陰影處了！」

「詳情等之後再說。可惡，我就相信妳的預測吧。」

夏莉為了衝出窗外而用力沉下腰。

剩餘時間05：00。

「進去了！」

雙筒望遠鏡再也看不見的瞬間，克拉倫斯就大叫……

「該死！」

夏莉隨著髒話衝出大樓。

滑雪板雖然在深厚的雪層下陷了一定程度，但是夏莉快速前後移動手腳後，就真的像滑行一般往前進。

「好快！我想要那個！」

蓮暫且架起M１２S並且如此表示。

「不能老是想要別人家的玩具。」

結果挨不可次郎的罵了。明明不可次郎從剛才開始大概就只是在製作狗屋而已。

在雪原上畫出兩條線往前飛奔的夏莉，前進10公尺也沒被擊中。即使前進20公尺也依然安全。

M為了讓敵人狙擊而再次在窗邊用PPSh—41拚命開火。朝著３００公尺外的大樓一陣亂射。

夏莉前進30公尺了。

敵人沒有上欺敵戰術的當。瞄準的不是M而是夏莉。蓮也看見朝向夏莉的彈道預測線——

在做出警告之前，夏莉就整個人往旁邊倒下。這是以不利於急轉彎的滑雪板步行時最有效果的閃避手段。

槍聲穿越雪原，幾乎被雪吸收殆盡，只稍微在大樓的牆上傳出回聲。

夏莉的HP完全沒有減少。也就是她成功躲過了……

「太棒啦！」

隨著蓮的歡呼聲，頭上傳出了巨響。

一定是冬馬開的槍。發現對方的位置後立刻反擊。再1發。然後又1發。為了不讓對方探頭的連射。

夏莉拍著覆蓋身上的雪，手臂的力氣藉由滑雪杖讓她一口氣站了起來。

太厲害了！

從在厚厚雪層的身體動作來看，她應該相當習慣雪地。北海道出身的蓮一眼就能辨別出來。夏莉在現實世界裡是住在什麼地方呢？

夏莉依然勁道十足地前進著——

「加油啊拍檔！」

「上啊！」

在克拉倫斯……

以及蓮從背後的聲援之下。

Pitohui則是沒有多說些什麼只是保持著沉默。

冬馬的第4發射擊之後……

「命中！看見散出紅色特效光了！」

在上面樓層擔任觀測手的安娜，做出報告的聲音傳入所有人耳裡。

「太棒了！」

蓮雖然發出歡喜的聲音……

「剛才說所有敵人都會爬上去，這下可能有傢伙會跑回來。」

Pitohui說了「哎呀，可能快中午了」的悠閒發言……

「可惡啊啊！」

夏莉則一邊滑一邊放聲大叫。剩下80公尺左右。

夏莉更加拚命動著腳往前滑行。就像越野滑雪快到終點前的最後衝刺一般。

夏莉加油！夏莉加油！夏莉加油！夏莉加油！夏莉加油！

或許是感受到像觀看奧運的蓮在心中的聲援了吧，夏莉順利地滑過最後的距離。

抵達作為終點的棒狀大樓，接著出現藍色爆炸。

巨榴彈的爆發直徑最大為20公尺。大小足以輕鬆涵蓋大樓周邊。

而且還是5發。接連不斷的誘爆讓持續擴大的藍色球體將外牆輕鬆摧毀，膨脹的球體甚至到達三層樓的高度。

接著爆風將周圍的雪轟飛形成雪暴，把大樓從蓮的視界中奪走。

幾秒鐘後，在爆炸聲仍然作響當中，雪一口氣散開。蓮所看到的是從底部整個被刨開的大樓。

雖然還站著，但是到三樓的部分就像冰淇淋被湯匙挖走般缺了一大塊。最窄的部分僅剩下兩成，也就是2公尺左右還保留原形。

但是不會傾倒嗎……？

當蓮感到擔心的瞬間，就像要否定她一般，剩下的兩成開始碎裂。

高塔先是往下墜，然後開始緩緩傾倒，接著慢慢地附加上加速度往蓮的方向倒下……

「嗚咿？」

蓮後退著想要逃跑，但是……

「放心吧，高度不夠。」

「啊，對喔。」

聽不可次郎這麼一說就理解怎麼回事，於是直接觀看壯觀的崩場景象。

剩下90公尺的大樓從150公尺外的地點往這邊倒……

「嗚咿……」

即使知道不會撞到，還是感覺很很恐怖。

「哇喲～！」

克拉倫斯同樣發出怪聲……

「太恐怖了……」

蘇菲透露出心聲。

在除了夏莉之外的所有人眼前——大樓整個倒塌了。

與厚厚積雪的強大撞擊，再次造成猛烈的雪暴。就連蓮他們躲藏的辦公室，這次也實際有雪花吹進來……

「噗呀啊！」

結果身體有一半全沾滿了白雪。

雖然雪充當了緩衝墊，但還是傳出巨響，地面同時搖晃。沉重的桌子發出聲音跳動著。

這些全在十秒左右停止——

「噗呸！」

從口中吐出雪的蓮所看到的是完全橫向倒下的大樓。

或許是全部粉碎的繪圖表現與處理負擔太大了吧，大樓就像棒子倒下一般，以原本的模樣橫向倒下並且陷入雪地當中。在現實世界絕對不可能發生，不過這裡是遊戲當中。長寬10公尺的屋頂，其上部的八成左右就在60公尺前方。

從這裡無法得知待在裡面不停爬著樓梯的怪物們到底怎麼了——嗯，應該不會沒事吧。

「再來就只要到那裡去！」

蓮幹勁十足地說道。剩餘時間03：50。就算悠閒地走過去也綽綽有餘。

但Pitohui的話卻粉碎了蓮的希望。

「不，終點改變了。」

「什麼？」

「因為現在已經不是『最高的大樓』了。」

「咦？咦咦咦咦？」

蓮雖然感到驚訝，還是抬頭看著Pitohui露出「可以這樣嗎？」的表情。

「答對了。謝謝妳仔細地聽我說明。」

史三郎隔了許久才再次開口。

「原本第二高，現在變成最高的大樓樓頂就是終點。也就是那一棟！」

Pitohui帥氣所指的是距離這裡西南方200公尺左右的大樓。乍看之下應該有十層樓，所以高度大概是40公尺。

「那麼要到那裡去嗎？但是——」

剩餘時間03：30。

「來不……及了？」

在雪中前進２００公尺後再爬40公尺的樓梯。

爬樓梯的話大概五十秒就夠了。

如果外面不是鬆軟的雪地，２００公尺的話也不用三十秒。

但是胸部以下全陷入雪裡的蓮，絕對不可能在兩分半內抵達那裡。就算騎在M身上前進也不可能辦得到。

「完……完蛋了啊啊啊……」

當蓮發出絕望的聲音，老大等SHINC的成員發出無力的嘆息時……

「放棄的話，比賽就結束了喲。」

不可次郎「砰」一聲拍著蓮的背部並這麼說道。

蓮心裡想著該怎麼吐嘈她同時回過頭去……

「來，妳的玩具。」

不可次郎遞給蓮的是——

以怪力毀壞附近地上的鐵管製椅子，再用怪力扭曲鐵管做成細長圓圈，在其中一面綁上椅子的座面板子，最後以繩子固定住中央的物品。

也就是被稱為「滑雪鞋」的海外製「雪套」。亦即雪上步行器具。

蓮雖然沒有使用過它，但是香蓮就有了。在老家的雪上健走活動裡用過好幾次了。

「不可！我愛妳！」

「我知道喲。」

SECT.6

第六章　獵龍　—第四試煉・前篇—

「恭喜各位。第三試煉──漂亮地過關了。」

蓮在高40公尺的地方聽著史三郎說的話。

以滑雪鞋高速跑過雪原，使出超越人類體能的最高速度跑著爬上樓梯來到屋頂後，真的就像「任○門」一樣，只孤零零地放了一個門框和一扇門，所以蓮打開後鑽過去的瞬間就有了變化。

時間是十二點五十八分四十二秒。

從炫目的雪原被傳送到空無一物的黑暗空間。類似SJ的時候，在遊戲開始前與死亡之後的待機區域。

蓮眼前的光粒形成形狀，十一名伙伴依序實體化。沒有缺少任何人員。

幹得好太厲害了很努力呢很有一套嘛最棒了不愧是蓮。

在所有人稱讚自己的聲音當中，蓮靠近到剛才都處於假死狀態的夏莉……

「謝謝。辛苦了。」

「別客氣啦。」

夏莉稍微露出笑容來這麼回答。接著……

「雖然在該處無法動彈，但我看得很清楚喔。蓮，妳這傢伙——是雪國出身的吧？」

「哎呀，雖然不應該提及現實世界的事情——不過對喔。」

「太佩服了。」

「妳的滑雪才棒呢。」

「沒有啦。」

女性之間熱烈的友情不斷加溫的瞬間……

「好了好了，互褒就到此為止～」

就這樣被一句話破壞了，真不愧是Pitohui。也難怪夏莉會怒火中燒了。

「小狗好像有話要說喲～」

蓮像要表示「沒辦法就聽吧」般看向不可次郎抱著的史三郎。

「各位，第四場試煉就要來了。五分鐘後即將開始。」

蓮看了一下手錶，時間是十三點整。

「各位的裝備都回來了，這段期間請進行戰鬥準備。HP也已經回復。」

「真的耶，呀哈！」

受到極大傷害的克拉倫斯高興到整個人跳了起來。

接著所有人就揮動左手，蓮當然也跟著這麼做。眼前浮現視窗……

有了，太好了！

小P和小Vor們與小刀刀，還有彈匣包與其他所有裝備都確實回到倉庫欄裡了。跟平常一樣選擇「一鍵裝備」後，原本只穿著戰鬥服的蓮就恢復成隨時能戰鬥的模樣了。拿起在空中實體化的P90……

「好乖好乖……好久不見了，小P……」

蓮露出愛憐的模樣靜靜地緊抱住P90。手指觸碰著劃出平緩曲線的握把，然後沉靜地沿線劃過。這時候就只有蓮這麼做。

剛從倉庫欄裡實體化的槍械沒有裝填子彈。所有人以各自的方法將各自的彈藥裝填到各自的武器中所發出的金屬聲音響徹整個黑色空間。

等待聲音止歇後，所有人再次取回利牙，堅定戰鬥的意志，閃爍著銳利的目光——

距離下一場試煉還有四分鐘以上。

「坐下吧？」

塔妮亞這麼說道。

「也是啦。」

安娜這麼回答。

於是十二個人與一隻狗就一屁股坐到地板上。放輕鬆放輕鬆。

「喂，Pitohui。」

腳往前伸坐在地上，將R93戰術2型狙擊步槍立在兩腿之間的夏莉只轉動頭部來這麼問道。

「什麼事？」

「既然還有時間，我就要問個清楚了。剛才的十二隻怪物，妳為什麼說『妳還沒注意到嗎』？」

話說回來，自爆特攻前確實提到這件事了。答案到底是什麼呢？

感到在意的蓮豎起耳朵聽著……

「咦咦？夏莉，妳是認真這麼問的嗎？」

從意料之外的地方傳來聲音。聲音是來自於克拉倫斯口中。

「咦？」

夏莉茫然張大嘴巴……

「妳……注意到了？」

接著對搭檔做出詢問。

克拉倫斯英俊的臉像是感到疑惑般扭曲著，隨即又裝出什麼事都沒有一樣回答：

「那些怪物全都是玩家吧？」

「啥咪？」「咦？」

夏莉與蓮同時這麼說道……

「啥？」「妳說啥？」

SHINC的六個人，各分成三個人說出了兩種問句。所有成員都感到驚訝……

「咦！等一下，妳們真的沒有注意到……？」

結果最驚訝的卻是克拉倫斯。

「克拉小妞，很有一套嘛。妳是從哪裡注意到的？」

既然Pitohui都這麼說，那應該就是正確答案了。夏莉決定聽聽克拉倫斯的答案。蓮他們還有SHINC等人也一樣。

至於不可次郎，在以小刀代替髮簪整理好長髮後……

「好乖好乖好乖，我看看，好可愛好可愛好可愛。」

只是不斷來回撫摸著史三郎。

「從哪裡嗎，嗯……應該說有很多地方都很奇怪吧？如果對方是普通的敵人怪物，只要設定成想盡各種手段阻礙我們鑽過門就可以了。明明是這樣，對方卻也以同樣的終點為目標？同樣在戰場上尋找武器？為什麼要設定成這麼麻煩的系統呢？」

聽她這麼一說的確是這樣……

蓮在內心點頭，然後等待克拉倫斯繼續說下去。

「還有戰鬥方式也完全不像怪物喔。同樣撥開積雪來移動、同樣躲在大樓裡、探查對手的動向，剩下十分鐘左右時則使用盾牌開始行動，還留下一個狙擊手。總覺得很有人類的味道。當然，不是真的有味道啦。」

「原來如此。嗯嗯。從這些地方啊。嗯嗯。」

「唉……我認輸了。」

夏莉甘拜下風……

「原來如此。」

蓮也感到很佩服。

「也就是說，讓像我們這樣參加任務的玩家——其他小隊從另一邊出來，然後跟我們競爭嗎？操縱視覺情報，讓我們互相在對方眼裡都變成怪物。」

因為這裡是遊戲當中，要變更看見的對象的繪圖應該很簡單吧。對方眼裡，蓮他們一定也是類似的怪物。

「所以才要統一開始的時間……」

老大也理解了。SHINC的眾人也接受這個事實。只不過……

「剩下的隊伍數量如果是奇數，他們不知有何打算？」

蘇菲提出問題後，羅莎就回答：

「我想就會有某個戰場會是三支隊伍競爭喔。」

「原來如此。」

「只不過，小蓮妳竟然沒發現，這我就有點不懂了。」

聽見Pitohui這麼說，蓮就瞪大了眼睛。

「咦？為什麼？」

這次則換成Pitohui瞪大了眼睛。

「問我為什麼……啊啊，知道了！我知道了！」

「知道什麼？」

「小蓮，SJ1的優勝獎品，贊助商作家的簽名小說——妳都沒看對吧？」

話題突然跳躍到完全不相關的地方，讓蓮再次愣住了。緊接著……

「咦？嗯……沒看過……」

「很好，很誠實。這樣我了解了。」

「啥？」

ＳＪ１，以及ＳＪ３和ＳＪ４的主辦人，五十多歲的病態槍械迷作家。他提供了簽名的小說套書作為ＳＪ１的優勝獎品。在ＳＪ１獲得優勝之後，香蓮登記在營運公司ＺＡＳＫＡＲ的住址收到了一個大紙箱。

香蓮確實沒有看內容。但又認為把簽名書賣到中古書店相當失禮，所以現在待在櫥子裡積灰塵。嗯，心裡還是知道總有一天得拿去回收就是了。

不過像這樣單方面被了解是怎麼回事還是會感到不舒服，於是蓮就問道：

「那些小說跟這個任務有什麼關係……？」

「狀況一模一樣。」

「妳的意思是？」

「那個狗屁作家在自己的書裡面所寫的戰鬥，跟至今為止的試煉極為相似。最初的無彈數限制戰鬥，跟躲在要道十字路口槍砲店裡的人們，想要逃離貓狗殭屍群的短篇故事──〈我們的十字路口作戰～呸一聲把寵物收拾掉吧～〉一模一樣。」

「哦……」

我沒看所以不知道喔。還有那是什麼篇名啊？

蓮雖然這麼想，但還是保持沉默。

「下一個試煉是突然變得長生不老的士兵們迎擊來自未來的機械人軍團，然後不斷描寫疼痛場面的被虐狂小說——〈疼痛之極限！啊——！〉裡的故事設定。雖然沒有出現Johnny Seven，不過『後記』裡寫了想在海外拍賣把它標下來，卻因為標示『無法寄送日本』而只能哭著放棄的內容。」

「哦……」

我沒看所以不知道喔。話說回來，這小說的標題也太爛了吧……

蓮雖然這麼想，但還是保持沉默。

「然後剛才的試煉，情況就跟在網路上被痛罵是『剽竊某大逃殺遊戲』，內容描寫未來求職是賭上生命之戰的短篇——〈死亡動機～檢驗價值之戰～〉完全相同。順帶一提，在那篇故事裡，被稱為『敵方機械兵』的，設定上其實同樣是求職生。最後是打倒所有人獲得內定。」

「哦……」

我沒看所以不知道喔。不過那個傢伙真的完全沒有創作標題的品味耶。

蓮雖然這麼想，但還是保持沉默。

「倒是Pito小姐，妳要是注意到了就早點說啊。」

「現在說了。」

Pitohui後面金髮太陽眼鏡的安娜，露出了完全可以接受並且感到佩服的表情。雖然看不到眼睛，不過光看嘴角就知道了。

「這次任務的劇作家絕對是那個作家了。」

M這麼說……

「我想也是。」

Pitohui做出肯定。然後追加了一句：

「現在應該邊笑邊看著玩家會如何玩自己所想的戰鬥情境吧。」

老大從後方問道：

「如此一來，可以預測接下來的試煉嗎？」

「沒辦法吧。那個狗屁作家，短篇的數量實在太多了。好像喜歡創作奇怪的情境。不過，試煉開始之後或許能知道。」

「就算是這樣，也能為我們帶來好處。」

「或許吧。」

「不過Pito小姐——」

蓮說出自己的擔心。

「既然越來越嚴苛，應該會變成相當殘酷的戰鬥吧！……？」

「正是如此。小蓮妳認為呢？說個老實的感想吧。」

「太有趣了！看我大鬧一番！」

「這才是我的小蓮啊！」

「嘿嘿嘿！啊，不對，才不是Pito小姐的呢。」

蓮回答的瞬間，傳送就開始了。

十三點五分。

蓮睜開眼睛後，發現身處荒野。

眼前是一望無際的堅硬茶色大地，只有高度不同的岩石散布其中。

這又是那個吧，把舉行ＳＪ１最終戰的戰場檔案拿來沿用。

「有種懷念的感覺……」

蓮忍不住透露心聲。

「是啊。」

老大不由得發出同意的聲音。這兩個人的友情就是從這裡開始的。

史三郎開口表示：

「各位，現在宣布第四試煉的內容。請打倒那個吧。」

那個？

蓮歪起脖子……

「那個！」

跟蘇菲發出叫聲是同時發生的事。

粗大手臂所指的是空中。由於是在太陽底下所以是南側，大概是300公尺前方吧。一片晴朗的紅色天空中，有物體開始實體化。

出現泛藍的綠色光粒，在空中緩緩飄動，最後高速集中在一點開始製作出形狀——

「咦？」

但是經過幾秒鐘仍未結束。

在蓮以及剩下的十一人抬頭注視中，粒子不斷地聚集、聚集、再聚集，然後繼續聚集、聚集、聚集、聚集、聚集……

「還沒完啊！」

不知道是不是聽見蓮的叫聲了，光塊終於開始變化成暗沉的紅色。

然後形狀出現了。

那是——一隻龍。

長長的脖子、擁有巨大嘴巴的超大頭部、長了短短四條腿的胴體、不怎麼大的蝙蝠般翅膀，以及像蛇一樣的長尾巴。不論是誰見了，都只會說那是西洋的龍，也就是Dragon。

而且——那是機械所組成。

身體是金屬製，發出暗紅色光芒，側面明顯相當光滑。脖子等部位的可動域像是鎧甲一樣疊在一起，四肢則露出機械的關節部分。

雖然成形了，但仍在成長中。光粒繼續聚集，宛如膨脹一般逐漸變大。彷彿要展現給所有人看一樣，緩緩地橫向旋轉。

ＧＧＯ裡存在各式各樣的巨大怪物，牠們通常是作為戰場或者任務的最後魔王，不過還是首次看到那種巨龍。因為外表看起來有些部分略為粗糙，可能就跟上屆的ＳＪ一樣是被打回票的設計吧。

「那是什麼？機械飛龍？」

克拉倫斯丟出這麼一句話……

「沒有專屬的名字。」

史三郎以認真的口氣回答。

這是不起眼但相當重要的事情。不論是魔王還是雜兵，只要是敵人就有名字，我方意識到之後就會顯示在視界裡，這算是模仿ＲＰＧ的做法。

由於那個名字下方也會出現ＨＰ條，可以知道還要多久才能擊倒對手，以及我方的攻擊是不是有效。又或者是撐不下去必須要逃走的時機。

雖然連名字都沒有決定給人一種隨便的感覺，但應該是有什麼理由才會這樣的吧。

說不定連ＨＰ都不會出現……？那就真的很難搞了……

或許是顧慮到包含蓮在內的所有人都有這樣的擔心吧，史三郎繼續開口表示：

「只要攻擊到它一次，就會出現剩餘的ＨＰ。」

啊啊太好了。

蓮撫摸嬌小的胸口放下心來。

「沒有名字嗎？那就叫它『機龍』吧！」

克拉倫斯決定了名字，至少在這十二個人之間，那個敵人就叫做機龍了。由於頗為順口，所以沒有人提出抱怨。

但實在太大了！

蓮一邊看著一點一點變大的機龍一邊這麼想。

「搞什麼啊。那到底有幾公尺……」

聽見老大的話後，窺看著德拉古諾夫狙擊槍瞄準鏡的冬馬就說：

「知道距離嗎？」

蓮立刻取出單筒望遠鏡，一邊瞄準機龍一邊按下按鍵。

數位數字顯示出與對手的距離……

「距離胴體是320公尺！」

蓮如實地傳達出去。

「Хорошо！」

回答的冬馬看著刻劃在瞄準鏡鏡頭內的距離測定刻度思考了三秒左右，然後做出答案。

「只是粗略的計算……胴體長是10公尺！」

而尾巴則差不多長。再加上脖子與頭部應該有15公尺左右。也就是說……

「全長35公尺！」

蓮感到傻眼。

這麼大的尺寸進到學校泳池的話，尾巴就完全塞不進去了。胴體的寬度最大有5公尺左右吧。

「太大了吧。那麼，弱點在哪呢？果然還是眼睛嗎？還是逆鱗呢？」

克拉倫斯對小狗這麼問，史三郎立刻回答：

「我沒有獲得這方面的情報。」

「你被交代要這麼回答吧？」

「這就由妳自行想像了。」

堅不吐實的史三郎以及……

「別這樣，不准欺負史三郎！」

立刻包庇牠的不可次郎。雖然沒有人欺負牠就是了。

史三郎繼續說明下去。

「各位的HP歸零時，將永遠從任務中脫離回歸到格洛肯。請特別注意。」

也就是說「會跟平常一樣死亡」。這下必須打起精神來才行了。

「另外，時間限制是二十一分鐘。到十三點三十分為止。沒有打倒的話就無法進入下一個試煉。那麼祝各位武運昌隆。」

蓮的視界右上方再次出現21：00的計時。現在變成20：59了。

同時機龍的實體化也結束。聚集的光粒消失，旋轉停止，機龍的兩顆眼睛發出藍白光芒。

在飄浮狀態下緩緩揚起長脖子，打開巨大的嘴巴。

「咕嘎！」

尖銳的叫聲遲了一秒後傳了過來。

紅色巨軀迅速靠近地面，最後消失在巨大岩石後方再也看不見，不過可以從大量的塵埃飛舞以及地面的搖晃得知它已經著地。

接著果然在遲了幄秒鐘後傳來「咚咚」這種四肢緊踏大地的聲音。

「要打倒那個嗎……怎麼做呢？」

「別想倚賴別人好嗎，蓮？首先活用妳鍛鍊出來的高速與粉紅色，去賞給它打招呼用的1發。我會提供支援。」

接受雙手拿著槍榴彈發射器的伙伴這種溫暖的發言……

「不可……」

蓮叫出了好友的名字……

「然後被當成目標，被追著到處逃竄。當妳被踩踏時我們十一個人就趁機幹掉它。我們絕對不會忘記妳偉大的犧牲。Never forget you。妳是個好人喲……」

「嗯，我們一起去吧？」

此刻的心情是之後想好好斥責一瞬間內心感到溫暖的自己。

「要來嘍！」

老大的叫聲讓蓮與不可次郎停止說相聲，直接瞪著機龍的方向。

地鳴與重低音靠近了。明顯是朝著這邊猛衝。

「散開！」

M的聲音讓所有人分散開來。

那個巨大身軀衝過來的話，根本不知道要逃到哪裡。只不過，像現在這樣十二個人聚在一起的話，將會被一擊全倒而全軍覆沒。為了將被害減到最小，必須盡可能地散開才行。

別到這邊來！拜託別過來啊！

即使知道那就是希望伙伴遇到危險，還是忍不住這麼祈求。

蓮即使內心這麼祈求，還是用比任何人都快的腳程往北側躲避。已經習慣在這個地方奔跑了。只要確認眼前的岩石，並且及早閃避的話，幾乎可以全力奔馳。

一道小小的黑色影子從後面趕過神速的蓮。

不愧是狗！好快！

被疊起三角耳，毛受到風壓而往後倒的史三郎超越後，蓮拚命地追趕上去。跟那隻小狗在一起的話就安全了吧。還有一場試煉，實在不認為嚮導會就此死亡。

地鳴聲變得更大，蓮往右側面一看，就發現機龍巨大的身軀粉碎著前方的岩石並且往這邊迫近。由於它似乎稍微往左邊前進，所以蓮的位置應該是安全了才對……

「啊啊！蘇菲妳們快逃！」

ＳＨＩＮＣ裡腳程慢的蘇菲以及羅莎在其前進的方向……

來不及了……！

蓮做好兩人將死亡的心理準備。她停下腳步，持續瞪著巨大身軀。

緊接著，面對蘇菲與羅莎的機龍——

「咦？」

跳過去了。

踩踏大地的聲音消失，取而代之的是巨軀的破風聲，巨大身軀上了空中。

不過從短小的翅膀就能看出它似乎沒辦法飛。跳了數公尺的高度越過蘇菲與羅莎後在距離兩人約20公尺的地方著地。大地旋即產生劇烈震動。

得救了……

暫時鬆了一口氣的蓮……

「不妙！所有人快追！拿出全力！」

先是Pitohui透過通訊道具的聲音傳到耳裡，接著眼睛所看到的景象讓她理解是怎麼回事了。

機龍逃走了。拚命地逃走了。夾著尾巴潛逃。又粗又長且左右晃動的尾巴越變越小。

克拉倫斯表示：

「那傢伙是『逃走魔王』！」

「還有這種名詞嗎？」

夏莉這麼問……

「有啊！我現在創的！」

「這樣啊……」

不論如何都得追上去才行。不追上去就無法打倒，不打倒就無法過關。剩餘時間20：04。

蓮開始追起機龍搖晃的尾巴……

「不要跑！我是你的目標！」

同時以P90連射。發射出去的小子彈往跑在大約100公尺前方的巨軀飛去，由於目標相當大所以應該命中了吧。紅色尾巴爆出火花。

接著機龍身體的右上方就出現以綠色顯示的數字「100」。應該是HP的百分比吧。完全、絲毫、一丁點都沒有減少。

「小蓮跟塔妮亞不論如何一定要跟著它！絕對不能跟丟了！」

Pitohui如此命令……

「了解！」

「Yes sir！」

先不管其他人能不能追到，蓮決定要完成自己能力範圍內的事。

全力奔馳來追逐巨大身軀。雖然因為它邊破壞岩石塔邊前進，讓大地滾落著大量的碎石，但那種東西只要全部避開或者跳過就可以了。只專心注意不要跌倒然後持續奔跑。

全力奔馳的蓮後面，跟著稍微慢了一點的塔妮亞。由於全力奔馳的速度還是蓮比較快，所以一點一點被拉開距離也是沒辦法的事。

剩下來的十個人腳程雖然慢也還是追著機龍……

「該拿那個怎麼辦？哪可能追得上啦。」

克拉倫斯說出自己的不滿。嗯，確實是沒辦法。

「喂，Pitohui！想起情節了沒？」

可以聽見夏莉宛如怒吼般的聲音。她只有一瞬間將裝填了開花彈的R93戰術2型狙擊步槍對準機龍，但還是停止開槍。因為這只是在浪費子彈。

「是哪個呢……因為有太多了……不過，記憶裡暫時好像沒有符合的……」

當Pitohui無法找到相符的情節時……

「我！好像知道了！」

從後面發出聲音的是金髮太陽眼鏡的安娜。因為提到現實世界，所以變成客氣的口吻。

「我也喜歡看小說，聽到剛才Pitohui小姐所說的就想起來了。這個情境是那位作家的長篇新作！標題是《Lord of the Wheel》！」

「哎呀？那獎品裡沒有嘍。這樣我當然不知道了。」

Pitohui舉白旗投降……

「這標題真的很可能被告。」

M老實地透露內心的感想。克拉倫斯也丟出一句：「就是說啊。」

「安娜，是安抓的內容？」

老大這麼詢問。「安娜」跟「安抓」押了同樣的韻。

當他們在對話時，機龍依然跨大步逃走，光憑自己的腳程實在不可能追得上。

雖然很希望似乎可以追得上的蓮跟塔妮亞能夠幫忙停住它的腳步，但憑兩個人的火力是絕對不可能擊倒那麼巨大的身軀吧。這樣下去將會在只是運動會的情況下結束。如果有提示的話，真的希望能現在說出來。

安娜邊跑邊回答：

「大綱說起來就是『紐約的地下道連結到一片荒野且到處是機械怪物肆虐的異世界。美國政府在極機密的情況下輸出車輛、汽油與槍械到異世界，然後輸入地球無法取得的藥品來獲得天文數字的財富。小氣的汽車小偷喬許與梅莉被警察追捕，結果連同躲藏的贓車一起被輸入到異世界。但他們兩個人不會因為這種事情就喪志。運用熟悉的車輛與槍械來擊敗怪物並且出人頭地！』——」

「謝啦！安娜！我知道了！」

Pitohui大叫，接著停下腳步。

「所有人都停下來！啊，小蓮跟塔妮亞之外都停下來！現在立刻停止！」

Pitohui對停止全力奔馳的九個人發出命令。

「周圍絕對藏著交通工具！把較大的岩石全都找一遍！」

剩餘時間18：00。

在荒野專心跑了將近兩分鐘，沒有追丟機龍的蓮，耳朵聽見經由通訊道具傳來的聲音。

「找到了！」

「這邊也有！」

「有喔有喔！大豐收！」

「會駕駛嗎？」

「交給我吧！」

總共聽到了這些聲音。順帶一提，依序是Pitohui、不可次郎、老大、克拉倫斯、夏莉。

雖然知道伙伴們幫忙找到了交通工具這樣的寶物，但是仍不清楚是什麼種類。

跟那個比起來，蓮還有更在意的事情。也就是機龍的前進方向。

出現之後就一直朝正北方，也就是我方這邊跑過來的機龍，開始追之後就不是一直線了。

它會從左到右不規則地彎曲，蓮對於Pitohui他們是否能知道應該往哪個方向追感到擔心。

雖然身軀龐大，但距離如此遙遠的話應該已經看不見了吧。

大地相當堅硬，根本看不見腳印。能夠光憑踢飛的岩石追蹤嗎？從速度來看，應該已經離開2公里了才對。

「準備好了！小蓮現在在哪裡？」

在這樣的情況中聽見Pitohui的詢問……

「我怎麼會知道嘛！」

蓮忍不住說出喪氣話。看著視界最上方出現的羅盤……

「現在正往西北方跑！之前……蛇行了好一陣子！」

「那真是麻煩了。也看不到腳印！」

心想該怎麼辦才好的蓮，突然回想起SJ3開始不久時的事情。那個時候不清楚回去的方向，不是曾經讓不可次郎幫忙導航嗎？

「讓不可往空中射擊電漿手榴彈！」

那樣的爆炸應該能作為燈塔才對。蓮告訴同伴們看見的方位，再扣掉或者加上180度的方位，就是伙伴們前進的角度了。

「辦不到。要對付那個大傢伙，現在連1發都不能浪費了。」

Pitohui立刻這麼回答……

「那到底要我怎麼辦？」

「路標就交給我吧！」

老大可靠的聲音傳了回來。

「塔妮亞，別看漏了！」

「了解！」

跟在蓮後面的塔妮亞這麼回答。

到底要怎麼做？

霎時減緩奔跑速度回過頭去的蓮，眼睛看到飛過低空的一條光線。看起來雖然像流星，不同的是畫出漂亮的拋物線以及帶著深橘色。那是子彈。尾部發光的曳光彈所劃出的軌跡。

「再往右一點！」

塔妮亞這麼說。

接著再次出現閃光。不過這次是彈道預測線。

「對喔！」

慌張的蓮完全忘了。遊戲的性質上，不論從再遠的地方射過來的彈道預測線都能看得清楚。

預測線劃出平緩的拋物線從幾乎是蓮的正上方通過。

「這個角度！完全正確！要不要乾脆試著瞄準機龍！稍微拉遠一點，拉遠一點……」

塔妮亞這麼說完，預測線就迅速朝向遠方，觸碰到奔跑的機龍並且超越它……

「就是現在！」

慢了一拍後，橘色曳光彈就沿著紅線飛了過來。

原本以為會命中機龍，但最後還是無法如此順利，只命中其旁邊的地面並且揚起塵埃。

「太可惜了！」

塔妮亞的聲音……

「太好了！能清楚地知道方向了！」

以及老大的聲音，讓蓮也了解是怎麼回事了。

那是SHINC擁有的「反M決戰兵器」——簡稱「M槍」。正式名稱為「捷格加廖夫反坦克步槍」所開的火。

那把槍的子彈是口徑14.5毫米的怪物。如果是這種等級的子彈，只是飛行的話可以達到5公里以上的恐怖距離。

把它像火箭一樣當成記號發射出去，再產生彈道預測線來捕捉方位。只有能做到超超長距離狙擊才能如此使用預測線。

「太厲害了！」

蓮再次將追逐的腳步提升到最高檔並且這麼說道。

「哪有什麼，這是模仿ＳＪ２時蓮你們的做法喔。」

塔妮亞如此回答。

剩餘時間16：30。

幸好機龍逃走的速度比蓮還慢，所以沒有被它甩掉。在不即不離的情況下追趕著機龍的蓮，耳朵聽見了尖銳的引擎聲。

「久等了。追蹤辛苦嘍～」

接著一台車輛從後面揚起沙塵，以超快速度來到現場。減速的車子來到奔跑的蓮左側跟她並排在一起。

「Ｍ先生！Pito小姐！」

駕駛的是Ｍ。右側的座位坐著Pitohui。

那是小型且高大的車輛。

全長大概３公尺多一點。寬度是１．７公尺左右。車體非常之小，只有橫向並排的雙人座位。沒有窗戶與車頂，只有小小的門跟稱為Roll cage的金屬管護罩圍住兩個人。

高度大概是１．９公尺，算是相當高大。理由是連結輪胎的懸吊系統異常地長。車體底下懸空了數十公分。形狀就像是以四隻腳緊踏著地面的烏龜。
顏色是綠色與黑色的組合，似乎為了顯示GGO的特色而整個顯得暗沉。
那並非能申請車牌的一般車輛，而是強化高速跑在越野道路的娛樂用小型吉普車。從橫向並排的座位配置被稱為「Side by Side Vehicle」。
「後面有貨斗，妳能跳上來嗎？」
「我試試看！嗟——！」
蓮邊跑邊用盡渾身的力量跳起來。跳上在旁邊行駛的吉普車貨斗狹窄平坦的空間。當然，現實世界裡不能讓人坐在這種地方行駛。
「哦，了不起。快抓住！」
蓮抓住眼前的鐵管後，M就更用力踩下油門，吉普車開始不停地加速。時速已經達到80公里以上。
雖然是經常有石頭滾落在地面的荒地，但吉普車的避震器異常地長，而且經常移動，所以車體總是輕飄飄地搖晃而且相當安定。蓮沒有感覺到會被甩落的恐懼。
速度雖然快，但是跟上屆SJ的機動三輪車相比已經好多了。那個真的很恐怖。
「找到很厲害的交通工具了呢！」
蓮不輸給撞擊到臉上的強風這麼說著，Pitohui則回答：

「到處都有假的岩石。打破後就出現了。而且加滿汽油！」

「這是Kawasaki的『ＫＲＸ１０００』。是最適合這種地形的車輛。」

M這麼說著……

「名字不重要啦。所以說真受不了男人。」

「啊哈哈。其他人呢？」

「回頭看看如何？」

蓮按照吩咐回過頭去，就看到像是要避開自己這台吉普車揚起的沙塵般，旁邊有好幾台散開的車輛。

一台是摩托車。雖然不知道車種，不過是第四個車頭燈附近整個突起的大型越野摩托車。夏莉跨坐在上面，後面則坐著克拉倫斯。

「摩托車！太帥了！」

由於蓮不論是在現實世界還是ＧＧＯ都不會騎摩托車，所以對於颯爽騎乘著的夏莉感到憧憬。雖然對她騎車的技術感到非常不安就是了。

「那是YAMAHA的Tenere ７００。不好駕馭的大型越野摩托車。這次……日本車很多呢。」

「名字和其他情報根本不重要。所以說真受不了你們男人。」

「啊哈哈……」

那台摩托車……

「先走了！」

似乎能發揮出比吉普車更快的速度，很輕鬆就超越過他們了。

再看其他的同伴，首先發現不可次郎握著同型吉普車的方向盤。同時能看見副駕駛座空無一人。

「哈囉，蓮。追上妳啦。」

現實世界也擁有駕照，而且也大量遊玩賽車遊戲的她，駕駛技術自然是無庸置疑……

「哈囉，不可。我可以坐那邊嗎？」

蓮原本打算跳過去……

「抱歉！正在跟男友約會！妳體諒一下吧。」

來到旁邊並排之後就看見了。黑色小狗輕輕坐在椅面上。

「哦，這樣啊……」

這時還有另一台吉普車開著，駕駛是蘇菲，老大在副駕駛座。

後部的貨斗上安娜正伸出腿坐著，途中上車的塔妮亞則站在她後面抓住鐵管。由於是小車的貨斗，所以看起來相當擁擠。

雖然蘇菲看起來不太熟悉車輛的駕駛，但就算是這樣，她還是拚命地操縱著方向盤。

羅莎跟冬馬到哪去了？

蓮尋找之後，發現她們搭乘吉普車之外的交通工具。跟在最後面的是一台邊車。

是在機車右側加裝了載人部分的左右不對稱的交通工具。顏色是黯沉的胭脂色。

跨坐在渾圓線條，有著古典造型的機車上，手握著橫向寬廣方向盤的是冬馬，坐在被稱為「跨斗」的邊車部分的是羅莎。羅莎把ＰＫＭ機槍設置在跨斗上，讓自己可以在坐著的情況下往前方與右側射擊。

「邊車！太厲害了！」

蓮雖然無法駕駛，不過關於這台車她還是有唯一知道的知識。就是邊車很難駕駛。

由於ＧＧＯ應該不會幫忙準備這方面的技能，所以冬馬應該是全部以自己的力量在操控。

「俄羅斯製邊車『ＵＲＡＬ』。雖然是從戰爭時模仿德軍的邊車開始，但是不斷地加以更新，即使是現在也能買到新車。跨斗的部分也是兩輪驅動車，所以在日本的話用普通汽車駕照就可以駕駛。」

「名字、歷史、裝置和法規都不重要啦。所以說實在受不了男人。」

完成第三次的老哏吐嘈後，Pitohui就說：

「真不愧是冬馬。俄羅斯真是驚死人了。」

這句話讓蓮回想起來了。操縱冬馬的人是米蘭。居住在日本的時間相當長，所以日文很流利，不過是有著一頭漂亮金髮的真正俄羅斯人。

而且擁有在寬廣的母國俄羅斯受到喜歡汽車的父親指導駕駛技術的經歷。是SHINC裡唯一懂得駕駛手排車的成員。

而且一定是在被她爸爸說過「既然是俄羅斯人就必須懂得駕駛一兩種俄羅斯邊車才行」的情況下長大的吧。絕對是這樣沒錯。當然也可能不是啦，總之她現在真是帥斃了。

「很好！那麼去打倒只會逃的最後魔王吧！」

蓮充滿幹勁的聲音響起，目前剩下十五分鐘。

「快沒時間了，追上去後就盡量攻擊。記得確實注意擊中時的部位以及受到的傷害！弱點絕對存在某個地方！」

Pitohui確切的指示傳了過來，接著所有人便響起答應的聲音。

「上啊夏莉！搶首功！」

「還用妳說嗎！」

果然最快的是雖然坐了兩個人但是最輕，而且騎士的技術相當優秀的摩托車搭檔。

像跳起來般奔馳著，從左後方追上大步逃走的機龍後，在僅隔10公尺的距離下開始與其並排前進。

數位測速器所指的時速是35英里（大約56．3公里）。這似乎就是機龍的最快速度了。

沒有碰到地面而在空中擺盪的尾巴，每次揮舞都會靠近摩托車。

「喂，夏莉！太近了！尾巴很恐怖！」

「吵死了！抱著必死的決心吧！好了快開火！」

「真是的，就會使喚妳的搭檔。」

克拉倫斯用一隻左手抓住摩托車，以右手伸出ＡＲ—５７。接著以全自動模式開火。尖銳的高速連射聲響徹荒野。

子彈不可能沒打中，機龍的尾巴不停爆出火花——

「擊中尾巴了！沒用！完全沒有減少！」

跟一開始的蓮一樣，沒有受到任何傷害。顯示依然是１００。

「可以射腳嗎？」

Pitohui這麼問……

「我試試看！」

克拉倫斯再次射擊，這次是左後腳。

雖然是關節可動部分完全外露的機械，但是就算命中許多子彈且連續爆出火花，ＨＰ的百分比還是沒有減少。

「完全不行！沒子彈了！」

射完50發子彈的克拉這麼說完，沒辦法的夏莉只能稍微離開機龍。她降低摩托車的速度，輔助克拉倫斯使用雙手。

「我們要上嘍！」

「嗚啦！」

幹勁十足的羅莎與冬馬。

冬馬駕駛的邊車從機龍的正後方過來，土塵當中的羅莎以PKM機槍豪邁地開火射擊。

這是從設置在跨斗的機槍發動的攻擊。由於相當安定所以命中率很高，尾巴、身軀和後腳像放煙火一樣連續火花四散，看起來十分漂亮，只不過……

「這樣也不行嗎！」

即使轟中將近100顆強力的7.62×54毫米子彈，也完全無法給予傷害。數字依然維持在100。

「好！接下來換我們！」

老大以下的SHINC四名成員所搭的吉普車以猛烈的來勢迫近。

「蘇菲，到前面去！」

「哦！」

蘇菲雖然因為不熟悉駕駛的緊張而眼睛布滿血絲，還是拚命踏下油門操縱著方向盤躲開岩石，吉普車從機龍的左側超越過去。接著在凶惡的臉晃動前來到前面。

「要丟出巨榴彈了！後面的車注意！」

老大把從自己倉庫欄裡取出的大型電漿手榴彈交給安娜與塔妮亞。3發的計時器都設定為四秒。

「預備！預備！預備！——現在！」

不愧是新體操社。投擲的時機完全一致到讓人害怕。

形成三顆西瓜從大地往後方滾動，然後機龍跑向該處的情況。經過整整四秒後，就在巨榴彈進入紅色軀體下方的那個瞬間——

啪嘰！

機龍一瞬間發光。紅色身軀像電燈泡快故障前那樣綻放出炫目光芒……

「唔……？」

然後直接踩過巨榴彈繼續跨著大步奔跑。

「什麼……」

感到茫然的老大等人，耳朵裡……

「喂，怎麼了？沒有爆炸喔。弄錯計時器了嗎？」

聽見了Pitohui的聲音。

「這只是猜測……被無效化了……」

老大說出除此之外就想不出來的答案。

「是電磁脈衝。」

看見一瞬間發亮的M如此表示。

「以電磁脈衝燒斷電漿手榴彈的電子雷管。為了簡單易懂而做出發光的演出。」

「嘎——！不愧是機械！能夠辦到待在日本的普通龍所辦不到的事情！」

Pitohui這麼說著，不過日本根本沒有普通的龍。也沒有不普通的龍。

「可惡啊啊啊啊啊！」

原本認為絕對可行的老大，露出小孩子快哭出來般的恐怖表情咒罵著。但是，光是車輛的電子儀器沒有被燒壞就該感謝了。真燒壞的話，車子就沒辦法跑了。

「這就表示……完全無法使用電漿手榴彈嘍？」

蓮開口詢問……

「似乎是這樣。」

只能如此回答的M說完之後……

「嗚喔喔喔喔搞什麼！喂別開玩笑了！」

不可次郎的理智線完全斷裂。

「多年來用我的右太與左子射死那個大怪物，清掉內臟肢解開來後拿最棒的腰肉給史三郎吃大餐的計畫泡湯了嗎！」

蓮首次聽說她有這樣的計畫。這是根本不用知道的無謂情報。

剩餘時間13：05。

塔妮亞表示：

「剛才安娜說過這也是作家在作品中的情境對吧？說不定那裡面也有打倒它的提示喵？」

她說話時有時候會混進貓語語尾，不過很適合她所以沒關係。

對了就是那個喵！

蓮這麼想，其餘十個人也有所期待……

「其實……我剛才沒能把話說完……」

安娜的發言卻讓他們都失望了。

「那本書尚未發售喔！」

啥？

包含蓮在內的十一個人都露出狐疑的表情。

「抱歉，Pitohui小姐。剛才我就算插嘴也應該把話說完。這本小說的發售延遲了好幾個月。剛才我說的是新書的介紹文！」

什麼！

蓮嚇了一跳，雖然無法得到提示讓人感到很遺憾……

「啊啊，原來如此！是這樣啊！——那個狗屁作家！」

Pitohui似乎發現了什麼，只見她憤怒地大叫了起來。

「怎麼回事？」

蓮一問之下，Pitohui就對所有人說出答案。

「發售延期，就表示他還沒寫完對吧！因為想不出點子了！所以就打著看這場戰鬥，然後根據它來寫成小說的主意！」

「啊啊……」

蓮理解了。難怪Pitohui會生氣。

M以漂亮的駕駛技術躲開巨大岩石並且說道：

「就像把桌上角色扮演遊戲的內容直接寫成小說嗎？跟作者獨自構思比起來，確實可以寫出更多樣的反應吧。」

「沒錯！就是把我們拚命的行動變成他糧食來源的計畫。能夠存活到這裡的小隊應該有一定的水準，所以他覺得就算對上誇張的強敵，應該也會有辦法解決才對！」

「那真是讓人火大，Pito小姐。」

在搖晃的車上，蓮笑著這麼說。

「所以呢——讓我們以寫成小說的話會被說『太唬人了！』然後評價下降，或者遭到編輯表示『一點都不真實』而打回票的漂亮方式打倒怪物吧！」

蓮雖然成功將所有人的鬥志提升至前所未見的程度……

但具體來說應該怎麼做才好呢？

蓮同時拚命這麼想著。因為她非常地聰明，所以這件事情她就不說出來了。

真的有辦法打倒這隻由機械組成的飛龍嗎？

剩餘時間11：30。

摩托車、吉普車與邊車不即不離地並排在奔跑的巨大身軀周圍，所有人思考著打倒它的辦法。

先提出點子的是克拉倫斯。

「夏莉啊！妳有很長的繩子吧？把它的腳團團綁起來後讓它跌倒吧！以前的科幻電影裡面，就是這樣打倒像大象一樣的機器人吧！」

「我想可能是同一部電影……但人家那是飛機喔？摩托車照著做只會被拖著走吧。嗯，身為人類，還沒試就放棄不是一件好事，妳自己去試吧。雖然很可惜，但這輛摩托車給妳。好好努力吧。」

「才不要哩。」

駁回。

「普通的手榴彈至少能讓它跌倒吧？只要停住腳步，說不定就有辦法打倒它了。」

羅莎說出想到的點子……

「哦！那就出征吧！」

可以聽見老大像武士一樣的聲音。似乎要再次發動丟下深水炸彈般的攻擊。

「後方注意！嘿呀！」

再次嘗試的三個人這次使用通常的對人碎片手榴彈，把俄羅斯製的「ＲＧＤ—５」滾落到地面——

接著蓮就看見了。巨大身軀的粗壯腳底出現三次爆炸。黑煙四散，傳出「砰砰砰」的爆裂聲……

「不行嗎……」

根本派不上用場。能把一個人類轟飛的手榴彈，要停下巨軀的腳步是完全威力不足兼實力不足。

機龍搖晃著大地不停往前跑。到底是要到哪裡去呢？

「用巨榴彈在它前面開一個大洞呢？」

蘇菲如此提案。

原來如此，這樣就不會受到電磁脈衝妨礙而直接爆炸了吧？

蓮雖然這麼想……

「就算炸出洞，也只會被跳過或者避開吧。」

聽見M的話後，就覺得這也有道理。

「讓哪個人坐到它身上去呢？」

老大這麼問……

「嗯……要跳過去應該有點困難喔。」

真要跳過去的話，應該由擁有光劍的Pitohui來執行，但這時她皺著眉頭駁回了這個提議。因為是劇烈運動的巨軀，所以風險很高。以這樣的速度和堅硬的大地來看，要是失敗而掉下來的話，很容易就會死亡。

「我不是怕死喲。為了大家，我犧牲一兩條命都沒關係喲。」

由於Pitohui又加了這麼一句，了解怎麼回事的蓮心裡想著：「啊啊，怕死嗎？」

「機械的弱點是什麼呢？」

冬馬一邊純熟地駕駛著邊車一邊這麼問。

「大概是……水吧？電腦被潑到水的話會壞掉吧？」

旁邊重重坐在位子上的羅莎這麼回答。

「這個點子不錯喔。」

Pitohui這次有了不錯的印象……

「但是誰身上帶著液體呢？」

所有人沉默了幾秒鐘後——

「啊，我有。」

蓮從貨斗上舉起一隻手來。

SECT.7 第七章　擊退螃蟹　—第四試煉・後篇—

「真是受不了妳，不過今天先稱讚妳一下吧！」

「那真是謝謝了！」

「要上嘍──嘿呀！」

剩餘時間10：00。手錶指著十三點二十分的瞬間，M駕駛的吉普車，貨斗上的Pitohui丟出一個圓形物體。

那是蓮的魔法瓶，裡面裝滿紅茶。

Pitohui以怪力投向遠方後，立刻從左腰拿出改短散彈槍M870・Breacher射出散彈。

散彈在空中將魔法瓶開出幾個洞，魔法瓶一邊灑出裡面的紅茶一邊往機龍的頭部落下。

紅色頭部上方，茶色液體──紅茶變成飛沫……

「嘎啊啊！」

機龍突然叫了起來。

頭部只有很少一部分被弄濕的機龍，很痛苦般左右甩動長脖子，然後直接失去平衡往左側傾倒。

「成功了！」

打橫的胴體開始橫向滾動……

「咦？M先生——快躲開！」

像酒桶一樣朝著蓮他們搭乘的吉普車襲來。

「嗚！」

M緊急把方向盤往左打。吉普車的車體因為巨大離心力而傾斜，最後在後輪打滑的情況下轉彎，這時滾動的機龍，長尾巴又朝他們揮了過來。

整個視界被紅色長尾巴覆蓋——

啊，這下死定了。

結果呼嘯著從有所覺悟的蓮頭上掃過。真的只有一線之隔。

「哦哦，好險好險。」

從後面看著事情經過的不可次郎，緩緩踩著剎車並且這麼說道。沒錯，對小狗相當溫柔的駕駛。

然後就看見了。結束滾動後仍然翻倒在地的機龍身旁出現的數字。

HP剩餘——50。

所有人以各自的言語所發出的喊叫聲響徹整個荒野。

機龍完全仰躺，粗壯的腿只是不停朝空中掙扎。腹部發出紅色暗沉光芒。

「哦啦哦啦哦啦！」

最靠近頭部的邊車組開始以ＰＫＭ發動攻擊。

命中巨軀的各個部位後爆出火花，但是ＨＰ沒有減少。

不過子彈命中頭部時，機龍有了反應。原本是50的數字，在被10發左右的子彈擊中後變成49。

「是頭！有效了！能讓它受傷！」

聽完羅莎的報告，Pitohui隨即做出指示。

「好耶！小子們！目標是頭部！背對著太陽攻擊吧！」

Crossfire——也就是交叉火力是為了防止流彈攻擊到自己人，這時ＳＨＩＮＣ已經開始為了布下這樣的火網而開始行動。

蘇菲把吉普車開到巨軀南側50公尺的位置停了下來，然後開始齊射。

副駕駛座的老大拿起ＶＳＳ，貨斗上的安娜持德拉古諾夫狙擊槍，塔妮亞是野牛衝鋒槍，至於手離開方向盤的蘇菲則是用ＧＭ—９４使出榴彈攻擊。

大量子彈襲向紅色頭部，將其籠罩在橘色火光當中。榴彈在表面炸裂。子彈射光的人開始更換彈匣，然後再次瘋狂射擊……

「削啊削啊！盡量削！沒問題了！」

正如老大所說的，數字不斷地下降。變成45，然後43再到40——

「知道弱點後就變得很簡單耶。」

摩托車停在ＳＨＩＮＣ吉普車後面的夏莉這麼表示。原本打算取出愛槍，但又覺得沒有必要了而打消念頭。

「夏莉，妳不會覺得這樣就結束了吧？」

在後面抱著她的克拉倫斯如此表示……

「咦？」

「像這種魔王，低於30之後才是真正的勝負喲。」

「克拉小妞說得沒錯。老大妳們靠太近了，先退後一點比較好。」

Pitohui從停在更後面的吉普車上這麼說。

「沒關係啦！光靠我們就能幹掉它了！」

老大這麼說完後，就跟伙伴們拚命地開火。

仰躺的機龍雖然甩動長脖子掙扎著，但頭實在太大了，要命中不是什麼難事。數字低於35了。

這場試煉真的就這樣結束了嗎？能順利過關嗎？

蓮這麼想著。剩餘時間還有八分多鐘，照這種速度來看，要讓HP歸零是綽綽有餘……

「唔！站起來了！」

看來事情果然沒有那麼簡單。巨軀在老大她們眼前轉了一圈，終於開始為了站起來而努力。剩下31。

「退後！」

「看，我說得沒錯吧。」

蘇菲跟冬馬分別打了吉普車與邊車的後退檔，然後跟停止射擊的伙伴一起迅速後退。

在後面看著的摩托車組……

「哦！那輛邊車可以倒退啊。」

「夏莉，妳感動的地方錯了吧？」

機龍終於要開始認真了嗎？它會做出什麼樣的攻擊？有我跟小P能做的事嗎？

以左手穩穩抓住吉普車的鐵管，右手緊握住P90的蓮眼前，慢慢爬起來的巨軀——

「咦？啊哩？啊哩哩哩？」

再次逃走了。

大步晃動著大地，再次的遁逃。

「搞什麼啊！果然只會逃跑嗎！」

蓮忍不住這麼大叫。

「是啊。對於渴求各種敵人之血的小蓮來說確實很沒有挑戰性。」

「別毀謗我！」

雖然還是吐嘈了一下Pitohui，不過她說的並非完全錯誤。應該說相當適切。

「太誇張了吧！」

對於無論怎麼攻擊都只會逃走的敵人感到傻眼的老大等人也一樣把後退檔往前打，開始追逐HP只剩下30%的機龍。

「唉……」

夏莉再次打著機車的檔……

「唉……」

不可次郎放開踩著的煞車。

一逃再逃的機龍，腳程比剛才更加快速，已經達到時速80公里。當然追逐的這一邊也以等同行駛高速公路的速度前進。

當追蹤開始二十秒左右，從剛才開始就散布於周圍的岩石突然消失了。大地的凹凸地形也跟著不見。

景色變化成宛如茶色的海洋一般。只有一片堅固的大地以及一望無際的地平線，可以說是極簡的空間。

「這景色也太單調了吧！是要節省繪圖的經費嗎？」

Pitohui這麼說……

「哎，反正這樣好跑多了。」

M丟出一句感想。變成這樣的話，行駛在什麼地方都跟柏油路面一樣。似乎閉著眼睛也能開車。

貨斗上的蓮看著SHINC在大約200公尺斜前方的吉普車與邊車固執地襲擊著巨軀。

看起來宛如殺人鯨群為了幹掉鯨魚而發動襲擊的光景。

經常能夠看見、聽見開火的光芒與聲音，然後一點一點命中晃動的頭部。每次命中，機龍旁邊的數字都會慢慢地減少1或者2。

剩下六分鐘。

「咦？就這樣結束了嗎？」

連坐在摩托車後座的克拉倫斯都這麼說的瞬間。

「喂，前進方向的地平線前方好像有東西喔。」

在最後面為了避開土塵而從最右邊跟上來的不可次郎，以慵懶的模樣這麼說道。

嗯？

蓮的手放開Ｐ９０改用肩帶提著，然後窺看右手拿著的單筒望遠鏡。在地平線上找了一陣子……

「嗚咿——！」

接著仔細確認連細部都能看見的物體並且說不出話來。

「怎麼啦～？」

Pitohui從副駕駛座這麼問，蓮也只能老實地回答。

「另一隻……機龍……藍色的！往這邊過來了！」

「果然不是這麼簡單的魔王。」

克拉倫斯很開心般這麼表示……

「妳說什麼？那怎麼辦？」

ＳＨＩＮＣ現在依然持續攻擊的老大如此詢問。

「看來得先散開了吧。」

ＳＨＩＮＣ遵從了Pitohui的指示。吉普車與邊車朝前進方向的左側遠離。

Ｍ把方向盤往右打，夏莉與不可次郎跟著這麼做。

蓮的視界前方，紅色機龍持續疾速奔馳。朝著已經看得出身形，同時外型完全相同的藍色機龍一直線跑去。

更前方能看到藍色機龍之外的沙塵。在蓮以單筒望遠鏡確認情況前，窺看瞄準鏡的安娜所做的發言就傳到所有人耳裡。

「藍色傢伙後面！還有其他車輛！——同樣的吉普車有……五台！」

「咦咦？怎麼回事？」

蓮產生混亂，Pitohui則冷靜地做出判斷。

「那當然是——」

在她回答之前……

「更新試煉的過關條件。」

史三郎隔了許久才再次發聲。

「各位，第四試煉進入第二階段了。時間限制將先行重置。」

蓮的視界右上方，倒數到05：14的數字停了下來。

雖然這是一件值得高興的事情，但是……

「必需的行動依然沒變。各位請打倒剛才稱為『機龍』的目標。」

「那另一隻呢？」

蓮這麼問……

「不需要打倒目標之外的物體。我的發言到此為止。祝各位武運昌隆。」

「原來如此。不過從那邊來的是什麼？還有是什麼人？」

Pitohui對臉上寫滿問號的蓮說出剛才就想說的內容。

「參加這次任務，正在『試煉』中打倒其他機龍的另一支小隊喔。這裡也跟他們連結在一起了。」

「噢，原來如此……」

紅色與藍色兩隻機龍高速接近。

對方似乎也發揮出差不多的速度，實際上就算是等速，越是靠近就會有速度變得越快的錯覺。

巨軀以直接衝撞的去勢急速接近，眾人覺得不會就這樣撞上去吧的瞬間——

就這樣撞上去了。

紅色與藍色兩隻機龍的互相碰撞，讓人想起相撲力士之間的交手。

巨軀因為胸部互撞的勢頭而往上抬起，兩頭龍往天空跳去，高度甚至上升到數十公尺。

當到達最頂點時一瞬間發出光芒……

「好刺眼！」

所有人都閉起眼睛。

再次睜開眼睛的蓮，以及諸同伴所看到的是——

在空中合體的機龍所變成的模樣。

「咦？螃蟹……？」

尾巴互相糾纏在一起，兩個臀部相黏的機龍，維持右側藍色，左側紅色的狀態，身體整個結合在一起。

後腳跟對方同化而再也看不見了。頭部則滑溜地往斜上方伸展，朝左右兩邊高高聳起，整個張開嘴巴的剪影，看起來彷彿螃蟹的螯。

之前的前腳稍微移往左右兩邊，變得就跟螃蟹的腳一樣。雖然左右各少了兩隻就是了。

「硬要說的話，是螃蟹沒錯。」

不可次郎表示同意……

「現在要決定的話，確實是螃蟹。」

Pitohui也做出相同的意見。

「嗯，是螃蟹。」

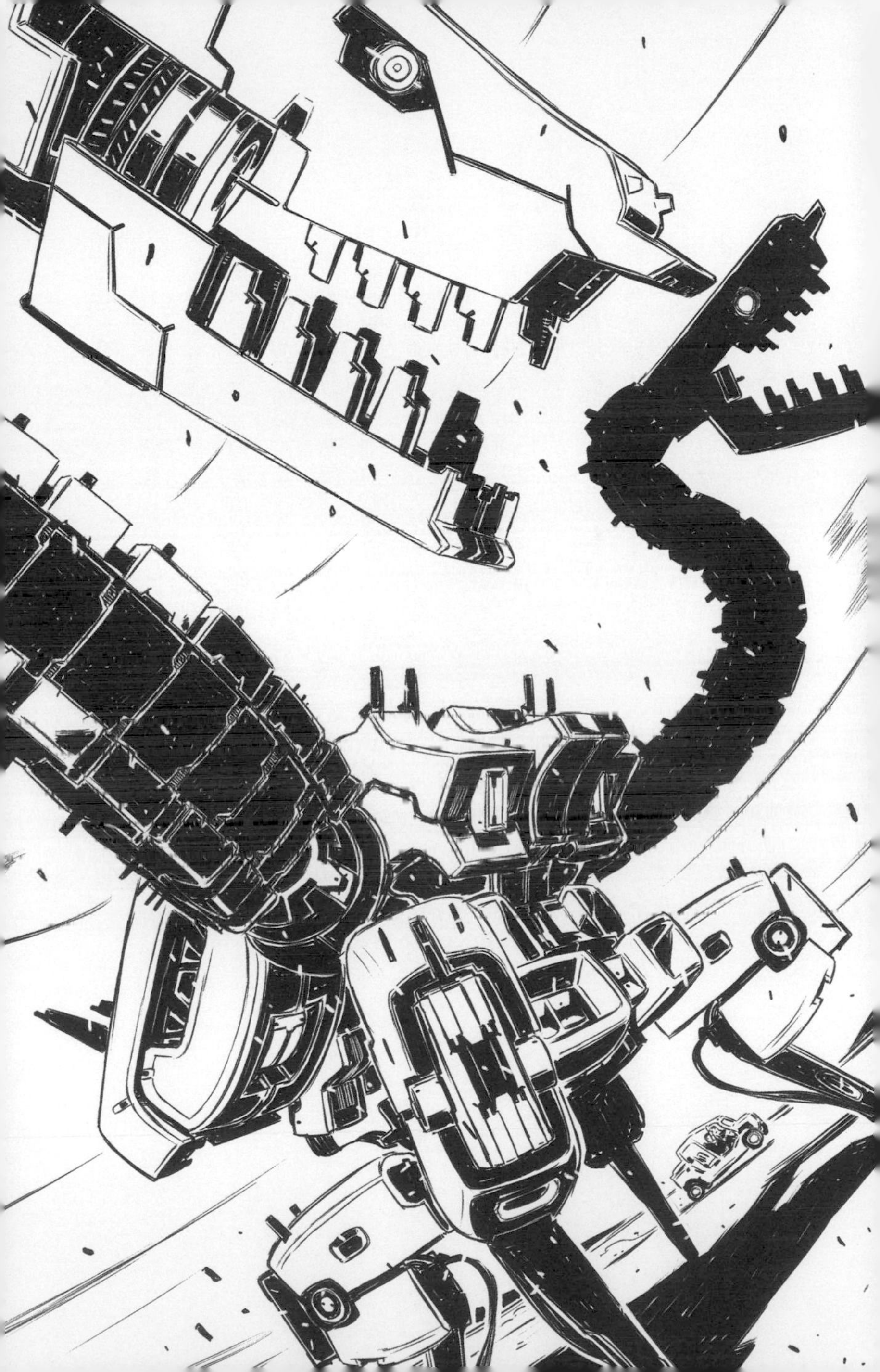

M也跟著贊同。

「那怎麼辦？不叫機龍，改叫它『機蟹』嗎？但很難叫吧？」

克拉倫斯這麼問。

「更重要的是！其他隊伍怎麼辦？」

老大以略為強硬的口氣問著。像是要表示先別管螃蟹了一樣。

搭乘五台同樣的吉普車，正在參加任務的其他小隊。他們筆直地朝這裡過來了。

「先擦身而過吧。別放慢速度喔，有可能會被射擊。」

Pitohui這麼說，接著老大請求指示的聲音又傳了回來。

「我們先開火吧？」

「等對方開火再說吧。」

「了解！」

老大乖乖地遵從。

由於機龍黏在一起變成螃蟹後掉落到地面，蓮他們便高速通過其兩側。接著另一支小隊逼近到眼前。

對方開火的話就反擊……

握住P90的右手灌注力量，不過手指沒有放到扳機上。GGO的世界，光是讓人看到彈道預測線，就會被認為「有開槍的意思」了。

幾秒鐘的緊張後，M所駕駛的吉普車右側數公尺處，同樣的吉普車高速逼近然後擦身而過。對方並沒有開槍。

錯身的瞬間，蓮看見了車上的玩家。

「啊！」

那是曾經見過的臉孔。

「呵，果然嗎！」

與蓮擦身而過的吉普車副駕駛座上，一個男人身穿直線塗上深淺綠色的瑞典軍迷彩服，這時臉上露出了猙獰的笑容。其上臂能看見骷髏咬著匕首的臂章。

拿著斯泰爾公司製的5.56毫米自動步槍「ＳＴＭ—５５６」附加槍榴彈發射器的男人……

「各位，看見了嗎？」

透過通訊道具對伙伴們搭話。聲音聽起來很開心。非常非常開心。

「果然是Pitohui他們！」

接著回到耳朵的是興奮的女性聲音。

「這邊也確認過了。組隊的是那支娘子軍隊伍。」

「原來如此，果然不出所料！那要怎麼辦，『隊長』？」

「這個嘛，首先悠閒地跟Pitohui聊聊看吧。想盡量獲得一些情報。」

「了解了——所有人，在對方攻擊前都不要開火。也就是說，受到攻擊就轟回去。」

來自老大的聲音傳到蓮等人的耳裡。

「擦身而過時看到了！是那些傢伙！全日本機關槍愛好者！」

「也看到這邊的了！是MMTM！每台兩個人，分別乘坐三台車！那些人聯手了嗎……」

包含回答的蓮在內，所有人都相當吃驚。

萬萬沒想到，小隊整體戰力第一的MMTM竟然會跟那個ZEMAL組隊……

雙方無疑都是強隊。MMTM在SJ裡數次讓蓮嘗盡了苦頭；相對地，蓮也數次對MMTM還以顏色。

光看火力的話，ZEMAL是領先群雄，而且每一屆都會變強，終於在SJ4是獲得壓倒性的優勝。

名為碧碧的謎樣女性玩家漂亮地指揮他們正是這支隊伍獲勝的理由。

這名跟不可次郎在ALO裡互相認識的女性是重度的遊戲狂，技術自然是無庸置疑。怎麼說都是讓ZEMAL獲得優勝的女人。那可是ZEMAL喔。

「哦！碧碧那個傢伙在嗎？」

不可次郎以凶惡的聲音這麼問道……

「在喔！」

知道兩人過節的羅莎回答道。

「『ＢＢ』？那是誰啊？」

難怪克拉倫斯會這麼問。ＳＪ４時，她在碰面之前就華麗地爆炸死亡了。

當時在現場的夏莉，開始跟她說明起ＳＪ４發生的事情。

「螃蟹沒有動靜嗎？對方應該也想收集情報吧？大家可以等一下嗎？總之先別開火，跟螃蟹拉大距離喔。因為是不知道會做出什麼的螃蟹。」

「了解了。交涉就交給妳，我們負責監視螃蟹。」

那個已經決定叫做螃蟹了嗎……

蓮心裡這麼想，但還是保持沉默。

她也贊成Pitohui跟其他小隊隊長談話的提議。問題是要跟誰談呢？

不久後一台吉普車來到Ｍ停止不動的吉普車旁邊。果然是Kawasaki的ＫＲＸ１０００。由於顏色與形狀完全相同，所以很難分辨。

為什麼不幫忙先寫上號碼呢？

蓮心裡這麼想著，同時為了表示沒有攻擊的意思，維持用肩帶將P90掛在身體上的狀態看著對方。嗯，想攻擊的話就能以驚人速度瞬間舉槍射擊就是了。

從左側緩緩靠近的吉普車，駕駛座坐著ZEMAL的頭巾男TomTom。

服裝是他們的制服，右胸畫著彈鏈形成∞符號的綠色抓毛絨外套再加上黑色戰鬥褲。

愛用的機槍「FN・MAG」以及可以連續射擊1000發的「作弊」裝備——背包型供彈系統可能是會阻礙駕駛吧，目前似乎收在倉庫欄裡。

跟之前有點不同的是，TomTom戴著透明鏡片的太陽眼鏡。

這是GGO的道具，屬於「智慧型眼鏡」的一種。

能在眼前映照出比通常視界能見到的更加複雜的情報，或者附加了在暗處能看得更加清楚的夜視機能。當然現實世界仍沒有如此先進的性能（至少沒有正式發表），所以是GGO這種科幻世界才會出現的道具。

後部的貨斗上坐著ZEMAL成員之一的麥克斯。

這名美國遊戲裡常見的強壯黑人角色，留著頭部左右兩邊推高的髮型。果然也裝備著智慧型眼鏡。

腰帶上結著繩子，連結到Roll cage的鐵管上。這是即使吉普車搖晃身體也不會倒下的手段。

他的右腰上可以看見尼龍樹脂製的手槍套。放在裡面的是SIG Sauer公司的「P320」美軍制式採用版本，「M17」9毫米口徑自動式手槍。

它因為是美軍官方用品，所以GGO裡也大量出現這種手槍。戰場上的發現率相當高，因此價格也便宜，性能也不差，算是「作為手槍絕不會出差錯的選擇」。這是小隊為了用在SJ4的手槍限定區域而湊齊的裝備吧。

麥克斯當然也帶著愛用的機槍，不過稍微有點變化。

對槍械沒有那麼清楚的蓮，完完全全，也就是絲毫沒有注意到就是了……

「唔……」

「哦……」

M和Pitohui瞥了一眼就發現了。

之前麥克斯使用的「MINIMI」5.56毫米口徑輕機關槍低調地改版了。

至今為止是以被稱為「Mk—2」的基本版，現在變成改裝給特種部隊使用的「Mk46」型號。Mk64也有幾種類型，這是被稱為「Mod.0」的最初期類型。

跟Mk—2不同的地方是改短的槍身、省略手提把手、能夠像佩戴首飾般在槍前方四面著裝金屬製同一規格軌道等等。

之所以不使用讓愛亂開槍的ZEMAL發光發亮的背包型供彈系統，只在槍械下方著裝通常的100連發箱型彈匣，是因為以操控性為優先的緣故吧。使用供彈系統的話金屬軌道會連結背部與槍械，將對槍口的方向造成限制。

Mk46的左側軌道裝了雷射瞄準器，這是將可見光以及不可見的IR（紅外線）雷射照射到數百公尺前方來瞄準目標的零件。

這是現實世界的軍隊，尤其是富有的美軍經常使用的零件，但GGO裡幾乎沒看過有人使用。

理由當然是因為有著彈預測圓所以不需要。之所以安裝上那個，應該是有某種理由吧。

然後終於靠到近處的吉普車副駕駛座上……

「嗨，各位。玩得愉快嗎？」

出現了——名字叫碧碧的謎樣女性。

雪白肌膚、灰色眼睛，以及一頭酒紅色頭髮，看來二十多歲的美女虛擬角色。因為是女性所以形狀不一樣吧。纖細外型的智慧型眼鏡很適合她，醞釀出一股知性淑女的氣氛。

頭上戴著深藍色針織帽，身上是黑色夾克以及虎紋迷彩的裝備背心再加上戰鬥褲。

抱在身體前方的愛槍是裝了餅乾罐般彈鼓的舊蘇聯製機槍「RPD」的槍身改短版本。腰間果然掛著M17。

碧碧把臉朝向Pitohui。

「那邊的小隊隊長，可以跟妳聊聊嗎？」

沒想到隊長是這個人。

指揮聯合隊伍的不是MMTM的大衛讓蓮感到相當吃驚。但她依然保持沉默。

「Hi！碧碧！」

Pitohui對停在旁邊的吉普車咧嘴露出笑容。

首先要說什麼呢……？

蓮和M以及用通訊道具連線的老大等人都緊張地等待著……

「還有ZEMAL的各位！真的很恭喜你們在SJ4獲得優勝！」

哎呀。太有運動家精神了吧。

蓮感到驚訝。心裡想著，Pito小姐只要認真起來也是辦得到的嘛。同時也對她感到佩服。

「全是靠我們把殘餘的所有強敵全部集中到購物商場，拚死然後也真的死亡來幾乎把他們全部幹掉的關係！要感謝我們喲！」

啊，是平常的Pito小姐。收回我的佩服。

蓮雖然這麼想，但還是保持沉默。

「先別管這個了，各位還有幾個人存活？全都在？」

Pitohui似乎把話題拉回到今天的遊戲上了。太好了。

「當然了。你們也是吧？」

碧碧這麼回答，接著發問。

「那是當然。不過呢，真沒想到你們會跟ＭＭＴＭ聯手。」

「只是為了比任何人還要快過關，才會跟最強的隊伍聯手。」

「哎呀！那你們組隊真的失敗了。因為最強的隊伍是我們啊。」

「有自信是件很好的事情。能夠有同等的實力就更好了。」

果然開始了。女人間的舌戰。口氣高雅才是恐怖的地方。

沒有空搞這種事了。蓮插嘴表示：

「兩位！更重要的是螃蟹！應該要打倒的螃蟹！」

「也是啦。你們叫那個螃蟹嗎？好吧。就叫螃蟹吧——各位，現在開始把合體的『小龍龍』叫做螃蟹喔。」

碧碧如此告訴同伴。至今為止似乎是叫它小龍龍。

至於那隻螃蟹，正以從側面伸出的四隻前腳像螃蟹一樣踩著沉重腳步緩緩橫向步行。雖然逐漸遠離眾人，但是腳步跟之前比起來變得緩慢到不可思議的程度，所以就算放著不管，似乎也不用擔心它會就這樣不見蹤影。

巨軀的周圍，老大她們的吉普車，可能還有ＭＭＴＭ他們的吉普車都在隔著１００公尺左右的距離下遠遠包圍著它。

夏莉與克拉倫斯的摩托車則不知道什麼時候已經來到蓮他們的右斜後方。簡直像是要保護Pitohui的位置，但蓮注意到了。

真的發生什麼事，也就是跟MMTM&ZEMAL發生劇烈槍戰的話，為了在那個瞬間暗殺Pitohui她才會來到這麼近的地方。證據就是夏莉以肩帶把R93戰術2型狙擊步槍掛在身體前方。

只能希望ZEMAL小隊不要認為「那個女狙擊手在監視我們嗎？」。不是的她的目標是我們自己隊上的隊長。雖然你們可能不懂我在說什麼，請不用在意。

「藍色傢伙剩下多少HP？我們是27。」

Pitohui這麼詢問。這時先說出我方的情報算是禮貌吧。

「16。原本以為可以打倒它的。」

了不起……

蓮老實地稱讚起對方。

想不到同樣追逐逃走的機龍，竟然能把它的HP削減到這種地步。這絕對是靠機關槍愛好者擁有的火力吧。

「你們知道沒辦法用電漿手榴彈嗎？」

Pitohui這麼問，碧碧點了點頭。

「試過了。確實不行。」

「液體又如何？我們是用紅茶。」

Pitohui再次發問。他們究竟用的是什麼呢？

原本以為是像蓮一樣，有玩家帶茶跟點心來參加戰鬥，結果碧碧的答案並非如此。

「沒有開的吉普車的引擎冷卻水。收集幾台的量後，放到彈藥盒裡丟出去。」

「原來如此。在那個階段就做出這種程度的預測了嗎。真有一套！」

也難怪Pitohui會如此全面地稱讚對方了。蓮也能夠認同。

那隻龍出現後開始逃走發現「不準備追上它的手段就太奇怪了」然後尋找車輛，到這裡雙方應該是不相上下。

接著立刻想到需要攻擊手段，所以從不開的車輛抽取冷卻水。這就是沒有相當的預判就無法做出的判斷。

「什麼嘛！作戰一直都很精采嘛！我們輸了喔！那邊會被寫成小說啦！」

由於聽著談話的克拉倫斯在摩托車後面大聲感嘆……

「嗯？那是怎麼回事？」

就連碧碧似乎也沒有注意到小說家的事情。

Pitohui瞄了螃蟹一眼後，說起「其實事情是這樣……」來簡短地說明這場任務的劇本。

「哦……原來如此。謝謝啦。我們沒有這個情報。這場任務還有這種哏啊……」

看著真心感到佩服，或者是感到傻眼的碧碧，蓮心裡有了想法。這支小隊明明沒有發現小說的事情，卻輕鬆地來到這個地方。真是了不起。

在這樣的情況中，不可次郎從剛才就不停繞圈圈的吉普車迅速靠了過來。像要跟蓮他們一起包夾般並排在ZEMAL的吉普車旁邊。

不可次郎……

「喂，碧碧小姐啊。」

以尖銳的表情朝向對方並且問道。

「每台車裡都看不見導航的小狗，牠到哪去了？」

在意的是這一點嗎？

蓮雖然這麼想但還是保持沉默。話說回來，確實沒有坐在隊長的吉普車裡。不可次郎是為了確認而到處繞的吧。

「噢，小狗的話，放在出發地點嘍。」

「啥！咪！」

「別露出那種恐怖的表情嘛。是為了安全喔。不過，應該是不死屬性——無法打倒的存在啦。」

「妳這傢伙試過了嗎！」

「就說別露出那種恐怖的表情了。只是在前一個戰場，被敵方小隊的流彈擊中了。所以就跟牠說在這場試煉開始的地方等待。反正不論在哪裡腦袋都會聽見訊息。說起來，像散步一樣把狗帶到戰場上來才是奇怪吧？」

說起來確實是這樣。

蓮雖然這麼想但還是保持沉默。

「哼！看來老朽跟妳是永遠不可能互相理解了……」

不可，別扮謎樣的老人了。

「好了好了，大家好好相處的時間結束了。」

Pitohui這麼說。

「我們必須打倒那隻螃蟹屬於各自的部分才行。但現在這樣已經不再簡單了。我想這應該不用說明吧？」

蓮也相當清楚。

如此大量的人數一起攻擊的話，「同伴」將會變成阻礙。無論如何都想避免因為交叉火力與流彈所受到的傷害。

也擔心車輛全都一窩蜂朝敵人開去會變得難以動彈。真的不希望發生交通事故。

而且更重要的是，目標黏在一起了。隨便攻擊，連本來不該擊中的部分都擊中的話，將會變成給「敵人」雪中送炭。

「說得也是。所以我有一個提案——」

碧碧的發言……

「了解。就那樣吧。」

被Pitohui打斷了。

喂喂，Pito小姐，人家還沒說耶。

雖然蓮在心中猛烈地吐嘈，但碧碧似乎能夠理解……

「如此明理真是幫了大忙。那從哪邊開始？」

「猜拳輸的那邊開始。」

Pitohui這麼回答。看來是想猜拳決定。

「了解。那開始吧，剪刀——」

說完「布！」之後碧碧出的是石頭。Pitohui出的是布。

「太棒啦！」

Pitohui像小孩子一樣興奮不已。

唔唔？先攻擊的不是比較好？

一瞬間這麼想的蓮……

「各位抱歉，變成我們先開始攻擊了。要十二萬分警戒螃蟹的反擊喔。」

聽了碧碧的話後就了解了。對手改變形狀，不知道會做出什麼動作的現在，先攻擊的一邊會比較不利。

「請不用在意，隊長。剩下16的話，一下子就能把它歸零了。」

TomTom這麼說道。

過去原本稱呼碧碧為女神大人並且崇拜她的ZEMAL愉快伙伴們，現在似乎終於放棄新興宗教般的行為。雖然還是用尊敬的口氣就是了。

「——好的，了解了。Pitohui，這邊有來自大衛的傳言。」

碧碧似乎聽到來自MMTM的回答，接著便這麼說道……

「哦？他說什麼？」

「他說『悠閒地在旁邊看著吧』。」

「哈哈！請幫我回答他——『哇呀好厲害！太帥了(♡)。加油喲！小、衛、衛！』。」

碧碧直接傳達出去，大衛應該是氣炸了吧，只見碧碧露出了苦笑。

接著碧碧在智慧型眼鏡底下的眼睛就發出銳利光芒。似乎是從閒聊模式切換成戰鬥模式了。

「全員注意！跟之前一樣以機槍為攻擊主體！只有確實能擊中時才用槍榴彈！麥克斯，瞄準就交給你了！」

「遵命！隊長！」

吉普車在TomTom駕駛下開始行駛，麥克斯把身體貼在Roll cage的鐵管上並且舉起Ｍｋ46。瞄準的目標是遠方的螃蟹。但是沒有射擊。

相對地，按下了槍械側面的雷射瞄準器的按鈕。紅色的雷射一直線延伸，照射到螃蟹的藍色頭部。

Ｍ發車後把方向盤往右打，離開TomTom的吉普車。

同一時間……

「果然如此嗎？考慮得很周到嘛。」

Ｍ開口這麼說。這時蓮反問他：

「果然？」

「是他們的新戰術。麥克斯在碧碧的指示下以雷射瞄準來顯示目標。明亮的地方用可見光雷射，暗處就用ＩＲ雷射以及智慧型眼鏡的夜視功能。」

「雷射……然後呢？」

「ZEMAL的其他傢伙就把預測圓集中在該處來瘋狂射擊。跟逐一用言語來指示比起來，不但不會發生誤解也容易集中在攻擊上。7毫米等級的機槍一起射擊的話，就算多少有點失手也能釘住對方。也能減少無謂的子彈浪費。」

「然後期間富機動性的大衛他們再衝過去奇襲、發射槍榴彈，又或者是警戒周邊與提供輔助嗎？原來如此。兩支隊伍完美地分擔任務呢。」

Pitohui接著這麼說完後……

「啊！」

蓮就同時對兩人的洞察力與碧碧的指揮能力感到相當佩服。

這只是蓮自己的想像——

那支聯合隊伍，在第一和第二場試煉就是靠這樣有效擊倒對手的吧。雖然不清楚無法使用自己武器的第三場試煉究竟如何，但應該不像蓮他們這樣，苦戰到時間快要用完了才獲勝。

「問題是自尊心相當強的大衛怎麼會投入碧碧的麾下——算了，現在最重要的是先觀摩他們那些傢伙的本事吧。」

遠遠離開螃蟹之後，M在水面一般的岩石平原停下吉普車。現在開始是觀摩時間。蓮窺看單筒望遠鏡，眺望著對手的戰鬥模樣。

圓形視界裡，五台吉普車開始準備朝螃蟹發動攻擊。能像現在這樣對比之後，就能清楚發現寬應該有50公尺的螃蟹究竟有多麼巨大了。簡直就像是朝建築物前進一樣。

碧碧乘坐的車子前面，另有一台車子的副駕駛座與貨斗各有一名手持機槍的男人，斜向排列著朝螃蟹靠近。

原本想從後面射擊而準備繞過去，結果察覺到的螃蟹就把正面朝向他們，最後只能變成幾乎是筆直的方向。在大約150公尺的距離下停止吉普車。

MMTM的吉普車在ZEMAL的左右兩側散開，準備隨時提供支援。

正如M所說的，麥克斯的Mk46所發出的紅色雷射照射著螃蟹右半邊的藍色頭部。

接著開始攻擊。

機槍槍口發光，連續的開火聲在遲了一秒以上後傳進蓮的耳朵裡。

兩台吉普車產生的強烈火線、曳光彈所劃出的橘色光線，不斷延伸到唯一會造成傷害的部位，也就是頭部並且命中。

實在爆出太多火花，根本看不見螃蟹的頭和臉了。在無數的彈雨之下，螃蟹揮舞著右邊的螯——不對，是頭部。看起來相當痛苦般死命地揮動。

即使如此，連續施放的子彈還是持續命中。不愧是機槍的威力。頭部的動作變得激烈，即使失手的子彈變多，連射力依然足以彌補失誤。

螃蟹雖然掙扎著後退，但機槍仍然不停命中。藍色那邊的HP蓮雖然看不見，但應該減少一定程度了才對。

「照這個勢頭來看……好像可以直接幹掉它……？」

蓮窺看著單筒望遠鏡這麼表示。

「哎呀，這樣會被他們搶先一步了嗎？」

Pitohui也這麼說。把吉普車繞到後面的老大開口：

「那時候會怎麼樣……？一半死掉的話，剩下的一半會……？」

「誰知道呢。如果一起死掉就太好——」

「等等！」

安娜打斷Pitohui的聲音。

窺看著大口徑雙筒望遠鏡的安娜比任何人都先注意到。螃蟹的左側，也就是蓮他們追逐的紅色這邊的蟹螯——不對，是頭部緩緩轉向ＺＥＭＡＬ，接著大大張開嘴巴。

「紅色嘴巴！好像要出現什麼了！」

這個瞬間，反擊開始了。

「要來了！快閃開！」

由於通訊道具連結著，ＺＥＭＡＬ所有人耳朵都聽見大衛的聲音，身為駕駛的TomTom與彼得隨即用力踩下油門。

由於一開始就先打好後退檔，所以吉普車就急速後退。

原本在副駕駛座與貨斗瘋狂開火的Sinohara與休伊身體遭到劇烈晃動——尤其休伊因為失去平衡而差點掉下車……

「咕啊啊！」

好不容易才用怪力穩住身形。

從紅色嘴巴衝出藍色物體，命中半秒鐘前吉普車所停的地面。

「雷射？」

包含蓮在內的所有人都這麼想。

那是因為——以猛烈速度發射出去的藍光看起來就像刺中地面。

但是……

「咦？」

土塵散去之後，那個藍色物體依然插在大地上。

直徑數十公分，長應該有3公尺的那個是……

「冰……？」

細長的冰柱。

藍白色的美麗冰塊斜斜地插在地面。

「嗚咿，剛才那是！真的假的！太危險了！」

彼得這麼大叫。

再晚個一拍踩油門的話，吉普車就會被冰塊刺穿了吧。

鼻子貼著貼布是其註冊商標的ＺＥＭＡＬ最矮小男人一邊高速倒車，一邊對同乘的伙伴們問道：

「抱歉沒辦法注意開車安全！沒事吧？」

在副駕駛座舉著「Ｍ６０Ｅ３」的黑髮Sinohara……

「撐下來了！」

以左手按住胸口並且如此回答。突然的倒車，似乎讓他猛烈撞上儀表板附近的握把。ＨＰ因此減少了一些。

「嗯！還活著喔！」

貨斗上把整頭金髮往後梳的肌肉男休伊也大叫著。

待在貨斗的他整個人跌了一跤，兩條長腿都朝向天空。但是手還是沒有離開背上的背包以及軌道連結著的「M240B」機槍。

紅色嘴巴再次朝全速退後的兩台車張開——

發射出來的不是巨大冰柱。

而是小小的冰雹。但量相當大。

像散彈槍一樣，一起吐出直徑10公分左右的圓形冰塊。一定是在嘴裡咬碎剛才的冰柱才吐出來。

「嗚咿？」

握著方向盤的彼得，看見眼前一大片朝自己飛過來的數百發冰雹，了解範圍太寬廣實在避無可避——

「臭傢伙！」

在踩油門倒退當中整個把方向盤往右切。

散彈槍在著彈後幾乎會一起炸裂。

冰雹也跟散彈一樣，茶色大地的數百個地方，半徑數十公尺的範圍內一瞬間揚起土塵。撞上堅固地面而碎裂的冰塊，反射太陽光而閃閃發亮。

蓮確實地看到了那個瞬間。

「啊啊！」

TomTom他們的吉普車雖然在攻擊範圍之外，但是彼得他們那一台幾乎是在正中央，土塵逐漸散去後……

「被幹掉了！」

蓮簡直就像同伴被幹掉了一樣發出悲鳴。

接著茶色靄氣在三秒左右後散去，單筒望遠鏡所看到的是——

「咦？啊！太厲害了！還活著！」

ZEMAL的三個人從側翻的吉普車旁邊跑出來的樣子。完全是抱頭鼠竄。只是拚了命地逃走。

身體多少能看到受傷的特效光，不過沒有人死亡。單手拿著又大又重的機槍死命地奔跑。

至於側倒的吉普車，右側的兩個輪胎都被轟飛，車身也整個扭曲。沒有消滅就表示修理好就還能開，但不可能馬上辦得到吧。

「是幸運嗎……？」

蓮一這麼呢喃……

「不是。」

M就回答了她。

「那個駕駛是刻意讓吉普車翻倒的。他以普通的話絕對不能這麼做的速度打方向盤。因為側翻了所以冰塊都打中車體下面——然後冰塊不像子彈那麼硬。所以全部碎裂而沒有貫穿。」

「哈！」

雖然感嘆他救了自己以及伙伴性命的判斷力，但是這樣就有一台吉普車不能使用了。以這個地點的戰鬥來看，戰力算是大幅降低了。

ZEMAL的一台與MMTM的三台車都停止攻擊並拉開與螃蟹的距離。三個人背對著螃蟹專心逃走，而且是全力逃走。

幸好螃蟹沒有追擊。

螃蟹再次露出不知道在想什麼的模樣，踩著沉重腳步緩緩步行並聳立於大地。紅色的頭旁邊依然可以看到數字27的數字。

不到一分鐘的戰鬥結束……

「唔嗯唔嗯，這下很清楚了。太感謝了太感謝了。」

Pitohui很開心般這麼說道。待在貨斗上的蓮雖然看不到，但她的臉上絕對是露出凶惡的笑容。

「攻擊的話，另一邊的嘴巴就會發動猛烈的攻擊嗎……」

可以聽見老大的聲音。看來她的看法沒有錯。

如此一來，應該採取的手段就只有一個。

「好了，蓮。先下來吧。」

聽見M的聲音，蓮就按照指示從貨斗上跳下來。雖然是從比蓮的身高還要高的位置跳下，但是因為她能跳上去，所以也就順利地著地了。

M從駕駛座上下來之後，就把收在倉庫欄裡的背包實體化。

接著迅速取出裡面的盾牌。原本是八片組合成扇形，M卻把它分解開來。高50公分，寬30公分的太空船外甲板，接著把它們一片一片壓到包圍駕駛座的鐵管上。

「嘿呀！」

Pitohui隨即取出無論什麼東西都能黏著的魔法膠帶，美國人的心靈之友——牛皮膠布來把它們團團黏起來。

這樣完成的是駕駛座周圍裝上裝甲板的吉普車。左右各兩片，前方兩片以及車頂兩片。

雖然粗糙，但也算是創造出裝甲車。至少可以擋住來自前方與上方的冰雹才對。板子與板子之間有5公分的空間，這是為了能夠伸出槍口來射擊。

「太棒了！這樣就能盡情攻擊！」

蓮發出興奮的聲音……

「是沒錯，這裡希望讓這群人裡面攻擊力最高的人搭乘。」

「那是？」

PKM機槍的羅莎嗎？蓮原本這麼想，結果並非如此。

「是ZEMAL的其中一人。」

「夏莉小妞，可以叫碧碧過來嗎？」

不但被叫小妞還被當成傳令兵來使喚雖然讓夏莉很火大，但她還是照吩咐去做了。

靠近從戰場回來的TomTom所駕駛的吉普車，對著碧碧傳達了留言。

不久後，她的吉普車就來到Pitohui旁邊，以苦澀的表情說道：

「猜拳輸了之後，差點就要失去同伴了。」

「哎呀哎呀，那運氣真的不太好。」

Pitohui還是平常的笑臉。

那不是刻意裝出來的笑容，應該是為了事情發展正如她的預測而感到開心吧……

蓮雖然這麼想，但還是保持沉默。

「我知道妳接下來要說什麼，所以不用說了。反正妳一定不會進行單方攻擊對吧？事到如今也沒辦法了。這次就所有人一起幹大事吧。」

獲得碧碧的同意後，說了句「很好」的Pitohui露出了笑容。

幸好沒有對我們說「接下來換你們了！」「上去犧牲性命吧！」……

蓮雖然這麼想，但還是保持沉默。

Pitohui張開嘴……

「嗟唧！」

發出擬音，接著對碧碧展現M貼上裝甲板的吉普車。

「這樣的話就能抵擋冰的散彈了。靠它在最近的地方到處動來承受傷害同時也發動攻擊——所以呢，可以請你們借一個機槍手給我們嗎？」

最後是以向隔壁借醬油般的輕鬆口氣……

「…………」

這也就是要對方派一個人參加死亡率高的誘餌部隊，碧碧一瞬間猶豫了一下。

但是應該想不到其他的點子了吧。

「TomTom，可以拜託你嗎？」

「好的，我很樂意！隊長！」

駕駛座上的TomTom做出宛如居酒屋店員般的發言同時迅速下車。接著快速揮動左手，把自己的武器「FN・MAG」7.62毫米口徑機槍以及背包型供彈系統實體化。

MMTM的三台吉普車來到Pitohui他們旁邊。跟SJ1乘坐氣墊船時一樣，由兩個人共乘一台。

其中一台的駕駛是黑髮矮個子，拿著「G36K」的健太。副駕駛座是架著「SCAR—L」突擊步槍的高個子薩門。兩個人都理所當然般裝備著智慧型眼鏡。

另一台的駕駛座是太陽眼鏡為其註冊商標的勒克斯。他的話，智慧型眼睛機能應該藏在臉上的太陽眼鏡內吧。

他在先前的SJ4裡失去了自動式狙擊槍「MSG90」，原因是高速行駛中的交通事故。沒錯就是不可次郎害的。

這次拿在手上的是5.56毫米口徑的突擊步槍。那也是自衛隊從2020年開始使用的「20式步槍」。

它是數量稀少的稀有道具。由於他是隊上最瘋狂的槍械迷，所以絕對是從自身的收藏裡帶過來的。因為著裝了短瞄準鏡，所以跟大衛他們一起負擔近距離狙擊手的任務。

他的副駕駛座上……

「結果變成這樣嗎？唉，也沒辦法啦。」

坐著一開口就這麼說的大衛。

最後一台車上握著方向盤的是辮子頭且攜帶貝瑞塔製突擊步槍「ARX160」的波魯特。貨斗上的則是架著7.62毫米口徑機槍「HK21」的傑克。

ＭＭＴＭ的六個人似乎延續了上一屆開始的手槍裝備，所有人腰間都掛著貝瑞塔「ＡＰＸ」９毫米口徑手槍。只有大衛另外還有Steyr的「Ｍ９—Ａ１」。此外還有光劍。

「嗨。之前是同歸於盡對吧！」

Pitohui對著過節相當深的大衛露出笑容。

「不過呢，事後看著影像計算，我比你晚死零點五秒，所以實際上是我贏了。」

「………」

Pitohui真的很擅長惹大衛先生生氣呢……

蓮雖然這麼想，但刻意不說出來。

Ｍ不去刺激太陽穴不停跳動的大衛，直接表示：

「我來駕駛然後吸引攻擊。雖然打算盡可能持續高速逃亡，不過同乘的機槍手要有可能會喪命的最壞打算。」

「這早就有所覺悟了。可不會只讓你們耍帥喲。」

TomTom這麼回答，ＭＭＴＭ的眾人起鬨地吹起口哨。

碧碧表示：

「但是，剩下來的要攻擊哪一邊才好呢？」

這是相當重要的問題。

由於事關自己過關與否，所以當然會這麼問，大家應該都想攻擊自己那邊的顏色才對。也想先行到下一個試煉去。

M這麼回答。

「攻擊自己喜歡的。如果攻擊自己那邊的顏色，雖然能讓HP減少，但另一邊的攻勢也會加劇。為了防止這樣，看是要攻擊另一邊，或者看時機一起強行進攻同一邊也可以。只要遵守不互相攻擊對方的原則，其他就自由發揮了。」

「原來如此。那好吧。」

碧碧望著遠方手忙腳亂的螃蟹……

「我想開個作戰會議。可以給我兩分鐘嗎？」

「了解了。」

於是乎，兩支隊伍就組成了共同戰線。

把暫時切斷通訊道具的TomTom留在一台吉普車上，兩支小隊各自拉開距離。

失去車子的蓮跟Pitohui一起靠近不可次郎的吉普車……

「不可。讓我坐～這次讓我上車嘛～」

然後開始撒嬌了。

「真是拿妳沒辦法。只有這次喲。」

不可次郎不情願地答應後，就把史三郎放到自己的大腿上。即使到了這種時候，還是沒有把牠放在安全地點的選項。

人與車從周圍退去，孤零零被留下來的一台車裡坐著M與TomTom。

TomTom把背包型供彈系統放到貨斗上，只把軌道移到眼前。將FN・MAG的槍身從裝甲版的縫隙伸到前面。這是準備坐在副駕駛座瘋狂射擊的姿勢。

「拜託你了，M。我相信你的駕駛技術喲！」

「嗯。請多指教，攻擊就交給你了。」

「包在我身上！對了，『MG42』還沒有賣掉吧？」

「嗯。最近都沒用過就是了。」

「來自機關槍神的神諭，要你把它讓給我們。」

「很遺憾，我也有我的女神。她經常會說想要使用，所以我不可能賣掉。」

「那就沒辦法了。不過，等女神膩了之後就賣給我吧。」

兩台吉普車和一台邊車以及一台摩托車聚集在一起，十一個人舉行著作戰會議。

「正如妳們聽見的，M將承受一切攻擊。嗯，雖然也沒辦法保證攻擊絕對不會到這邊來就是了。這段期間，總之就集中攻擊來削減ＨＰ。比對方還要快最為理想，不過雙方確實有段差距，所以可能沒辦法。就看看對方變成零的話我們這邊會出現什麼情況吧。」

Pitohui這麼說道。緊接著……

「嗯，那個時候就要盡可能注意有沒有流彈跑到其他小隊的眾人那邊去。要注意喲。啊，只要注意就好了。」

這也就是說，子彈飛過去也沒辦法，到時候只能看著辦的意思。

包含蓮在內的所有人都是如此理解。

蓮順便還想起了夏莉。

她應該想著子彈飛過去Pito小姐那邊也沒辦法，到時候就只能看著辦了吧。

由於這就是夏莉參加本次任務的理由，所以也不能多說什麼，不過實在不希望有流彈朝待在Pitohui旁邊的自己飛過來，蓮把這過於老實的感想藏在心底。

老大開口詢問：

「我們有兩台車以及邊車和摩托車。各自有其特色與不同的動作，能不能有效地活用它們呢？」

不愧是現實世界中擅長運用身體的老大。注意到蓮所沒有發現的事情。

「這個嘛……摩托車的優點是體積小與高速性，能夠到處亂竄來牽制敵人的話就太好了。」

「我拒絕。我們只要稍微被擊中就會摔車。我可是狙擊手，所以要貫徹在遠方瞄準頭部射擊的戰鬥方式。」

夏莉立刻回答。這一點蓮也只能贊成她的意見。

「我也要從後方攻擊。」

SHINC的狙擊手冬馬這麼表示。從駕駛座下來的蘇菲，再次將搬運的PTRD1941反坦克步槍實體化。

她們的戰鬥方式是由蘇菲徒步搬運，然後冬馬借她的肩膀來射擊。

由於這樣就沒有能駕駛邊車的人，所以羅莎就上到老大駕駛的吉普車貨斗。她把PKM機槍放到鐵管上了。

「那輛URAL怎麼辦？」

老大問著……

「OK。那就由我努力駕駛吧。雖然沒有駕駛過，不過應該沒問題吧。然後小蓮妳坐我旁邊。」

我不要。

蓮雖然這麼想，不過反正也無法拒絕。就問她坐上去後有何打算吧。

「知道了。那我們要做什麼？」

「當然是在螃蟹周圍四處跑——」

「M先生承受傷害的期間，盡可能地攻擊？」

蓮能夠駕駛邊車的話，由Pitohui來攻擊是最好的選擇，但辦不到的事情強求也沒有用。面對如此巨大的怪物，實在不希望大家過於期待P90的攻擊力，但是身為隊伍的一員，又不能什麼事都不做。

蓮帶著某種程度的覺悟這麼問道。

「咦？怎麼可能。到處逃竄來巧妙避開攻擊，在這場戰鬥當中存活就是我的作戰。」

「什麼？」

Pitohui的發言讓蓮全力歪起脖子。

「好啦，大家也仔細聽喲。老師現在要說非常重要的事情——接下來只要注意該如何存活下來。主要的攻擊交給M和對方的小隊吧。只不過，逃得太明顯的話會被對方抗議，所以還是要做最低限度的攻擊。狙擊手組最適合這個任務了。從遠處盡量射擊。沒有射中也沒關係。要展現的是幹勁喲，幹勁。」

Pitohui做出這種露骨的發言，老大聽了就用力點頭。

「了解了。反正對方的螃蟹HP比較少。先讓他們打倒，我們之後再攻擊比較好。」

「沒錯！在這裡互相較勁也沒用。因為還有一個試煉啊。各位，了解了嗎？本次的作戰是──『盡可能珍惜生命』。」

「喔！」

ＳＨＩＮＣ的眾人同聲叫道。

「不用妳說，我本來就有這種打算。」

回歸帶狗兜風的不可次郎如此表示。

希望不要被對方發現我們打的主意就好了……

蓮一邊這麼想……

「好了好了小蓮！上車上車！我們坐邊車約會吧！」

一邊在Pitohui邀約下再次坐上奇異的車輛。

這是一分半前的事情。

遠遠看著蓮他們，碧碧跟大衛正在談話。

「大衛，你覺得Pitohui他們會怎麼做？」

「很簡單。那些傢伙絕對不會好好攻擊。會在不挨罵的程度下開個幾槍，等待我們打倒怪物吧。」

「嗯。我也這麼認為。」

Pitohui的作戰，或者可以說想法完全被看穿了。

「但這次的重點是幫忙承受攻擊的M與TomTom的存在。我們就趁這段期間一口氣削減怪物的HP，迅速前進到下一個試煉去吧。」

「我有同感。好，那等時間到之後我們就跟之前一樣。」

作戰會議結束，Pitohui連結跟M的通訊道具，碧碧則連結TomTom。

「好了，M——代表小隊的雄性，乾脆且帥氣地去死吧。」

「TomTom——雖然是艱困的任務，請為了大家加油吧。」

說出口的話意思或許差不了多少，但是散發出來的溫柔程度完全不同。

「了解了。」

「我很樂意。」

即使如此，兩個男人湧出的幹勁卻是完全相同。

他們的視線稍微交會……

「既然都要死，就帥氣一點吧。射擊就交給你了。」

「沒有異議。駕駛就拜託了！」

M確實點頭後面向前方，接著用力踩下油門。

M先生，加油啊！還有……總之希望你平安無事！

由於沒辦法對下定決心的人說「別逞強！」，所以當蓮在心中這麼祈禱的時候——

人類對螃蟹的總攻擊開始了。

在海洋般大地上緩緩步行的是紅色與藍色機龍屁股結合起來後形狀怪異，高度達20公尺以上的巨大螃蟹。

然後裝甲吉普車一直線朝該處前進。

由於蓮她們想攻擊螃蟹左側的紅色頭部，所以兩台吉普車、一台邊車以及一台摩托車就往左邊散開並且逼近。

碧碧他們則是相反。四台吉普車採取翅膀往左右張開般的陣形。

裡面包括各搭載了兩名MMTM成員的三台吉普車，其貨斗上，連結了背包型供彈系統的Sinohara與休伊正架著機關槍。

最後一台是指揮官碧碧親自駕駛，貨斗上載著負責傳達命令的麥克斯。

「首先穿越胯下！」

M以100公里的時速駕駛著車子並且大叫。從增加的重量來看，這應該是吉普車最快的速度了吧。

雖然只能從裝甲板的縫隙看到前面，但是憑螃蟹的巨大程度，應該不用擔心才對。

「看我的！」

剩下１００公尺左右，TomTom開始發動攻擊。

從防彈板的縫隙伸出的ＦＮ．ＭＡＧ機槍發出低吼，數發子彈陷入藍色頭部之中……

「來，這邊也有！」

或許是TomTom重義氣的性格所致吧，他也對紅色頭部開了幾槍。

接著兩邊的頭都憤怒地瞪著下方，大大地張開嘴巴。

「太慢了！」

在Ｍ的駕駛之下，吉普車通過螃蟹的腳下方。雖然高度綽綽有餘，但貨斗上有人的話應該會覺得很恐怖吧。

從兩邊頭部發射出來的冰塊散彈在空無一人的地面盛大地散開，看起來非常漂亮。

由於螃蟹幾乎沒有正面背面之分，只有脖子緩緩朝向鑽過底下的Ｍ，也就是往反方向移動。

「嘿！」

碧碧以及……

「去吧！」

Pitohui的號令在同一時間發出。

彈雨從在螃蟹左右緩緩移動的吉普車，以及留在背後的狙擊手那裡朝螃蟹的頭部落下。

在晃動的邊車上，蓮看到ＺＥＭＡＬ他們的攻擊。盛大的火線朝頭部延伸並且不斷地命中。竟然有如此強大的火力。

在ＳＪ１受到那樣的攻擊，真虧蓮還能存活下來。沒有巨樹的話真不知道會變成什麼樣。到現在心裡都還有陰影呢。

伙伴們也不會輸給她。

「嗚啦啊！」

明明說過不用太靠近，載著老大她們ＳＨＩＮＣ四個人的超載吉普車以高速接近螃蟹。安娜從副駕駛座，羅莎與塔妮亞則後部貨斗瘋狂射擊。

大量空彈殼消失的光芒拖著尾巴閃爍著。看起來彷彿彗星一般。

「真是的。才剛說可以偷懶沒關係的啊。」

Pitohui感到傻眼，催下邊車的油門。

「來吧小蓮，盡情開火吧。」

「那還用說！」

保持坐姿的蓮舉起P90，以全自動模式朝露出後腦杓的紅頭射擊。雖然感覺因為還有一段距離而命中率不高，但是總比什麼都不做要好多了。

「嗚呵呵，開始了。夏莉？」

「我知道。」

夏莉正半蹲著把R93戰術2型狙擊步槍架在停下來用腳架撐住的摩托車的坐墊上。雖然是對腰部不太好的姿勢，不過獵人與狙擊手如果不能夠從任何姿勢下射擊的話，就無法完成工作。

距離目標還有200公尺左右。

「去吧！」

夏莉發射子彈後還加上吼聲。

以雙筒望遠鏡看到子彈在頭上炸裂的克拉倫斯……

「漂亮！」

HP的數值從24大幅降到21。

「夏莉命中了嗎……哪能輸給她……」

邊這麼呢喃邊透過瞄準鏡瞄準目標的，是在後方300公尺左右架著PTRD1941的冬馬。

像曬衣竿般的長槍身放在盤腿而坐的蘇菲左肩上。當然這次她還活著。

反坦克步槍朝著雖然遙遠，但因為巨大而不難瞄準的螃蟹頭部發出吼聲。

巨大子彈隨著足以捲起周圍土塵的轟然巨響飛出，以音速兩倍的速度移動，接著命中脖子。

原本是21的數字一口氣減為16。

「M先生！減到剩16了！」

聽見蓮的報告，握著方向盤的M就對身邊的男人詢問：

「我們剩16。你們呢？」

TomTom遲了一拍才回答：

「看到了！剩11！」

「很好，要再來一次嘍！」

「喔！」

M踩下煞車，讓吉普車緊急迴轉。

這是再次朝那隻螃蟹底下展開突擊，將對方的意識與攻擊吸引過來的作戰。

180度轉彎後，螃蟹仍然待在那裡。右邊紅色，左邊藍色，身體翻轉過來了。

可以看見螃蟹左右兩邊，伙伴們的車輛暫時先拉開距離。為了等待他們往左右散開，M慢了五秒鐘左右才踩油門……

「要上了！」

M再次開始猛烈加速。

就在這個時候。

在逐漸遠離的吉普車貨斗上以機槍不停攻擊的休伊，他發射的子彈命中了藍色頭部。

然後HP數值變成「10」的瞬間……

嗶呀啊啊啊啊啊啊啊啊啊啊啊啊啊！

蟹螯──般的頭部所發出的叫聲晃動著大地。

嘴巴朝向天空發出咆哮的是HP被削減到剩下10的藍色頭部，下一刻，紅色頭部也模仿它昂首咆哮……

「嗚！」

靠近的M與TomTom，因為宛如刮黑板般的刺耳聲音繃起了臉。

即使如此，他們還是沒有停止作為誘餌的突擊。

「嘿呀！」

TomTom這次攻擊變成左側的藍色頭部，試圖讓它把矛頭對準自己，但是——

「啥咪？」

矛頭並沒有對準他們。

看見往天空伸展的巨大頭顱，往視線左側的遠方，也就是伙伴們張開嘴巴……

「啊啊糟糕！所有人快逃啊！」

TomTom放聲大喊的同時，藍色頭顱的嘴巴裡也噴出冰雹。

如果到剛才為止像是散彈，那麼現在就像是機關槍。

到剛才為止是網子的話，這次就變成鞭子。

直徑未滿10公分的冰雹從藍色頭部口中以一秒20發以上的猛烈連射噴出，朝著在大地上奔馳的吉普車襲去。

小小的冰雹看起來就像連起來一樣畫出一條藍線。彷彿以蓮蓬頭朝著院子灑水。

藍色嘴巴一動，那條線也會跟著動，命中大地後畫出一排土塵。

冰雹形成的著彈線追著聽見TomTom的警告後就準備打方向盤的四台吉普車……

「咕呀！」

命中在其中一台的貨斗舉著M60E3的Sinohara左側腹，讓他從吉普車上摔下來。

伙伴們都看見他的側腹部因為傷害特效而變成鮮紅，HP大幅下降。目前剩下70%。

ZEMAL以及MMTM都無法接Sinohara上車。說起來，他們根本沒有多餘的心思擔心他。

從高處像鞭子一樣擊落的冰雹連射，朝周圍噴灑土塵與冰粒……

「不妙不妙不妙！」

波魯特嘴裡這麼說著，同時不顧幾乎快翻車的危險往左急打方向盤試圖避開逼近到眼前的攻擊。副駕駛座的傑克與貨斗的彼得，臉色因為傾斜的車體、橫向G力以及逼近的整條冰雹而變得鐵青。

數十發冰雹成列通過吉普車右側僅僅1公尺左右的地方。看起來像一瞬間出現土塵牆一樣。

「拉開距離！」

在碧碧的指示下，四台吉普車隨即四散奔逃。

「可惡啊！」

當大衛這麼咒罵時，他乘坐的吉普車也被來自斜後方的冰鞭從上揮落，而且那不是能夠避開的速度……

「嗚！」

大衛咬緊牙根瞪大眼睛，雖然有了受重傷的覺悟，不過幸運卻站在他這邊。

第1發冰雹擊中吉普車的鐵管框架，冰冷的碎片散落到大衛臉上，第2發擊中車身的引擎蓋後碎裂並且讓其整個凹陷，第3發讓散熱器扭曲，第4發掠過輪胎邊緣。

吉普車四散，而孤零零留在裡面的Sinohara……

「嘿呀啊啊啊啊啊！」

從掉落的地點站起來後，開始以架在腰間的M60E3對聳立在眼前的螃蟹頭部射擊。

「怎麼了，這邊啊！」

對各處連續撒下冰雹的頭部，注意到攻擊自己下巴的微小敵人了。它暫時先停止攻擊，張大眼睛瞪著下方。

然後緩緩大大地張開嘴，或許是在蓄力吧，之後射出了巨大冰塊。

看著朝自己飛過來的巨大冰塊……

「我會保護你的……」

Sinohara把原本在射擊的M60E3盡可能往左側的遠處丟去。

粗大約數十公分，長三公尺的冰柱貫穿他的身體與背包型供彈系統接著粉碎，把他變成了多邊形碎片。

只有抛到空中的愛槍M60E3平安無事，掉落在空無一人的乾枯大地，發出了沉重的聲音。

「嗚！」

由目睹伙伴死亡的碧碧所駕駛的吉普車，以及跟在她後面的三台拉開與螃蟹的距離。

螃蟹的藍色頭部像是睥睨這一切般高高地舉起，但是沒有繼續攻擊。託Sinohara當誘餌的福，除此之外的所有人都得救了。

「可惡！」

TomTom這麼大叫，由M所駕駛，載著他的裝甲吉普車沒有受到攻擊就鑽過螃蟹的胯下。

「嗚呀啊！對面的好慘！」

Pitohui很開心般這麼說著，同時把邊車的方向盤往左打，也就是轉往逃走的方向，這時她的身邊……

「等一下，妳早就知道會這樣了吧。」

蓮開口吐嘈了她。

蓮也一直看著從藍色大嘴裡施放出來的，宛如水管灑水般的攻擊。

然後雖然是遠遠地看，還是可以清楚地看見從吉普車摔下來的ZEMAL其中一名成員，為了保護同伴而停留在現場發動攻擊來成為螃蟹的目標，最後被冰柱刺穿身體。

「唔呵呵。」

蓮感覺可以了解發出奸笑的Pitohui目前在想些什麼。

也就是——碧碧應該是以不失去任何同伴就攻克任務為目標，這下子就泡湯了。哇哈哈。

「這下善良碧碧的目標就泡湯啦。」

看吧，果然。

「那樣沒辦法靠近！」

老大的聲音傳到蓮的耳朵裡。她和三名同伴所乘坐的吉普車，要是受到同樣的攻擊也承受不住，所以只能乖乖拉開距離。

待在暫時安全的遠方後，冬馬就表示：

「可以開始下一波攻擊了，怎麼辦？」

聽見她的問題，Pitohui即刻回答：

「啊，住手。夏莉也是。我想HP低於10以下的話，攻擊大概就會變得更加猛烈，狙擊小隊暫時休息。喝個茶吧。」

「嗯，一般都會這樣吧。有茶嗎？」

克拉倫斯在夏莉與摩托車旁邊窺看著雙筒望遠鏡並且這麼說。我方目標的剩餘HP仍然是

16。

夏莉的眼睛離開瞄準鏡……

「哼。」

用鼻子冷哼了一聲。

蓮開口詢問：

「要如何避開那樣的攻擊……？」

從高高在上的位置轟下來的鞭子般冰雹機槍連射。而且沒有任何藏身的地點。

蓮已經自己先思考過了，但是想不出答案。大概就只能浮現「總之到處逃竄可能就很難被打中」這樣的想法。

「這個嘛……」

Pitohui也在尋找答案，但是在她開口之前……

「我來打倒那個傢伙。」

傳進耳朵裡的是M的聲音。

「我來打倒那個傢伙。」

這道聲音傳遞到以碧碧為首的在場所有與螃蟹戰鬥的玩家耳裡。因為他不久前拜託Tom-

Tom幫忙把通訊道具連結上對方的隊伍。

但是來自對方的聲音無法傳到Ｍ與Pitohui等人的耳內。

要……要怎麼做？

蓮按耐下想這麼問的心情。Ｍ應該會先把自己的想法全部說出來吧。而她這樣的預測果然是對的。

「我是Ｍ。現在對現場的所有人宣布，我自己一個人靠近螃蟹的胯下。然後當我接近到腳底的時候，TomTom就幫忙從後面對我射擊來引發『車輛爆炸』。」

心想「原來如此」的蓮感到佩服。

射擊吉普車的話，ＧＧＯ裡絕對會造成車輛大爆炸，巨大但是看起來不穩定的螃蟹說不定會摔跤。

打倒——說的不是幹掉螃蟹，而是弄倒——讓螃蟹跌倒，如此一來頭顱就會在較低的位置，這樣將會比較好瞄準，螃蟹的攻擊也比較難命中才對。

這是死中求活的極優秀點子。真不愧是Ｍ。

但是Ｍ會陣亡。絕對會朝地獄直線前進。

不過在沒有駕駛的情況下，沒有方法可以在最佳時機把吉普車運到螃蟹腳邊。

包含蓮在內的所有人都理解這一點……

「去吧。」

Pitohui只回答這麼一句話。

「因此刺激的兜風就到此為止了。」

M在螃蟹正面大約200公尺的位置停下吉普車。沒有受到攻擊的時候，螃蟹就只是乖乖站在那裡而已。簡直就像在說「敢來就放馬過來吧」一樣。

M對著副駕駛座上TomTom表示：

「時機很重要。拜託了。」

「交給我了。」

接著男人們就分別待在吉普車內部跟外面。

TomTom站在堅硬的大地上，輕輕把沉重的機槍架在肩上。

M踩下油門，裝甲吉普車開始急遽加速。

TomTom窺看平常不怎麼使用的瞄準鏡，將其對準吉普車的後部。

螃蟹注意到車子，緩緩抬起藍色脖子。接著從嘴巴發出冰雹的散彈攻擊。

數百顆冰雹準確地將M籠罩在彈網之內。進入塵埃與碎冰當中的吉普車——

在其散去之前就先衝了出來。

裝甲板從冰雹中保護了M，車身即使變得破爛也還是保有原型。可能是牛皮膠布承受不住而斷裂了吧，裝甲板開始一片一片地掉落。

「唔喔喔喔喔喔！」

M的幹勁與速度絲毫沒有減弱。

「你還是來加入我們的中隊吧。我們隨時歡迎強者喲。」

TomTom如此呢喃著，手上的FN・MAG同時開始連射。

子彈從後面追上試圖撞上螃蟹右側腳底的吉普車並且漂亮地命中。

讓人聯想起好萊塢電影的盛大爆炸火焰晃動整個世界。

螃蟹也跟著搖晃。

右側的兩隻藍色蟹腳像被踢飛一樣的螃蟹，身體開始搖晃並且傾斜，然後直接往後倒。

仍在倒下途中時……

「上吧！」

碧碧……

「很好，大伙上啊！」

以及Pitohui這麼大叫，車輛從左右兩邊殺到。

蓮在緊急加速的邊車裡搖晃著，同時看到左上方伙伴ＨＰ條裡Ｍ的那條一口氣減少並且歸零。

南無！

由於自己死了的話Ｍ一定也會幫忙合掌禱告，所以蓮就在心中合起手掌。實際上的右手握著Ｐ９０，左手則是抓著邊車的鐵管。

「滋咚」一聲，搖晃大地倒下的螃蟹，果然正如預測爬不起來了。只是不停掙扎著亂踢。而且因為頭顱底部橫倒下來，就算抬起來也不是太高。大約３公尺左右。

最先靠近螃蟹，緩緩行駛並且開始射擊的是在波魯特駕駛的吉普車副駕駛座上的傑克。朝向右側的ＨＫ２１瘋狂開火，開始替Sinohara報仇。

子彈不斷命中橫倒在地面的頭部，把它的數值減為０。

剩餘的一大群吉普車就跟在後面。火線也逐漸增加。除了駕駛之外的所有成員都發揮自身全部的火力。整個世界變得極度吵雜。

蓮她們的吉普車與邊車也從另一邊逼近，距離剩下40公尺後就完全停了下來。這是為了讓駕駛也能夠開槍。

接著就像是發了狂一樣，開火開火再開火。

「幫M報仇！」

「嗚啦！」

SHINC成員所持的各式各樣槍械把黑色槍口對準同一個目標，接著發出明亮的火光。

「呀哈！」

當Pitohui以將KTR—09彈鼓射光的勢頭不停地開火時，她身邊的蓮則是站在邊車的車身上。

接著扣下P90扳機開始全自動連射。空彈殼不斷往槍的正下方彈出，撞上車身後發出清脆的聲音。

遲了一會兒才來到她身後不可次郎……

「哦哦，大家很有幹勁嘛。」

看著群聚在巨軀旁的人們並且這麼說道。

「簡直就像一群餓鬼聚集在吃到飽的蟹肉盤旁邊。」

「不可！就沒有其他比喻了嗎？」

蓮邊交換彈匣邊這麼問……

「沒有了。」

「這樣啊。」

就在下一個瞬間。

倒地的螃蟹其中一半，也就是藍色那一邊開始變成多邊形碎片緩緩消失了。

不用說明也能知道。ZEMAL、MMTM聯合小隊打倒了自己的目標。

蓮一看之下，發現在慢慢前進的吉普車上興奮握拳的男人們，以及駕駛碧碧輕輕揮手的模樣。

藍色碎片緩緩朝天空升去。然後螃蟹的半邊花了整整幾秒鐘才消失的同時，所有成員一瞬間就像幽靈一樣消失了。他們率先克服了第四試煉。

「剩下5！」

老大邊交換彈匣邊這麼說，耳朵聽見她的聲音後……

「已經沒有必要射擊螃蟹了……」

在200公尺後方如此呢喃的是夏莉。

接著迅速移動R93戰術2型狙擊步槍靠在摩托車坐墊上的槍口。瞄準鏡的十字線對準站在邊車前面的馬尾女性背部。

哦，要動手了嗎？

旁邊的克拉倫斯以嘴巴跟表情這麼問道。

在快過關之前動手。

夏莉只以嘴角的微笑來回答她。

「剩下3！差一點點！」

數字隨著老大的倒數減少。

「剩下2！」

夏莉把手指靠近扳機。

她不需要著彈預測圓。經過400公尺校正歸零的這把愛槍，200公尺的話子彈下沉的誤差應該不大，只要稍微往下瞄準並且射擊，絕對能射中Pitohui的身體某處才對。

然後不論射中身體的哪個地方，必殺的開花彈都會完成它的使命。

「剩下1。射擊射擊再射擊！」

當夏莉的指尖無聲地朝扳機伸去時……

「嗚！」

一條鮮紅的線靜靜地延伸到她眼前的摩托車上。

那當然是彈道預測線，它來自於自己的左斜後方，跟通常的預測線比起來可以說粗到驚人，而能辦到這種事的就只有一個人……

「我輸了。」

夏莉迅速舉起愛槍。

透過反坦克步槍的瞄準鏡看著這種模樣的冬馬……

「這樣就歸零了！」

老大粗大的聲音傳進她的耳裡，而她的手指也離開扳機。

蓮看著螃蟹碎裂後升天的一半身軀，耳朵同時聽見史三郎的聲音。

「恭喜各位。第四試煉過關了。」

垂下變燙的P90，蓮看了一下左手腕內側的手錶。目前才剛過十三點四十二分。

「將帶領各位前往第五試煉。」

終於到最後的試煉了嗎……到底是什麼樣的內容呢？

這麼想著的蓮隨即被白光包圍。

SECT.8　第八章　反射——第五試煉——

蓮睜開眼睛後，眼前站著一個蓮。

「嗚咿？」

蓮驚訝地瞪大了眼睛，眼前的蓮也瞪大了眼睛……

「什麼嘛……鏡子嗎……」

唯一知道的是自己現在站在一面大鏡子前面。

眼前映照出來的是自己。穿著暗粉紅色戰鬥服，戴著加了白色線條的暗粉紅色帽子以及塗成暗粉紅色的P90。

不過拿著P90的是她的左手，帽子的線條看起來也在她的左側。也就是鏡面反射。

嗯嗯，還是一樣嬌小可愛。粉紅色也很適合妳喔。手上拿著的槍也超級可愛。

蓮感到很暖心。

接著往右看也看到蓮。

「嗯？」

往左看也看到蓮。

「啊？」

回過頭也有蓮的存在。而且稍微移動一下視線就看到許多蓮。

就是遊樂園裡時常見到的，一直延續到天花板的鏡子以各種角度張貼在牆上的那個。

「噢……鏡子屋嗎……」

蓮……應該說香蓮也是首次來到這種地方。

在意腳邊的情況而往下看，發現是一片黑暗。沒有任何光線反射，似乎很堅硬的地板。

往上看了一下上面的模樣，發現天花板也是類似的情況。比平常的房子還要高的位置，大概3公尺左右的地方有黑色板子，鏡子到那裡就結束了。

牆壁、地板以及周圍都沒有燈光。

明明沒有任何作為光源的東西，卻可以清楚地看見鏡子裡的自己。不愧是虛擬世界。

蓮靠近鏡子。

自己伸出左手後，對面的蓮伸出右手，最後指尖觸碰到堅硬的物體。

鏡子的位置與角度都不固定，自己稍微有點動作，有些地方就可以一次從各種角度看到好幾個人。也有無限反射鏡，可以看見無限延伸的地點。

蓮試著用全力推動眼前的鏡子。但完全沒有動靜。走了幾步後，試著推動其他地點。這邊則像旋轉門一樣可以輕鬆轉動。後面是一片其他空間以及鏡子。也就是說，宛如迷宮一般。

「看來很容易迷路……要我們在這裡做什麼？」

蓮自言自語說到這裡就發現到某件事。其實已經算很晚了。

話說回來，伙伴們到哪去了？

「各位～！你們在哪～？」

考慮到通訊道具可能被封鎖，所以發出巨大的聲音。左右兩邊的鏡子似乎連聲音都能稍微反射，因此出現些許回音。不過沒有得到任何回應。

唔……

蓮在內心發出沉吟聲，接著確認起處身於何種狀況。

左上方伙伴們的HP條沒有出現。目前已經死亡的M打上了×。

自己的武裝，小P、小Vor和小刀刀——全都在。

彈藥——完全回復。

異常狀態——無。

通訊道具——圖示上面果然浮現禁止使用的×符號。

Resing，也就是投降來結束遊戲的按鍵——能夠使用。

「這也就是說，要我獨自作戰……？」

蓮現在重新握緊P90的握把，以手指確認保險仍處於全自動的位置時……

「各位，第五試煉開始了。」

不知道從哪裡傳來史三郎的聲音。

蓮相當仔細地聽著應該所有人都聽見的聲音。

不在現場的史三郎，聲音聽起來簡直就像是神明一樣。

「各位現在都在孤立的地點。無法知道彼此的狀況，也無法通訊與會合。」

果然是這樣嗎？

「該處是封閉的空間，除了過關、死亡或者投降之外就無法到外面去。各位將在那裡跟一名敵人戰鬥，請把他打倒。ＨＰ歸零的話將退出試煉。打倒敵人者將前往會合地點。所有生存者聚集之後，第五試煉就算過關了。」

也就是說，只要在這間鏡子屋裡打倒一個敵人，所有生存者集合之後任務就算過關了。

如此一來，就必須盡快打倒敵人才行了。

判斷無法打倒或者花太多時間的話，相信伙伴已經結束而投降可能也是一種手段——但是沒有任何人過關的話，就會變成單純只是離開遊戲，所以有點風險。

「現在時間是十三點四十四分。時間限制是六分鐘。請進行戰鬥的準備。」

視界的右上方出現06：00的數字，馬上就變成05：59。

雖然只有一個敵人，但這是相當嚴苛的時間限制。沒辦法太溫吞，發現敵人就得盡速發動攻擊。

這麼想著的蓮，腦袋裡聽見可愛少年般的聲音。

「小蓮！不論是什麼樣的敵人還是伙伴都沒關係！不要放開手！用我們的高速連射把他變成亡魂吧！」

說得對，小P。全靠你了。啊，不對，不能對伙伴開火喔。

但另一道冷靜的聲音蓋過少年的聲音表示：

「啊先等等。像那樣的地點，應該輪到我出場了吧？」

嗚！小刀刀說的話也有道理！

近距離戰鬥的話，或許還是經常著裝在腰部後方的戰鬥小刀比較適合。

這時候插話進來的是兩道一模一樣的聲音。

「等等！是不是忘了什麼？」

「等等！妳忘記了什麼吧！」

啊，話說回來……

蓮一瞬間感到煩惱……

「好吧！」

但馬上下定決心，在空中揮動左手。然後在叫出的視窗裡選擇「武裝一鍵交換」。

從蓮的右手……

「嗚～哇～太～過～分～了！」

以可愛聲音咒罵著的P90，其專屬的彈匣包從兩邊腰部消失。

取代彈匣包著裝在腰部，或許應該說是腿部的是兩個黑色槍套。裡面裝著粉紅色手槍。背上揹著以黑色為基調，加上粉紅與白色線條的四角背包。

沒錯，Pitohui為了SJ4的限定使用手槍區域而幫忙準備的，蓮專用的手槍。

它是GGO原創的手掌大小45口徑自動式手槍「AM．45」。將其染上蓮的顏色製成的客製顏色樣式「AM．45 小蓮版本」——暱稱是「Vorpal Bunny」。

蓮用雙手把Vorpal Bunny從槍套裡拔出來……

「上吧！」

「幹掉敵人吧！」

把血氣方剛的小Vor們瞄準器的凸出部勾在腰帶上，接著將手往下壓。

滑套被拉到盡頭後將其離開身體，彈簧的力量就讓滑套歸位，同時也把矮胖的45口徑ACP彈送進膛室。

完成裝填。

彈匣裡有6發子彈。背上背包裡放了達到自己重量上限的二十個預備彈匣。

蓮雙手拿著利牙的瞬間，史三郎就說出宣告戰鬥開始的慣用句。

「那麼——祝各位武運昌隆。」

敵人……在哪裡？

還有……是什麼樣的傢伙？

蓮一邊在心裡這麼問道，一邊將拿在雙手上的Vorpal Bunny維持在肩膀的高度，然後緩步前進。

她沒有伸直手臂。因為害怕被敵人抓住手槍。步行中的蓮把槍保持在靠近身體的位置，但為了能夠立刻轉向而保持肌肉適度的緊繃。

一直待在同一個地方，不能保證敵人會自己過來。不對，從至今為止的試煉來看，應該不會過來吧。

蓮持續移動。

鏡子屋映照出無數的蓮，又隨著蓮的移動而消失。兩手上的Vorpal Bunny無聲地滑動。

她的食指仍在扳機護環之外。這是為了不因為粗心碰到扳機而發出彈道預測線。最重要的是為了不會在跌倒時走火。

經過了寂靜且緊張的三十秒。剩下05：10。

蓮更專注地豎起耳朵。她覺得在這個地方應該得靠耳朵才能搶先察覺到敵人。腳底的材質雖然是一團謎，但即使蓮的靴底用力踩踏也完全沒有發出聲音。這也就表示不必擔心被敵人聽見腳步聲，但是自己也同樣聽不見敵人的腳步聲。

如此一來，只能夠聽敵人身體的破風聲了。

在哪裡……？

寂靜到讓人恐懼的時間經過了。

是什麼樣的傢伙……？

剩下04：58。

當看過好幾個自己的蓮已經看膩了自己的身影時——

那個敵人就出現在眼前。

通過一面鏡子旁邊的時候，3公尺前方出現自己的身影。

在鏡子的密度降低，幾乎一片黑暗的空間裡，從正面的一面鏡子反射出來的自己。

鏡子內的自己正瞪著自己。帽子的白線在右側的自己。

但是蓮銳利的目光沒有錯過不對勁的地方。

自己現在右手的小Vor正對準另一個蓮。

3公尺前方的蓮果然左手的小Vor也對著自己。

但是蓮現在稍微往內側傾斜了手槍。

3公尺前方的蓮幾乎是垂直地拿著左手的小Vor。

蓮知道自己正露出疑惑的表情。

3公尺前方的蓮簡直就像人體模型般面無表情。

啊——原來如此。

蓮右手的食指觸碰Vorpal Bunny的扳機然後扣下……

兩人幾乎是同時開槍。

「呀嗚！」

果然是這樣！

蓮發出悲鳴，同時在內心大叫著自己沒有錯，接著一邊感受右肩鈍重的疼痛感一邊輕輕翻過身體。

右肩閃爍著紅色中彈特效，HP減少為80%。

謎題解開了。

知道敵人的真實身分了。

是那個傢伙。左肩胛骨中了蓮剛才的槍擊，同樣翻倒在地的傢伙。

蓮高速起身後，以左手Vorpal Bunny的槍口朝向對方……

「嗚！」

但敵人已經不在那裡了。

相對地，敵人殘存的HP則以條狀圖的方式顯示在視界的右上方。目前大約80％，也就是跟蓮一樣。

這裡的敵人——是自己的複製人。

蓮有了這樣的確信。

剛才蓮看見的自己並不是鏡子。而是真的就在那裡。

跟自己的模樣完全相同，但是左右相反的電腦繪圖的敵人。

然後當自己攻擊時，對方判斷遭到識破，在遲了零點幾秒後也對自己發動攻擊。結果就是45口徑子彈射入雙方肩口這種不分勝負的結局。

第五試煉的敵人是自己的複製人。

「嗚！好噁的興趣！」

蓮這麼大叫。

但是……

「那是『敵人』！打倒她！」

鬥志沒有任何動搖。

把跟自己同樣嬌小且可愛的粉紅色敵人……

「幹掉！狠狠幹掉！」

蓮露出猙獰的笑容，往應該是敵人逃走的方向猛衝來發動突擊。

在黑色空間裡看見敵人，蓮隨著渾身的鬥志將右手的Vorpal Bunny對準她。敵人也以左手的Vorpal Bunny，但是左右相反的版本對準蓮。

啊，不對！

最後一刻才注意到，但有點太遲了。

扳機被扣下的Vorpal Bunny……

「現在才這麼說也來不及了。因為我是機械啊。」

一邊這麼說一邊放下擊錘，敲打槍裡面的撞針，撞針再擊打子彈內的雷管。也就是按照意識開槍，子彈飛出，在該處的鏡子上開了個大洞。

子彈從黑色空間往弄錯而射擊鏡中自己的蓮飛過來，通過霎時扭過身子的蓮側腹部幾公分的地方。

「可惡！」

蓮在地面上打滾，雙手朝聽見槍聲的方向，也就是敵人所在的空間各開了兩槍。

完全沒有命中的手感。

她立刻趴在地板上縮成一團，反擊的4發子彈馬上朝她襲來。全部命中她的背包……

「咕嘎嘎嘎……」

總共推了蓮的身體四次。M用來當成盾牌的防彈板讓子彈無法貫穿。HP沒有減少。

蓮扭動身體高速爬起來後，一面往左右高速反覆側步跳著往後退。

在退後當中，很乾脆地把雙手仍有子彈的彈匣更換成新的。

褪下彈匣，把槍的握把朝背包伸去，新彈匣就「鏘鏗」一聲插進去。滑套回歸原位後，兩手能發射的子彈合計就總共有14發了。

後退到一定程度，蓮就躲在一面鏡子後面並且停下腳步。

04：14。

稍微瞄了一眼剩餘時間後，蓮便靜立著思考了起來。

即使發現敵人，也不能馬上射擊。

因為那可能只是鏡子照射出來的自己。

然後一旦射擊，敵人一定會回擊同樣數量的子彈。所以只能辨明並非反射，然後為了不讓對方反擊，必須確實然後盡可能發射大量的子彈……

蓮跑了起來。

以沒有腳步聲的高速奔馳，朝黑暗中稍微看到一點粉紅的方向跑去。也就是鏡子相當多的地方。最後有好幾個自己從左右兩邊經過。

眼前出現自己的身影並且迫近，在不知道那是鏡像還是敵人的情況下，心想那應該是鏡子的蓮只用右手往該處開了一槍。

如果是高速奔跑著開槍，對方的子彈應該也不會那麼容易擊中才對。

藉此來尋找對方的位置！

結果那是鏡子，彈痕讓蓮的影像扭曲，接著從左側聽見風聲。

當背肌一陣發涼時已經太慢了。

從斜後方超高速逼近的嬌小粉紅色身影，在僅僅2公尺的距離下以猛烈速度將單手以及槍口對準自己並且開槍。

蓮為了閃避而扭轉身體，但距離實在太近了。

在扭動途中側腹就遭子彈貫穿……

「呀嗚！」

蓮跌倒在地，連同背包一起打滾，最後狠狠撞上一面大鏡子，把它整個撞碎了。

打滾中的蓮看到了。射擊自己的敵人一瞬間都沒有停止就直接跑過去了。

處於跌倒狀態且全身灑滿鏡子碎片的蓮，看著ＨＰ一口氣減少了30％，從綠色變成黃色。

好快！好靈活！好強！

蓮只能這麼稱讚敵人。

以超越人類的超速度移動，靈活地開一槍後就脫離，也就是所謂的Hit and away戰術。

蓮深深體認到嬌小靈活的敵人竟是如此討人厭，同時……

到目前為止，大家都是這麼想，心裡都覺得，我就是這麼一個，「討厭的傢伙」……

蓮在心中詠唱了一首短歌。

終於理解、深深地理解、非常理解，自己為什麼被叫做「粉紅的惡魔」這種其實一點都不可愛的綽號了。

至今為止只對付過比自己慢又比自己高的對手，蓮這個時候……

真難對付……

遇上了ＧＧＯ人生最不清楚該如何對付的敵人。

03：59。

但是不能一直躺在這裡。

蓮撒下鏡子的碎片，像彈簧一樣跳了起來。

自己的HP剩下50%。敵人還有80%。

45口徑ACP彈的話，不耐打的蓮光是身體角落中1槍就會減少30%HP了。若是頭部或者心臟等部位，一擊就會立刻死亡了吧。

也就是說，敵人應該也一樣。如果是具備同樣性能的複製人，不這樣的話就太作弊了。

如此一來，只要能將1發子彈擊中她的頭部——蓮也有逆轉的機會。

不能待在可以高速移動的地點。

蓮緩緩走著，同時理解到這一點。

像這個鏡子的密度很低的地點，敵人就可以高速移動。

敵人就算在附近，也不會主動攻擊。她的戰鬥方式是蓮攻擊之後，她才會反擊。

理由當然是因為沒有時間限制的關係吧。她沒有必要主動攻擊。

如此一來，勝機就只有自己先找到敵人，並且確實攻擊到她死亡為止。

蓮拿著右手6發，左手7發的Vorpal Bunny走了起來。

然後雖然不知道是回到起點還是來到其他地點了，總之她抵達鏡子密度相當高的地方。

03：25。

好，這裡就可以了……

蓮看著大量的自己同時這麼想著。

不論面向哪一邊都有自己。鏡子反射出來的自己。

那麼……開始吧……

蓮一心祈求著事情能夠按照自己所想的去發展……

上吧，小Vor。

左手的Vorpal Bunny在毫無瞄準的情況下隨便開了一槍。

射擊的瞬間蓮就趴了下來，接著聽見頭上有一發反擊的子彈飛過來的聲音。

果然如此。

蓮的預測正確。

敵人攻擊的次數只會跟自己發射的子彈數量一樣。只會做出簡直就像鏡子一般的反擊。

如果看到趴著的蓮，這明明就是絕佳的機會，但是卻不會開槍。絕對是遊戲設計師讓敵人的設定有了這樣的限制。

蓮在子彈飛過去的瞬間站起來後……

就看到了四周圍。

全都映照出蓮的身影。空間裡有許多的蓮。環視一圈後，實在有太多蓮了。這邊和那邊到處都是。

左右相反的蓮。

以及——沒有相反的蓮。

確實在那裡看見了就跟拍照一樣，帽子線條在左側的蓮，兩人的視線筆直地相交……

「找到了！」

蓮全力朝那面「鏡子」衝過去，最後使出猛烈的滑壘。為了不讓槍掉落，兩手都相當地用力。

滑過去的蓮雙腳踏住鏡子來止住去勢，接著把槍口朝向鏡面的方向。

左右相反的蓮如果實體化了，映照在鏡子裡的敵人左右應該會恢復才對。然後跟那個傢伙「應該能四眼相交」才對。

蓮如此預測、突擊，結果敵人果然在那裡。

在距離滑壘後停下來的地點大約4公尺的前方。

而且雙手手槍的槍口正對著自己。

不論被擊中幾發都無所謂，總之瘋狂開火就對了。

根據體勢的不同，也就是中彈的位置不同，自己說不定能夠獲勝。

這是賭上些許可能性，死中求活的極限作戰。

「噠啊！」

蓮這麼大叫，同時用力扣下雙手Vorpal Bunny的扳機。

子彈沒有射出。

咦咦？

隨著喊叫聲扣下的扳機整個卡住了。

咦咦咦？

蓮的眼睛看見兩把Vorpal Bunny的後部……

啊啊啊啊啊……！天啊啊啊啊啊啊！

蓮在心中放聲大叫。

非常清楚沒有發射子彈的理由了。

握住Vorpal Bunny握把的拇指，確實把在那裡的保險往上推了。都是剛剛在滑壘時所使用的無謂力量。那個時候不小心太用力握住。結果關上了保險。

超大的失態！各位同伴我真的，要說聲抱歉……

蓮在心中爆出俳句，接著有了自己將變成蜂窩的覺悟。

接著一片寂靜的時間流逝。

蓮沒有射擊，敵人也沒有射擊。

「咦？」

蓮的眼前，4公尺前方，雙手舉著Vorpal Bunny不過是左右相反版本的敵人，沒有射擊蓮只是停在那裡。

「為什麼……？」

蓮忍不住這麼問道，但是敵人沒有說任何一句話。

只是呆立在那裡。就像一開始找到她的時候。

「啊啊！」

蓮腦袋裡的腦波像閃電一樣閃過，接著蓮就理解了。

不受攻擊就不會攻擊的敵人，不會攻擊無法攻擊的我。

這就是敵人的行動準則。

雖然槍口對準並且觸碰扳機，但系統認知到保險了。所以敵人知道被不會發出子彈的槍對著。

如果對方是人類的話，絕對不會這麼想吧。

不論有沒有裝子彈，被槍口對準的時間點就有攻擊的意志，加以射殺是完全沒問題的事。

說起來從前面根本看不見保險的位置。

「…………」

蓮緩緩地把Vorpal Bunny的槍口移開。然後讓其處於關保險的狀態。

「喂喂，小蓮啊？妳不開槍嗎？」

「來，解開保險射擊啊？」

蓮把不了解情況只會抱怨的兩把小Vor……

「唔啾。」

「唔啾。」

直接啵一聲插回槍套裡。

敵人緩緩移動手部。蓮看見自己面無表情的複製人把Vorpal Bunny，不過是左右相反的版本收進槍套裡。

蓮慢慢朝著敵人走去。

攻擊的話就會遭到反擊……

蓮這麼想著。

所以要封住對方的攻擊……

蓮繼續靠近。

對方是自己的鏡子……左右相反……

蓮來到敵人的面前。除了表情之外，跟看鏡子沒有兩樣。不對，說不定現在自己就是像這樣看起來面無表情。

機會只有一次！

雖然不清楚會不會順利！

蓮緩緩伸出左手。

「握手！」

「…………」

敵人沒有說任何話。雖然不清楚她是否認為這是攻擊——不過她也同樣伸出左手。

當知道對方伸出的是不是右手而是左手的瞬間……

贏了！

蓮就這麼想。

接著自己的左手觸碰敵人的左手並且緊緊握住。這是人生首次跟自己握手。

蓮在握住的手上灌注力量。

「妳好嗎？」

「…………」

敵人沒有說任何話。雖然不清楚她是否認為這是攻擊，不過她也同樣握緊左手。

「去死吧。」

蓮把右手繞到腰部後面……

「沒錯輪到我出場了。」

緊緊握住小刀刀的刀把。

敵人立刻對蓮的攻擊意志有所反應。她同樣把空著的右手繞到腰部後面——

然後抓了個空。

如果是鏡子反射，那邊沒有刀把喔。

蓮以最快的速度揮動反手拔出刀子的右手。

刀刃穿過敵人的脖子，跟敵人的右手從蓮的脖子前通過幾乎是同一時間。

即使敵人從脖子閃爍著中彈特效並且往後倒，蓮還是沒有放開手。敵人的ＨＰ不斷減少。

用盡渾身的力量拉扯後，失去力量的敵人就轉了一圈，背部靠在蓮的胸口。

蓮從後面緊緊抱住跟自己同樣大小的身體。

「妳……很強喔……」

蓮以憐愛的口氣這麼說……

「因此為了慎重起見……」

對方沒死的話會很麻煩，所以右手的刀子又朝胸口補了一刀。

HP條歸零，抱緊的敵人變成多邊形碎片消失，02：23的倒數停止……

「太漂亮了。」

才剛覺得聽見神明——不對，是史三郎的聲音，蓮就已經在草原上了。

沒有被白光包圍，一瞬間就被傳送到此。眨眼的瞬間就來到別的地方。

眼前是一片極為美麗的景色。

高大的綠草隨著微風像波浪般搖曳。平坦的山丘綿綿不絕地連在一起，一直延續到地平線的彼端。而遙遠的天空中浮著一整片捲積雲。

頭上的天空是美麗的晴天。雖然是CGO才會出現的泛紅藍天，但是看起來比平常更清澈以及鮮豔。白天的太陽高掛在天空中閃閃發亮。

GGO是地球文明歷經足以改變大氣組成的最終戰爭而毀滅之後的世界，竟然還殘留著如此漂亮的地方嗎？

還是說，是作為這次過關獎勵，才顯現給我們看的一次性景色？

蓮把依然握在右手的刀子收回腰部的刀鞘裡……

「嗨，太慢了吧。」

後面有聲音對她搭話。

不用轉頭也能夠憑聲音知道是誰。出聲者是夏莉。轉過頭的蓮看到的果然是夏莉。

「啊……」

蓮發出了聲音。

轉過頭去所看到的是一棟大房子。

像是美國的家庭劇會出現的那種，充滿鄉村風趣，硬山式屋頂中央聳立著漂亮煙囪的磚頭房屋。左右長度大概是30公尺，寬度則是10公尺左右，算是相當寬敞。

這是經常在GGO裡見到的磚房，它們的內部構造與家具配置全都一樣。外表雖然破破爛爛，但還是確實地保留著外型。玻璃窗全都完好如初，屋頂也沒有歪斜。

左右與後面，也就是東西與北側，有一個被平緩山丘包圍著的盆地。

房子被寬廣的柵欄圍住，裡面的草割得相當漂亮，有一半是草皮，一半則是田地。

院子裡豎立著一棵樹，粗大的樹枝上吊著給小孩子玩的鞦韆。另外還放置了從天溝收集生活用水的木樽。屋簷底下有一間小小的狗屋。

院子角落有由灰色磚瓦所蓋成的水井，可以看到開了一個黑色的大洞。滾落的吊桶上仍有水滴閃爍著光芒。

這裡——是人類能夠生活的地點。

人類因為愚蠢的戰爭幾乎全滅之後，有個家庭好不容易才存活下來，在這裡一直過著自給自足的生活吧？這裡的漂亮景色就是會讓人產生這樣的想法。

而院子前面有一台輪胎陷入草地的小型拖拉機——夏莉就悠閒地坐在其座位上。很珍惜般把異形的步槍抱在身體前方。

這台紅色拖拉機是以跑車聞名的德國保時捷公司所製。車體前端呈流暢的曲線，是非常帥氣的一台車。

蓮對著彷彿一幅畫的女狙擊手說：

「恭喜！妳打倒了自己的複製人吧！」

蓮撥開高度及腰的草朝她靠近。

「嗯。覺得很詭異就是了。」

「妳花了多少時間？」

蓮雖然知道絕對比自己還要快，不過還是覺得在意而開口詢問。

「開始30秒喔。所以一直在這裡沒事做。還以為沒有人會來了呢。」

「好快！——妳是怎麼辦到的？」

「嗯？在鏡子屋裡亂晃，就看到有點不太一樣的自己。心想『啊啊，這傢伙不是鏡子而是敵人』。」

到這裡都跟蓮一樣。

「因為太近了無法用槍射擊，於是用右手拔出劍鉈揍了上去。對方也做出完全一樣的攻擊，我就發現連攻擊都是複製——」

這裡也一樣。雖然注意到的時間比蓮快多了。

但是，這樣沒有形成兩敗俱傷嗎？

「我在最後一刻停住劍，刻意以踢腿來接敵人的劍。妳知道嗎？像腿部這種肌肉發達的部位，刺進去太深就會因為肌肉緊繃而很難拔出來。」

「嗚咿？」

我哪會知道這種事情。應該說，妳是怎麼會知道這種事情的呢？

「在對方花時間把劍拔出來時，我就用雙手抓住她的脖子，之後讓她窒息。沒有花太多時間喔。」

「嗚咿……」

蓮心想早知道就不問了。

「其他人都沒來……」

看著美麗景色，靠到生鏽拖拉機上等待的蓮如此呢喃道。

還以為視界左上方伙伴的ＨＰ條，至少現在身邊夏莉的份將會回歸正常，結果並非如此。

原本以為既然算是過關，就無法繼續開槍射擊了，結果似乎仍可以使用武器。

「就算沒來，也確定完成任務了吧。」

夏莉像是覺得沒什麼般這麼說道……

「是啦。」

由於確實正如她所說的，所以蓮也只能無力地這麼回答。

「『最快過關』的話，可能無法達成了。被那些傢伙搶先的可能性很高。」

那些傢伙，指的就是ZEMAL與MMTM聯合小隊。他們應該比我方更早進入鏡子屋才對。

「應該吧。」

「Pitohui已經死了嗎？那間鏡子屋，應該是自己越強敵人就越難打倒。我之能夠輕鬆獲勝，是因為沒有使用槍械。如果互相開火的話，一定會兩敗俱傷。」

「嗯……」

不論面對什麼樣的戰鬥都能完美對應的Pitohui，真的會被敵人幹掉嗎？像是用光劍互相刺死對方之類的？

看著風吹過草原後發出沙沙聲的模樣，夏莉開口呢喃著：

「好棒的景色。GGO也有這樣的地方嗎？」

「就是說啊。」

「不想在這種地方戰鬥呢。」

「也是啦。不過似乎沒有這個必要喔。我猜這大概是過關後的獎勵風景。」

「那就好。」

當夏莉跟蓮無所事事時……

「哦呼？這裡是什麼地方？」

在豐富的自然景色當中，雙手拿著槍榴彈發射器的異物，也就是不可次郎突然出現了。沒有任何預兆的突然出現，讓看見的人也稍微嚇了一跳。

在蓮呼喚她之前……

「唔？」

老大……

「啊！」

以及冬馬突然實體化，三個人的背部並排在一起。

「哈囉！各位！這邊！」

聽見蓮的呼喚而回頭後，不可次郎就露出笑容。

「嗨，蓮！妳幹掉蓮了嗎！」

「當然了。不可也殺掉金髮小不點了？」

「嗯，那傢伙很強喲……而且是殺掉很可惜的Very cute and pretty……原本想生擒下來介紹給大家認識。」

「等等，不需要兩個人。」

決定之後再問是如何打倒，蓮首先迎接她們三個人。

「只有這些人嗎？Pitohui呢？」

老大這麼問，蓮則是搖了搖頭。冬馬表示：

「我那時候只剩下一點點時間……」

Pito小姐死掉了嗎？對上Pito小姐果然太困難了嗎……？

蓮心裡這麼想……

「哼！竟然在被我殺掉之前就先死了！」

當夏莉如此咒罵著的時候，Pitohui就出現了。

雖然突然登場令人驚訝，她的模樣也讓人吃驚。

Pitohui只穿著內衣褲。

不只有裝備品，連平時的深藍色連身工作服都不見了，纖細結實的褐色身體只包裹在可以說是GGO最小裝備的黑色運動內衣褲底下。腳部也是赤腳。

這應該是一鍵解除了包括戰鬥服在內的裝備，只不過……

「為什麼？」

蓮忍不住這麼呢喃。

「呀～！Pito小姐好性感！」

不可次郎的發言讓連同馬尾一起回過頭的Pitohui開口說道：

「嗨，各位！妳們在那裡啊！都到得差不多了！」

「Pito小姐！差點就要遲到了！不過還是趕上了！太好了！」

「謝謝啦，小蓮。哎呀，剛才真的好險！這應該是所有人了吧。不在的有克拉小妞、羅莎、蘇菲、塔妮亞跟安娜嗎？」

蓮看向手錶。十三點四十九分五十八秒。應該來不及了吧。

當她這麼想時，克拉倫斯就出現在眼前。

「嗯？趕上了嗎？」

克拉倫斯邊這麼說邊回頭……

「呀呼！這裡是天堂嗎？」

「雖然不是，不過還是先說聲恭喜！」

「哎呀，HP全部恢復了！太棒了！真是太好了！啊，原本以為不行了——————！」

她似乎跟自己進行了一場慘烈的戰鬥。

蓮雖然想知道所有人是經過什麼樣的戰鬥才獲勝，但裡面最想知道的還是揮動左手把裝備穿回來的Pitohui。為什麼會變成只穿內衣褲？

「Pito小姐，妳為什麼脫衣服？」

「噢，那是因為——」

Pitohui像是變身般恢復原來的全身裝備，同時開口回答：

「能跟自己戰鬥真的感到興奮不已，所以不想進行槍戰，想直接互毆。」

「啥？」

「所以我和對方都脫光裝備，以拳頭好好享受了一番！」

「哦……」

「然後，我用假動作成功地把對方壓住，就覺得馬上把她殺掉實在太可惜了！」

「哦……」

「用牛皮膠布把她的手腳綁住後將其翻倒，享受著『拷問自己』的貴重體驗，結果就因為太過手下留情而差點時間到。耶嘿！」

等等，什麼耶嘿啊……！

這些傢伙都太奇怪了吧。

把自己的複製人喉嚨割斷殺死後又補上最後一刀的蓮這麼想著。

「各位辛苦了。恭喜漂亮地突破了第五試煉。」

史三郎突然從草裡面出現，對著聚集在院子裡的蓮、不可次郎、Pitohui、夏莉、克拉倫斯以及老大等七個人這麼說道。

她們各自發出放心的嘆息，或者想著死去的伙伴們。

接著不可次郎……

「哦哦！史三郎——！你平安無事啊啊啊啊啊！」

就隨著喊叫蹲下來撫摸著狗。

「是最快過關的嗎？」

老大這麼問……

「現在還不知道。」

史三郎做出意料之外的回答。

在露出狐疑表情的七個人面前……

「最後還有一個行動要各位完成。完成之後這個試煉才算真正結束。任務就過關了。」

「什麼嘛還有第六個嗎！以為試煉是五個——結果有六個！」

克拉倫斯開著玩笑……

「不是什麼足以稱為試煉的事情。馬上就結束了。」

史三郎冷靜地編織出最後一句話。

「請把我殺掉吧。」

EPILOGUE 最終章　在狗的天堂

「請把我殺掉吧。」

「OK！那我就速戰速決！一發子彈就讓你輕鬆上路！」

Pitohui用右手從腰間拔出XDM手槍……

「等一下啊啊啊啊啊啊啊啊啊！」

不可次郎手中槍榴彈發射器的粗大槍口用力把她的右手推開。

「哎呀？不可小妞想自己來嗎？」

不可次郎的眼睛從大大鋼盔邊緣瞪向Pitohui往下看著她的眼睛。

「才不是哩！為什麼隨手就拔槍！我不會讓妳殺掉史三郎！應該說，為什麼會變成這樣？

喂——史三郎啊，為什麼會變成這樣？」

「很遺憾，我也沒有被告知理由。」

「咕唔唔！去給我問一下那個狗屁作家！現在立刻！Now！」

「這種事跟我說也沒用。」

「別管那麼多去問就對了！在那之前都不給你吃最喜歡的點心！」

「別這樣，不准欺負史三郎！」

蓮立刻包庇牠。

「你沒有不死屬性嗎？」

老大這麼問……

「被解除了。」

史三郎輕鬆地回答。

克拉倫斯表示：

「大概是使者最後被殺掉而離世，試煉就此結束之類的吧？嗯，以劇本的結局來說，其實是頗為常見的情形吧？」

「我才不管哩！我不會讓任何人殺掉史三郎！」

不可次郎嬌小的身體迅速移動，像門神般站在史三郎前面。雙手舉著ＭＧＬ－１４０……

「把槍口對準史三郎的傢伙，我會全部射死！」

「那就只能用光劍砍了吧？」

「都一樣！要開槍嘍！順帶一提，左子跟右太的第1發可都裝了電漿彈頭喔！」

「那樣包含小狗在內的所有人都會死吧。」

「咕唔……」

蓮迅速來到前面。

「不可……妳什麼都沒想嗎……真是的，不可總是這麼衝動……」

接著嬌小的身體就來到同樣嬌小的身軀旁邊與她並肩而立。

「我贊成不可次郎的意見！實在無法忍受小狗被殺掉！」

「蓮……人生最重要的果然是好友……」

「別客氣啦。」

「史三郎，聽見了嗎？這個蓮要代替你切腹而死，讓我們過關吧！」

「喂，等一下。」

「放心吧，蓮。在下會幫妳介錯。」

「不是吧，等一下。」

「討厭啦，只是開個小玩笑！所以呢──喂喂，想要殺掉史三郎的壞蛋們！我們兩個人當妳們的對手！」

「不是，等一下、等一下。」

老大搖晃著辮子跑過來，插身而入後又插嘴表示：

「就這樣不殺掉牠的話，任務會變成怎麼樣？史三郎──告訴我們吧。」

「不會結束。各位想離開這裡的話，就只有強制關閉AmuSphere、沒有存檔就緊急登出，或者是投降。」

「我想這不用說也知道，如此一來任務就不算過關對吧？也不會有經驗值對吧？」

「正是如此。」

「那怎麼行……」

老大感到傻眼……

「那個，美──」

差點依序叫出美優還有香蓮的名字，但是最後一刻終於忍下來了。夏莉和克拉倫斯不知道她們兩個人的真實身分。

「不可次郎、蓮……我知道小狗很可愛，但殺掉牠也是這個任務的一部分。然後雖然不想這麼說，不過牠只是遊戲裡的角色而已。」

「這我當然知道啦！」

不可次郎立刻這麼回答。

「妳知道我玩了多少年的ＶＲ遊戲，這雙手在裡面殺過多少生物了嗎！但是！我呢！再也不願意看見狗在我眼前死去了！」

「…………」

這時露出邪惡表情的女人，也就是Pitohui取代困擾不已而把巨軀往後退的老大……

「大家要齊心協力完成一件事情，有時也需要忍耐喔，不可小妞、小蓮。」

「那就妳們忍耐啊！」

「哎呀呀，說得也是。但是我不想。因為我是無法忍耐的女人。」

「這樣的話——」

「怎麼樣？」

「我會逃走！帶著史三郎逃走！逃到世界的盡頭還是新大陸都無所謂！追過來的傢伙，全部都會收到粉紅惡魔與槍榴彈當禮物喔！」

「別丟下我。」

「很好！那麼我就用心與拳頭來回報妳的氣魄吧！」

Pitohui把ＸＤＭ放回槍套裡，換成拿起掛在肩膀上的ＫＴＲ—０９。

嗯，早知道會變成這樣。

蓮已經放棄掙扎了。

沒錯，這裡是ＧＧＯ。

淨是一些跟言語比起來，寧願以子彈來雄辯的危險傢伙。包含自己在內。

「好吧、好吧。在戰鬥中存活下來的人可以做決定。」

不可次郎咧嘴笑著這麼說道。那是看起來很開心的笑容。

「聽起來很有意思！」

夏莉突然大聲這麼說道，腔調就如同她所說的，似乎對這件事感到很有趣。

她咚一聲從生鏽的拖拉機上跳下來，把R93戰術2型狙擊步槍扛在肩上大步前進，最後站到蓮的身邊。

「我要站在這一邊。理由——應該不用說也知道吧？」

雖然絕對是因為想要射殺Pitohui，但蓮保持沉默，不可次郎則表示：

「當然知道了！妳是狗派的吧！」

「…………嗯，我不否認啦。」

雖然身為親手葬送許多動物生命的獵人，不過動物的話，不論是貓、狗、狐狸還是老鼠，舞全都喜歡。

「天啊！這樣就一對三了嗎？就連我對這種情況也感到有點棘手……」

Pitohui刻意，而且是很刻意，非常刻意地這麼說……！

「寡眾懸殊……這實在有違道義……」

更加刻意地說出宛如從古裝劇學來的台詞後，老大就把巨大身軀移動到Pitohui旁邊。

蓮相當了解。

與其說是Pitohui，老大其實只是想要站在神崎艾莎身邊而已。

「那麼，這樣就算勢均力敵了。各位姊姊。」

冬馬站到老大旁邊，這樣就三對三了。

蓮很清楚。她只是想要站到神奇艾莎……以下省略。

「伊娃小妞、冬馬小妞！嗯嗯！我愛妳們！」

聽Pitohui這麼說，兩人就害羞地露出喜孜孜的表情。

目前看起來是──

衝鋒槍的蓮。槍榴彈發射器二刀流的不可次郎。必殺狙擊槍的夏莉。

對上了──

突擊步槍與其他重武裝的Pitohui。消音狙擊槍，不過也能當成突擊步槍使用的老大。自動式狙擊槍的冬馬。

這種讓人搞不太清楚對戰實力究竟算不算是平衡的勢力圖。

然後最後一個人……

「唉……真是一群讓人受不了的小姐……」

也就是英俊的克拉倫斯聳聳肩，在六個人視線的注視下……

「好了好了，別用那種眼神看我。我兩不相幫喔。不能破壞好不容易才同等的人數，而且剛才殺掉自己的戰鬥也讓我有點累了。更何況──」

更何況？

所有人都注意著她像在演戲般的言行。

「如果妳們全部同歸於盡的話，誰要完成這次的任務呢？雖然已經放棄最快過關了，但就算不是最快，也不想把至今為止的努力全部付諸流水吧？太對不起先死掉的人了。」

確實如此。

五個人雖然同意，但不可次郎卻不答應。

「等一下！如此一來，如果我們同歸於盡然後只剩下妳一個人，妳會射殺史三郎嘍？」

「嗯，是這樣沒錯。」

「實際上是那邊的人嗎！好，現在先幹掉妳吧。」

蓮制止了準備抬起MGL—140的手。

「不可。只要贏就可以了，不要同歸於盡就沒問題了。光是現在不加入對方，對我們就有很大的幫助。我們就大方地接受這個讓步吧。」

蓮相當冷靜。

「唔……」

不可次郎雖然不願意，但也只能接受。

蓮把臉朝向克拉倫斯……

「不過我們要是贏了，或者是半死半生而生存下來，妳得跟我們約定不能追擊，還有必須一起投降。」

「理當如此。All right，我保證會這麼做。那麼，為了這條黑色的小生命，大家盡情地自相殘殺吧。我呢……好，就在北側的山丘上悠閒地觀摩——史三郎，那邊很危險，過來這裡吧。」

克拉倫斯招手，但史三郎沒有動作。不可次郎蹲下來後，就以溫柔的眼神看著待在她腳邊的黑色小動物。

「這邊馬上就要變成戰場。你去跟那個寶塚劇團的待在一起。我一定會來接你……」

然後被撫摸的史三郎……

「那個……對我來說這樣很困擾……」

「別在意。等一下給你吃美味的狗食。」

「等等，真的非常困擾……」

「這樣啊。那好吧，雖然不行，不過也給你吃一點人類的食物吧。味道太濃了，得先洗一下喔。」

「我不是在說這種事……」

輕輕抱起確實感到很困擾的史三郎後，克拉倫斯就退了下去。不可次郎則是……

「…………」

默默目送他們離開。

往西北走了30公尺左右，一直來到房子的旁邊後……

「好了，各位。可以開始了！第六試煉！伙伴之間的自相殘殺！Ready——fight！」

不是吧，等一下等一下！

蓮在心中猛烈地吐嘈。

「突然就在這裡決鬥嗎？這根本沒辦法吧！這樣最多只能同歸於盡喔？」

夏莉也如此表示。

「沒錯！希望重新布局後才開始對戰！」

老大也有同樣的意見。

「通訊道具也要重新連線才行。」

冬馬沒有忘記最重要的事情。這樣下去，對話會全被戰鬥對象聽見。

「但是，該怎麼做呢……？」

蓮開口說出自己的煩惱。

周圍只有平緩的草原，除了一直趴下之外就沒有能夠藏身的地方。對狙擊手太有利了。

「那我有個提案～」

Pitohui依然發出慵懶的聲音。

「那邊不是有間磚房嗎？從那間房子分成左右兩邊，背靠著牆壁，在彼此看不見對方的情況下待機。在戰鬥開始前都不能進到裡面。可以散開到東西的山丘。不過在決鬥開始前不准射擊。克拉小妞從北方監視有沒有人作弊。」

「然後呢？」

「有個六十秒的話，應該足以說『躲好了』吧？到時候請克拉小妞開一槍，然後就開始戰鬥。看是要立刻開始室內戰、從遠方狙擊還是發射槍榴彈都沒關係。」

雖是Pitohui單方面如此提案，但是蓮她們也想不出其他的好點子，所以……

「我覺得可以。」

「好吧，我贊成。」

「我也是。洗好頭顱等著吧！」

蓮、夏莉、不可次郎依序回答。

「不可——是洗好『脖子』。」

「對，就是那個。」

「好了好了，各位。那麼抵達房子旁邊後就揮手做信號喲。然後就開始倒數。」

克拉倫斯的聲音讓重新設定通訊道具的三個人與三個人……

「不論是勝是敗，都不能有遺恨喲。」

在揮手的Pitohui……

「哼！我們才不會輸呢！」

以及瞪著她的不可次郎率領之下，各自從庭院走到房子旁邊。

雖然沒有特別決定，但是站立的位置自然就變成蓮她們前往東側。Pitohui她們則往西側。

雙方走路的步伐都相當悠閒。理由當然是為了在「躲好了嗎？」的六十秒倒數之前多爭取一些作戰會議的時間。

「蓮，這是牛步戰術嗎！」

「這樣算嗎……？」

「那麼，有什麼作戰計畫嗎，蓮？」

以有史以來最慢等級的速度走著，夏莉小聲對身邊的粉紅小不點這麼問道。

「為什麼不問我？」

不可次郎稍微有點生氣。

「這個嘛……首先再次確認對方隊伍的戰力，總之Pito小姐是全方位的強。然後老大也不弱，那副巨大身軀其實動作很快。兩個人的耐力都很強。冬馬的狙擊也很優秀，德拉古諾夫狙擊槍是自動連射式。」

蓮一邊把情報說出口一邊思考著。

她看著自己左側那棟巨大的磚房……

「裡面的隔間應該跟至今為止在戰場上看見的一樣。中央是有閣樓的寬敞客廳。其左右是臥室。中間與北側是走廊。牆壁是圓木所以子彈射不穿。只不過Pito小姐的光劍可以貫穿過來。房間的門用手槍也能打穿。走廊的木頭地板，每次走上去都會發出巨大的摩擦聲。」

「唔嗯，不愧是蓮。繼續吧。」

「房子的周圍是視野良好的院子。掩蔽物只有水井、拖拉機和樹。房子左右兩邊是山丘。草雖然高大到可以躲人，但一動大概就會被發現。是狙擊手能夠一擊必殺的距離……」

在這種狀況下進行三對三的戰鬥，該怎麼做才能獲勝呢？

「蓮啊。我的電漿手榴彈都沒用到，現在還剩下12發喲。」

不可次郎舉起右太跟左子這麼說道。

雖然它們藏有恐怖的火力，但同時也表示，只要有1發子彈命中它們，就會引起嚴重的事故。12發的誘爆，可能會連房子都轟飛。蓮她們不能跟對方同歸於盡，絕對不行。

「哦……那麼這樣如何？」

聽到不可次郎這麼說後，夏莉做出恐怖的提案。

「我在六十秒之中全力衝刺到山丘上躲起來。妳們兩個人到裡面去，然後一直待在一起。確認Pitohui跟伊娃進入室內的話，兩個人立刻自爆。連同房子一起轟飛。剩下來的冬馬由我來解決。」

不可次郎表示：

「這是個好提議——才怪哩！我要抱著史三郎在這個世界，這間房子裡一直活下去！妳看到院子裡的狗屋了吧！」

「別胡說了，不可。」

蓮首先吐嘈了搭檔，接著對夏莉說：

「很遺憾，這個作戰不行。如果兩個人，或者是其中一個人不進到房子裡呢？這段期間夏莉一直是三對一或者二對一喔？」

「唔……」

「而且——」

「而且？」

「夏莉其實是想親手殺掉Pito小姐吧？」

面對咧嘴笑著這麼問的蓮……

「真是個恐怖的女人……」

夏莉脫下帽子。三個人差不多要抵達房子的旁邊了。

已經沒有時間了。

沒時間了啊。必須要想出來才行。

想出贏過那些傢伙的方法。

想方法——什麼都可以——想方法……

在蓮不停運轉的腦袋裡，突然啪嘰一聲，有某種東西爆開了。

「啊，我想到一個作戰了。」

「好，快說吧。」

夏莉一問之下，蓮稍微猶豫了一下。

「不過很亂來……可以嗎？」

「那樣才好。」

跟蓮她們一樣牛步前進著……

「那麼，該如何打倒她們呢？啊啊，想到又可以跟小蓮戰鬥，我就好期待！快要受不了了！」

Pitohui以要去野餐般的心情這麼說道。而且用的是完全不怕對方聽見的巨大聲音。

「姊姊，有什麼作戰嗎？」

老大小聲地詢問，Pitohui壓低聲音回答「是啊」。

「伊娃小妞，三對三的戰鬥最需要注意的事情是？」

「先被幹掉一個人的那邊，之後會因為人數差異而落敗。三位一體的狀況不能崩壞。」

「嗯，答對了。給妳一個獎勵。」

Pitohui把手伸向老大頭上開始來回撫摸……

「嘿嘿嘿嘿嘿……」

雖說是虛擬角色，怎麼說都是被憧憬的神崎艾莎摸頭，老大這時候高興到快死掉了。冬馬在旁邊露出懊悔的表情。

「所以把一名狙擊手配置在山丘上其實風險很高。但是兩三個人都待在山丘上也沒用。尤其對方還殘留著不可小妞的電漿手榴彈彈頭，夏莉的開花彈也很麻煩。」

「我也有很多巨榴彈。進入室內，確認對方有兩個人的話，就可以採取自爆這個方法！應該會連房子一起轟飛吧。我們就算同歸於盡也沒關係。」

「是啦～這我也想過。嗯，如果單純只要獲勝，這可能是最棒的方法。只有伊娃小妞進入房子，轟一聲爆炸……在我當誘餌的期間，冬馬小妞解決掉夏莉小妞。」

「這樣有什麼問題嗎……？」

老大畏畏縮縮地問道。

「如果是普通的敵人，這麼做也無所謂。但這次的對手是小蓮。因為知道無法同歸於盡而被逼入絕境，那個時候小蓮就會使用某種離奇、古怪的方法。考慮到這個部分——」

「考慮到這個部分？」

「考慮到這個部分？」

在老大跟冬馬的凝視之下，Pitohui回答：

「就覺得確實訂立作戰計畫結果也沒什麼用呢！還是遇見什麼狀況就瞬時臨機應變吧！只不過——」

各自持續以牛步前進的兩支小隊，終於抵達磚房的兩端……

「好了好了，各位。終於抵達了嗎？我還在想太陽都快下山了。那麼要開始倒數六十秒嘍。」

克拉倫斯獨自站在北側吹著風的山丘上這麼說道。她的左臂抱著史三郎。

藉由通訊道具的設定，只有克拉倫斯的聲音可以傳達到每個人耳裡。

由於房子兩側的蓮跟Pitohui用力揮手，克拉倫斯就揮動右手叫出視窗，接著開始倒數。可以看見顯示在視界右上的數字。

58、57、56——

倒數靜靜地進行著……

43、42、41——

無事可做的克拉倫斯，從山丘上看著兩支小隊準備的模樣。然後就看見各自偷偷摸摸地動著，知道她們正在做的內容後……

哦！竟然用那種方法啊！

為了不說出口而被另一支小隊發覺，她只在心中這麼大叫。

21、20、19——

這樣一旦開始就會馬上分出勝負了吧。

這麼想的克拉倫斯，以右手從腰部拔出Five-seveN手槍……

11、10、9、8——

槍口高舉向天空，簡直就像田徑賽發令員一般的態勢……

5、4、3、2、1——

開槍了。

聽著克拉倫斯開槍聲的Pitohui，耳朵裡——

持續傳來「啵啵啵啵啵啵啵！」這種有點脫力的連射聲……

「到裡面去！」

對兩名隊友這麼大叫，然後自己衝了進去。

磚房的左右兩邊有像是後門般的入口，將其踢破後進入室內。

進去後眼前是一間寢室，穿越巨大床鋪之間，再踢破一扇門來到走廊……

「蹲下！」

對後面的兩個人做出命令。老大跟冬馬都像忠犬一樣跟著這麼做。

接著就開始一陣爆炸與衝擊。

蹲著的老大回頭後看見的是在房子西側炸裂的電漿手榴彈彈頭。藍色奔流創造出凶惡的圓，把院子整個毀掉了。

水井、田地、樹木、鞦韆——人類生活所需的物品逐漸熔化。爆風搖晃著進入的門，周圍的窗戶明顯開始碎裂。

連蹲著的自己都開始搖晃。要是站著的話應該被吹走了吧。

爆炸不斷持續，久久不肯止歇。

「不可小妞，妳倒很有一套嘛！」

「全彈連射嗎！」

老大跟冬馬也很清楚發生了什麼事。

比賽開始之後，在建築物另一邊的不可次郎，就以極高的拋物線彈道連續發射12發電漿手榴彈。

受風的影響而適度散開後，彈頭連續命中庭院。在該處產生了十二個藍色球體。大地應該被刨出不少洞了吧。

「好危險……」

冬馬這麼呢喃。要是稍微猶豫沒有進入房子內的話，背後絕對就會承受衝擊波。

在爆炸持續當中……

「三個人都在裡面了嗎？」

老大這麼問……

「或許吧。不過弄錯就不好了，所以不准自爆。」

回答的Pitohui，已經丟出手上的突擊步槍KTR－09，雙手改握住能在近身戰發揮出最大效果的凶惡武器——光劍。警戒著蓮趁這個空檔衝進來，同時瞪著走廊的轉角。

老大依然抱著VSS。已經預先將室內戰用不到的瞄準鏡拔起來了。選擇器處於全自動模式，是隨時都可以連射的狀態。沒有從倉庫欄取出巨榴彈。因為中彈的話將造成隊伍全滅。

緊接著……

「我可以派上用場！就算當盾牌也沒關係！」

冬馬的手上沒有拿著長長的愛槍——德拉古諾夫狙擊槍。取而代之的是改短的散彈槍M870．Breacher。當然，那原本是Pitohui腰間的武器。

從憧憬的人那裡借來的武器。一邊發射散彈一邊展開突擊，即使犧牲也無所謂，只要能逼出對手的所在位置，這就是冬馬在這間房子裡的任務。

在第11發的爆炸止歇，第12發同時炸裂當中，三個人就站起來準備突擊。

目標是隔著一扇門的寬敞客廳。壓制這裡後才進行掃蕩作戰。如果蓮她們也在這裡，那就是不管三七二十一直接開始近身戰。

打頭陣的是不怕死的冬馬。以新撰組來說就是名為「死番」的突擊先鋒。

接著是以兩手揮舞光劍——必要時打算把跟敵人重疊的冬馬一起砍死的Pitohui。

然後殿後的，是警戒著可能會繞過走廊的敵人——或者可以說為了以巨大身軀當成盾牌，幫Pitohui阻擋後方槍擊的老大。

如果衝進去的前方有敵人，馬上就會開始互相殘殺，最多只要十秒，全部的戰鬥可能就會結束了。

最後的爆炸逐漸變小，爆風也差不多止歇的瞬間……

「上吧！」

「嗚啦！」

在Pitohui的指示下，冬馬站起身子。

這個時候——

左右對稱的磚房，可以說是正對面的位置……

「最後了！」

聽著第12發的爆炸聲，身穿粉紅色戰鬥服的小不點說道。

「隨時都可以喔！」

穿上多地形迷彩上衣，然後脫掉綠色防彈背心的小不點這麼大叫。

磚房的客廳，不論什麼時候家具的配置都是一樣。

左右20公尺，寬7公尺左右的寬敞長方形空間。

側面的一邊，這裡指的是南側，是被粗大窗框圍起來，一直延續到天花板的高大寬廣玻璃窗。目前有刺眼的日照射入。

另一邊，這裡指的是北側，則有圓木牆以及中央巨大的暖爐。

暖爐是直徑長1公尺以上的磚瓦造宏偉爐面，爐膛也很寬敞。裡面當然已經沒有柴火與煤炭了。

其深處往上的地方，當然有一條磚瓦製粗大的煙囪往上筆直延伸。其左右則是獨立的閣樓。

暖爐前面是客廳用大型矮桌。以及圍著矮桌的沙發。

左右各放了一張厚重的餐桌，以及圍著它的八張椅子。

一瞬之前仍沒有任何人的空間……

磅！

左右的門被踢破，人類同時進入房內。

是帶著武裝，想要殺掉對手，殺氣騰騰的人類。

「噠啊啊啊啊啊啊！」

邊叫邊衝進去的冬馬，比隊伍的任何人都早看到。

20公尺前方，踢破另一邊的門出來的，身穿多地形迷彩上衣並且戴著鋼盔的小不點。

雖然邊跑邊把M870．Breacher的槍口朝向對方，但在開槍前鋼盔小不點就迅速往右邊倒，躲藏到餐桌與椅子後面。她的身後就像與其重疊般跑出拿著粉紅P90的粉紅小不點。

咚轟！

開火。但稍微慢了一點。射擊的瞬間，兩個人已經在散彈的範圍之外。粉紅色小不點像是往左側趴下般逃走並且由視界中消失，9發鉛彈朝打開的房門飛去——

冬馬雖然期待子彈能在那裡打中第三個人，但是事情當然沒有辦法那麼順利。

散彈不是被餐桌厚厚的桌面反彈、陷入圓木當中，就是貫穿到門的另一邊。

「右不可左蓮！」

冬馬「鏘鏗」一聲排出散彈的彈殼，然後一邊裝填下一發子彈一邊大叫……

「太好了！」

Pitohui從後面追過自己。

她是要對付哪一個呢？

從左側像風一樣飛奔而過的黑色肢體回答了冬馬的問題。

Pitohui似乎只想要解決掉蓮。

「老大右邊！」

「喔！」

殿後的老大將ＶＳＳ對準右側。

戰鬥開始到現在經過三秒鐘。

衝進去的瞬間，蓮就看見了。

正面是冬馬！果然拿Pito小姐的散彈槍。

她的身後，Pitohui的邪惡氣息正釀造出黑色的影子！

黑色氣息實在太濃所以看不見，不過她後面應該跟著老大！

預測沒有完全失準讓蓮在心裡感謝著運氣之神……

「不可上吧！」

蓮對伙伴發出命令。

「喔！」

「小蓮啊啊啊啊啊！」

邊叫邊輕快越過餐桌，緊踏沙發上方的Pitohui，發現前方從餐桌底下露出臉並且拿出Ｐ９０的粉紅小不點……

噗嗡嗯！

旋轉雙手的按鈕，把光劍伸到最長。將近1公尺的藍白色光芒，映照在裝飾於暖爐前的某種大賽的優勝獎盃上。

雖然知道P90的槍口朝向自己，彈道預測線開始延伸過來了，Pitohui還是沒有停止突擊。

以即使中了10發子彈，依然像是要把蓮刺穿般的速度。

彈道預測線通過身體的左側。這是射擊也無法命中的角度。

蓮把P90貼在臉頰瞄準Pitohui，Pitohui則看著她的帽子……

「贏定了！」

Pitohui確信自己的勝利。

她從沙發上跳起，越過餐桌，從斜上方用雙手擺出突刺的姿勢從空中迫近——

「嗚！」

然後看見了蓮的臉。

明明要被刺穿了，卻還咧嘴笑著的臉。

不對——那不是蓮的臉。

「嘿呀啊啊！」

不可次郎一面往後翻一面用雙腳使出強烈踢擊。

她踢的是眼前的餐桌。經過鍛鍊後光看力量的話足以與M匹敵的強壯肉體，把厚重的餐桌往上踢，桌子就宛如垃圾桶一般飛上天空。

桌子朝在空中的Pitohui進逼。

一秒前。Pitohui跳起的瞬間——

老大把VSS的槍口朝向往右側逃的不可次郎。

房間邊緣有一張餐桌。從底下突然出現一頂綠色鋼盔。

老大在人生最快的瞄準後扣下扳機……

咻喀！

1發子彈靜靜地飛出，以比聲音遲了一些的速度穿越房間，擊中鋼盔的中央附近，直接將其射穿。

成功了！

命中頭部而確信對方已經死亡的老大，之後就看見了。

只有鋼盔被輕輕轟飛到後方的模樣。

然後就注意到了。

該處並沒有不可次郎的頭顱。

有的是從下方突出來的一把手槍。而且是粉紅色的。

戰鬥開始到現在經過五秒鐘。

面對浮到眼前的餐桌……

「嘿！」

Pitohui揮動手臂，準備用光劍來防禦。

但是那只是輕鬆地砍進厚重木頭裡。

「嘎哈！」

還是無法防止全身被桌子撞上。黑色身體在空中與餐桌撞上後停了下來。

同一時間，蓮開槍射擊。

用一隻左手拿著Vorpal Bunny射擊。

穿著多地形迷彩上衣與褲子——也就是從上到下都是不可次郎身上裝備的蓮，朝著老大以45口徑發出的一擊。

子彈以比聲音遲了一些的速度穿越房間，打破SHINC的制服——俄羅斯迷彩上衣，闖入穿著它的人類內部。

「咕！」

冬馬！

老大在內心叫著在眼前擋住自己的伙伴名字。

才剛感覺從旁邊衝出的黑髮一瞬奪走了自己的視界，結果連對方發射的子彈都被她奪走了。

在空中猛烈撞上餐桌的Pitohui……

「殺啊啊啊啊！」

在空中……

朝桌子踢去。

沉重物體往地板，然後自己往後飛——

空翻。

Pitohui後空翻了一圈，同時瞪著穿上蓮服裝的不可次郎。

而不可次郎則是開始拿著P90亂射。

在倒地狀態下，沒有打算命中的秒間15發連射。子彈不斷刨開天花板。

餐桌猛烈撞上不可次郎的側腹……

「咕哦噗！」

雖然讓她發出刺耳的悲鳴，即使如此不可次郎的手指還是沒有離開扳機。

聽著交換服裝的同伴拿著P90掃射的聲音，蓮同時跑了起來。

靠著連續欺敵才好不容易得到機會，原本應該已經射穿老大，卻被從旁邊衝出的冬馬擋了下來。雖然只是偶然，但是命中臉的正中央，所以她應該即刻死亡了才對。

蓮以右手的Vorpal Bunny對眼前的玻璃連續發射2發子彈，接著用身體撞向出現巨大裂痕的玻璃，將其撞破後完成了爆炸性的退場。

「可惡！」

老大把槍口往右移，同時以全自動模式對著衝到庭院的多地形迷彩小不點，也就是永遠的敵手——蓮瘋狂開火。

幾顆子彈陷入窗框，被玻璃窗改變角度，然後剩下的高速通過蓮的身後，消失在庭院裡。

射擊完30發的瞬間，蓮就從玻璃後面往自己逼近……

「嗚！」

老大把ＶＳＳ丟掉，同時以右手拔出Strizh手槍——
對準從玻璃後面邊靠近邊把雙手朝向自己的，服裝跟平時不一樣的蓮。
老大開槍，蓮也再次開火。
Strizh的滑套高速往返，將9毫米帕拉貝倫彈的空彈殼排出。
「嗚喔喔！」
室內的老大依然停止腳步，配合著蓮的奔馳逼近一邊扭轉身體一邊死命開火……
「噠——！」
庭院裡的蓮則是邊衝邊不斷扣動雙手Vorpal Bunny的扳機。
戰鬥開始到現在經過十秒鐘。

「咕嗚！」
老大感覺到右腿與左肩的疼痛後發出呻吟。
一瞬間前跑到視界外面去的蓮所發射的45口徑子彈。高速移動中以及透過玻璃窗總共2發。不知道是瞄準後才射擊，或者單純是偶然命中……！
「不過這種程度殺不死我！」
老大為了立刻反擊，一邊將空了的Strizh彈匣褪下一邊這麼說……

「那麼，這樣如何呢？」

聽見這道聲音的同時，背後就閃過銳利的疼痛感。

「…………」

原本準備拿起來的預備彈匣從手上掉落。

「可惡……太大意了……」

老大在側腹部被夏莉刺進劍鉈的情況下靜靜地死去。

完全沒有瞄準只是一股腦朝天花板射擊的Ｐ９０槍聲停了下來，室內突然變得安靜。

這時又傳出巨軀重重跌落到地板上的聲音。

戰鬥開始到現在經過——十二秒鐘。

「可惡……看妳幹了什麼好事……」

在暖爐前發出低吼的是Pitohui。

雙手拿著伸長劍刃的光劍，呼一聲吐了一口氣。

Pitohui瞪著的是劍鉈在老大身體上轉了一下後才抽出來的夏莉。

與拿著利器的對手隔了４公尺左右的距離對峙著，對方武器的長度是自己的三倍，數量則是兩倍。

繼冬馬之後，老大的屍體也變成多邊形碎片逐漸消失。從下方接受著這樣的光芒……

「雖然是難以置信的作戰，不過竟然順利完成了。」

夏莉感到佩服。

蓮做出的提案是這樣子的。

首先用不可次郎的電漿手榴彈砲擊讓對方恐懼。

看透Pitohui會固執地以蓮為目標，才會更換衣服突入。會不會三個人一起進入室內是場賭注。

耐打但極不擅長手槍射擊的不可次郎。不耐打但動作快且攻擊力高的蓮。對方弄錯應對方法應該會產生混亂。

然後在混亂當中，慢一拍的夏莉不是從聽見腳步聲的走廊進入而是繞過磚房外面，趁著槍擊的亂戰之間從後方攻擊。

為了慎重起見，夏莉從不可次郎那裡借了「M&P」手槍，不過沒有使用的必要了。輕鬆就刺殺了全神貫注於跟蓮戰鬥的老大。

「太棒啦！贏定了！」

從房間角落站起來的是穿著蓮的服裝，被Pitohui踢飛的餐桌壓住的不可次郎。

她的帽子被吹飛，挽起的金髮整個外露，如此一來就能明顯看出是另一個人了。

不可次郎以交換過彈匣的Ｐ９０對著Pitohui……

「看在是同伴的份上！妳投降吧！」

當她這麼說時……

「啊啊，總算是成功了……」

穿著不可次郎服裝的蓮從西側的入口回來了。雙手拿著重新完成裝填的Vorpal Bunny。

「等一下，不可次郎。我想打倒那個傢伙！」

夏莉這麼說……

「我了解妳的心情，但是那把武器無法幹掉這個女人。別再靠近了，會進入她的攻擊範圍喔。拿出步槍來射擊也沒有意思吧。只是單方面的處刑。」

不可次郎如此表示。雖然用Ｐ９０指著對方，卻沒有觸碰扳機。

「那就用妳借給我的吧。」

夏莉把劍鉈收回腰上的劍鞘，接著取出隨手放進夾克口袋裡的Ｍ＆Ｐ手槍。

接著雙手握住。手勢雖然看起來生疏，但槍就是槍。

「到了這個時候實在不希望用處刑的方式。用手槍好了。一決勝負吧，Pitohui。」

「嗯……有件事情可以問一下妳們三個人嗎？」

「什麼事？」

夏莉這麼回答。

「說說看？」

不可次郎這麼回答的時候，只有蓮採取其他的行動。

也就是拿著Vorpal Bunny對Pitohui開火。

但她還是慢了一拍。

Pitohui從背部往後倒下，蓮的子彈從她的臉上方通過。

「妳以為——」

能逃得掉嗎？

拿著手槍迫近的夏莉與將P90架在腰間靠近的不可次郎……

「咦？」「咦？」

看見暖爐前的地板。沒有任何人在的地板。

「逃到煙囪裡了！」

蓮大叫著……

「臭傢伙！」

夏莉把椅子撞飛，接著越過沙發在暖爐前蹲下來，準備把手槍伸進煙囪開火……

「不行！」

蓮的忠告最後還是慢了半拍。

夏莉往暖爐深處的煙囪下方伸去的右手，被掉下來的光劍刺穿……

「咕嘎！」

M＆P從右手掉落，伸出左手拔出光劍的夏莉眼前……

「覺得贏定了？」

Pitohui以倒栽蔥的形式從煙囪探出頭來。同時嘴裡提出剛才沒能說完的問題。

另一把光劍從下往上揮動，砍裂暖爐的爐膛，把夏莉的頭直向砍成兩半，將整座暖爐一分為二後再次消失在煙囪裡面。

「可惡啊啊啊！這個顛倒的Santa！」

不可次郎以腰間的P90連射。

顛倒的聖誕老人——是Satan嗎？啊，也不是。

在忍不住想著無謂內容的蓮眼前，所有5.7毫米彈只是打穿了暖爐與煙囪的磚瓦……

「危險！」

跳彈往蓮的方向飛過來，如果不是用足以留下殘像的速度蹲下，可能就被貫穿了。

「不可快住手！已經爬到上面去了！」

「那就從裡面往上射？」

蓮看著夏莉屍體消失的暖爐。除了M&P手槍之外，還有兩把連同槍套一起滾落的手槍。那是Pitohui雙腿上的XDM。

蓮理解是怎麼回事了。

由於煙囪的頂端變窄，手槍會造成阻礙所以把它拿掉。Pitohui應該在狹窄的空間扭動身子，就像毛毛蟲一樣爬上煙囪。

「啊！被逃到外面去就糟了！」

Pitohui沒有拿著突擊步槍KTR—09。不知道是放在外面還是收在倉庫欄裡面，但離開煙囪身體重獲自由之後要是被她拿回那把武器，我方就無法獲勝了。

蓮以拿著Vorpal Bunny的左手操縱著視窗，同時跑向不可次郎觸碰她的右肩。

這個瞬間，兩人的服裝就換了過來。

蓮的背上附加了裝有Vorpal Bunny彈匣的背包，蓮立刻就交換新的彈匣。

不可次郎取回雙手的MGL—140，同時也重新穿戴上背包與防彈背心。防彈背心裡裝著Vorpal Bunny的預備彈匣，現在也直接屬於不可次郎。

然後P90因為沒有人拿著，當然就滾落到地上……

「咦咦咦咦咦！我要被丟下了嗎————！」

雖然可以聽見小P的悲鳴……

抱歉！

蓮也只能在心中道歉。已經沒有多餘的時間把它撿起來變更裝備了。

蓮一邊變回原來的模樣，一邊維持將Vorpal Bunny舉在眼前的姿勢跑向Pitohui她們進來的門，穿越走廊後來到屋外。

「有了！太棒了！」

發現滾落在該處的，是加裝了彈鼓的KTR—09。

「到那邊去吧————！」

一腳把它踢走。

被蓮用盡渾身力量的高速踢擊踢個正著的槍，稍微飛上天空後掉到院子裡，然後滑落到剛剛才出現在該處的深洞裡面。

蓮忍受著腳尖的疼痛，同時大叫：

「步槍被我踢走了！Pito小姐的武裝……應該只剩下光劍和靴子裡的小刀！」

「那確實極佳！我們贏定了！」

一邊聽著不可次郎帶著時代感的回答一邊跑到院子裡的蓮……

冷顫！

背部感覺到恐懼。

到底ＶＲ世界是否可以「感覺」呢，這已經是經過漫長討論的話題——但那個時候蓮確實感覺到了。

應該沒有遠距離武器的Pitohui，到底要如何攻擊呢？

謎題在腦袋裡盤旋，即使如此身體還是擅自行動。

蓮跳躍著，並且在空中旋轉身體。在ＳＪ４與老大決鬥時也用過的，自己能做到的最快閃避子彈的方法。只不過，只有身體面積的一半。

旋轉中的身體前方與後方，也就是平坦的胸前與背包後面都有45口徑的子彈通過。

旋轉當中的蓮看到了。

高度應該有5公尺的磚房屋頂，Pitohui正往下看著這裡，兩手拿著手槍對準這邊。

而且是似曾相識的手槍。

蓮一邊旋轉，一邊往剛才不可次郎炸開的洞穴掉落，也就是跟被踢飛的ＫＴＲ—０９掉落到同一個洞穴當中。雖然不想掉進去，但是著地點只有那個地方，所以也只能接受了。

在臀部朝後方的姿勢下滑落深度大約10公尺的洞穴中……

「不可！Pito小姐竟然還有兩把槍！是祕密武器！」

「什麼！是什麼樣的？」

「跟我的一樣！黑色的兩把！還有同樣的背包！所以別隨便靠近！背後也是防彈！」

「哪有那麼多選擇！這場戰鬥可是事關史三郎的命啊！」

「我的呢？」

「同歸於盡也沒關係，要贏！要贏啊，蓮！」

「不可太老實了。」

蓮嘴裡雖然這麼吐嘈，但是下定決心不再做出硬把咖哩塞進嘴裡般的事情了。

「喔呵！還要打嗎太厲害了！」

北側的山丘上，克拉倫斯發出歡呼聲。

以Five-seveN鳴槍做出訊號後，大概只經過三十秒。

這段期間，克拉倫斯看著跟蓮交換服裝的不可次郎以電漿手榴彈瘋狂射擊，在西側的院子開了許多洞的模樣。

也看到Pitohui她們小隊，跟從遠方看無法分辨的蓮與不可次郎衝入建築物裡，同時也看到夏莉大步在北邊的外側行走的模樣。接著聽見裡面傳出的槍聲。

變安靜後，原本以為應該分出勝負了，結果竟然發現屋頂上的煙囪被光劍砍倒，然後Pitohui就從該處出現。

她的雙手握著新的手槍，對著出來的蓮開槍。但是失手了。

「哎呀，真是精采。」

一滑再滑，從背部滑落到洞穴底部的蓮馬上站起來，試圖要衝著爬上去。

雖然有途中被擊中的可能性，但是待在這樣的底部，不論從圓周的哪個地方都是絕佳的槍靶。在Pitohui下到院子之前，至少得爬到能露出臉的高度才行。

這沒什麼，自己的速度能辦得到。

接著朝傾斜面踏出第一步——

滑落。

滑下來根本爬不上去。

「咦？」

不可次郎用電漿手榴彈炸開的巨大缽狀洞穴，或者可以稱為隕石坑覆蓋著柔軟的土……

「咦咦？」

即使再踏出一步，土壤也只會不停地崩落。身體往前傾倒，差點把Vorpal Bunny的槍口插進土裡。順帶一提，不論是現實世界還是GGO，都有的人會說進一點點土還是能直接開槍沒關係，也有的人會說這樣不行槍身會爆裂。

「咦咦咦咦！」

「怎麼了蓮？被幹掉還是幹掉她了？」

「爬……爬不上去！掉到洞裡了爬不上去！」

「啥咪！現在過去！」

「不行，妳別過來！」

蓮大叫的瞬間，就看到洞穴上的人影。

絕不是不可次郎已經過來，那當然……

「嗨～！」

是Pitohui。

動作太快了。絕對是在腳部將會受傷的覺悟下從那個屋頂跳下來了。

距離洞穴邊緣15公尺左右。因為是逆光所以只能看見剪影。分辨出纖細身體、晃動的馬尾，以及兩手擺出八字形所拿著的黑色手槍……

「嗟啊！」

蓮以完全相同的動作把Vorpal Bunny朝向對方。

Pitohui的兩把黑色AM·45跟蓮的兩把AM·45相對——

同時噴出火來。

「嘎呼！」

「咕嘎！」

蓮與Pitohui的聲音同時響起。

蓮的子彈命中Pitohui的雙肩，Pitohui的子彈也命中蓮的雙肩。

蓮的身體往後彈開，Vorpal Bunny從麻痺的雙手飛落到遠方……

「唉～」

「再見了。」

各自說著別離的發言，在距離大約3公尺外的位置，像是要埋進土裡般發出「噗咚」兩聲掉落下來。

蓮往後倒下，背包撞上土後停了下來。腰部後方傳出喀嚓的金屬聲。

HP剩下四成。

雖然Pitohui中彈的瞬間就往後倒，但過了三秒左右就立刻站起來，再次進入蓮的視界當中。

雙手上還握著AM·45。

咕嗚，好耐打！

明明同樣被45口徑彈擊中，她的武器卻沒有脫手。

不知道是筋力值的差異還是決心的差異就是了。

這下贏不了了。

蓮只知道這一點。

蓮的手邊已經沒有武器。

「放棄並非好事！」

小刀刀這麼說。

訂正。蓮的手邊沒有遠距離武器了。

「小蓮啊啊啊啊啊啊啊啊啊！」

這時眼睛也習慣逆光，可以看見Pitohui的表情。

那是看起來很開心，實際上也真的非常開心而且凶惡的笑容。

再次將雙手呈八字形伸出，從該處延伸出來的彈道預測線聚集在蓮的額頭。

「受死——咕呼！」

話說到一半就變成奇怪的聲音，Pitohui飛到空中。

從洞穴的邊緣飛到洞穴上方的空中。

接著蓮的耳朵就聽見細微的爆炸聲。

是不可！

蓮理解是怎麼回事了。不可次郎從正後方施放了榴彈。

槍榴彈命中Pitohui背上背包內的裝甲板後爆炸。

雖然沒有任何碎片貫穿，但爆炸的力量還是傳遞到她身上。輕鬆就把Pitohui的身體轟飛20公尺。

「可惡啊啊啊啊！」

Pitohui在空中這麼大叫。然後將AM．45朝向蓮。

Pitohui掉了下去。

掉到這邊來！

蓮雖然這麼希望，但立刻就知道那是不可能的事。照這個去勢來看，她會通過蓮所在的洞穴。

然後彈道預測線從頂端移動到背部。她想在空中射擊。

這下完蛋了，還是沒有反擊的手段……

當蓮再次放棄時……

「在下都說不能放棄了！」

聽見小刀刀的發言後，蓮回想起一個不對勁的地方。

剛才掉落到洞穴裡時，是背包先落到地面，當時聽見「喀嚓」這種猛烈的金屬聲。

為什麼呢？

背包裡雖然裝了金屬板，但外側是尼龍。而且下方還是柔軟的泥土。

為什麼會發出那樣的聲音……？

「快抓住！抓起來！」

小刀刀的聲音告訴蓮答案。

蓮站起身子並且回頭。

雙手用盡全力把位於自己腰部下方，剛才戰鬥小刀刀柄撞上去後發出巨大聲響的那個抬起來……

「Pito小姐！吃我這記————————————！」

以全自動模式扣下KTR—09的扳機。

比準備扣下扳機的Pitohui快了一步，亂射的7.62毫米彈偶然，真的是奇蹟般的偶然狠狠揍向Pitohui胸口。

「嘎呼！」

因為子彈對胸前防彈板造成的衝擊而全身震動的Pitohui，在沒有扣下AM.45扳機的情況下掉落，接著翻了個觔斗。然後從背部猛烈撞上蓮對面的斜坡。

「嘎哈！」

再度的衝擊讓Pitohui反彈了一下，手槍跟著離開雙手——

背上的背包就像雪撬一樣，在身體閃爍著中彈特效的狀態下，Pitohui滑了過來。

一路滑到洞穴底部，滾到蓮前方大約3公尺處。

真耐打……

還沒死亡。這就是名為Pitohui的女人。

但是剩下來的HP應該不多了……

「呼……」

蓮緩緩舉起沉重的KTR—09來檢查——具體來說是稍微拉下槍械側面的拉桿，目視槍械的膛室內部。

確認是否有卡彈，也就是能否還能開槍射擊。KTR—09是源自於AK系列，而教導蓮如何使用AK系列的正是Pitohui。

結果沒什麼問題。視界右下的「使用槍械圖標」也變成KTR—09，剩餘的子彈還有滿滿的70發。

蓮之所以會仔細地確認，當然是因為忘不了SJ2最後的緣故。

這把KTR—09，暱稱「小K」似乎是站在蓮這邊的。

「是啊，我呢……只要能夠幫得上忙，不論使用者是什麼樣的人都沒關係喔。」

小K這麼對自己說。用的是成熟女性的口氣。

蓮把KTR—09的槍口對著保持仰躺在地狀態的Pitohui，手指放在扳機上面。

著彈預測圓漂亮地收束在Pitohui肚子上，這時跟應該看得見彈道預測線的Pitohui四目相交……

「呵！要動手嗎？」

「不要喔。」

蓮立刻這麼回答。

「沒事吧？」

從頭上傳來不可次郎的聲音，她已經來到洞穴邊緣的上方，將MGL—140對準下方……

「蓮！需要給她最後一擊嗎？」

「想連我一起轟飛嗎！已經分出勝負了！」

「不一定喲？」

Pitohui咧嘴笑著回答的瞬間發生了爆炸。

當蓮注意到那是發生在頭頂，而且是屬於巨榴彈的爆炸時……

「喔呀啊啊啊！」

被爆風吹走的不可次郎跟剛才的Pitohui一樣飛上天空，以跟Pitohui一樣的軌道從背部跌到對面……

「嘎呼嗚！」

跟Pitohui一樣由背後順著斜面一路滑下來。

「…………」

在只能茫然注視著這一切的蓮視界當中，不可次郎的身體滑到了Pitohui旁邊1公尺左右的地方。

「呼啾……」

眼冒金星的不可次郎，HP剩下6%。身體各處都是紅色，看來是完全被巨榴彈的爆風轟中了。

設下機關的當然是Pitohui

剛才被蓮的Vorpal Bunny擊中而倒下時，趁著從視界消失的空檔，把設下時間的巨榴彈藏在碉房的某處。

竟有如此聰明的傢伙。

「啊啊夠了！沒辦法了！只能開槍了！」

蓮重新用KTR—09瞄準，然後就看見了那個。

「咦……？」

依然顛倒過來仰躺著的Pitohui，雙手拿著的那個。

應該是趁剛才一瞬間的空檔，伸手從後面的背包取出來的吧。那是一顆小西瓜般的深灰色球體。

巨……巨榴彈……

蓮扣下扳機的力道瞬間放鬆。

要是擊中那個，絕對會引發比這個隕石坑還要深一倍的大爆炸，當然所有人會因此而死亡……

「輸……輸了……」

蓮她們的目的無法達成。

「怎麼了蓮！快射——」

注意到的不可次郎大叫著，但途中就停了下來。

「可以開槍沒關係喲。」

Pitohui顛倒著露出笑容的臉龐，究竟是惡魔還是魔王，又或者兩者皆是……

「輸了。我們輸了。不可……抱歉了……」

「…………可惡……可惡……至少把我給射死吧……」

蓮在內心發誓，不論幾次都要把咖哩送到嘴裡。

把KTR—09關上保險，接著將其放到地上。

「哎呀，不開槍嗎？再見了。」

小K這麼說道，之後就沉默了。

「那麼——」

Pitohui在雙手拿著巨榴彈的情況下，緩緩迴轉身子站起來。

「這次就算我贏了。」

蓮一屁股坐到地上後……

「輸了……至少到遠一點的地方去射殺史三郎吧……」

累癱了一般垂下頭來。

然後接下來Pitohui所說的話……

「嗯？噢，我不會殺小狗喔。」

讓她再次抬起頭來。

「什麼？」

在搞不清楚狀況的情況下解除所有武裝，只剩下戰鬥服的蓮與不可次郎……

「真是一群麻煩的傢伙。」

讓被呼叫後來到現場的克拉倫斯用繩子把她們拉上去。

「克拉小妞別掉下來喔。妳要是掉下來的話就沒有人能爬上去了。」

「是是是。這樣的話，希望能把周圍的立足點弄穩固一點。房子什麼的都破破爛爛嘍。主人回來後會哭喔。」

結果克拉倫斯把繩子綁在生鏽的保時捷拖拉機車軸上，用比外表還要強大許多的力量依序把她們三個人拉上來。

在半塌的磚房旁邊，蓮她們回歸到美麗的風景裡之後……

「各位，有結論了嗎？」

黑色小狗史三郎正輕坐在地上等待著她們。

「有了！」

Pitohui說道。

「我們小隊決定不殺掉你。所以我們馬上就要投降。」

「這是最後決定了嗎……？」

「是啊。剛才所有人的意見一致了。」

在蓮、不可次郎以及沒有聽說過內容的克拉倫斯茫然凝視之下……

「恭喜。任務——順利過關了。另外，各位是最快速通關的隊伍。」

史三郎一派輕鬆地這麼表示。

「那麼，再見了。」

站起來轉過身子，露出嬌小的尾巴與屁股……

「…………」

接著再次轉身走了回來。

踩著靜靜的腳步來到不可次郎前面。

「不可次郎小姐。妳是最疼愛我的人。」

「史三郎……」

不可次郎蹲下來抱住小小的黑色身體。

「謝謝妳。我會在狗的天堂宣傳妳的事情。」

史三郎這麼說完，就以小小的舌頭輕舔了一下不可次郎的嘴唇。

然後像逃走般衝出去後，就再也沒有回頭了。

嬌小的身軀混在草叢中消失，再也沒有回到現場。

在「Congratulations！」等文字，以及眾人因為最快速通關而獲得的極豐盛經驗值等大量排在眼前的情況下……

「為……什麼……？」

蓮對Pitohui這麼問道。

不可次郎從眼裡流出大量鹹水，像座銅像般朝史三郎消失的草原佇立，看來已經派不上任何用場了。

「嗯？什麼為什麼？」

「Pito小姐為什麼知道不殺狗就能過關？還是在最後一刻改變了心意……？」

「對啊。我也想知道！應該說那隻狗是怎麼回事？ＡＩ？或者只是普通的角色？真的搞不懂耶！」

克拉倫斯也在旁邊噘起嘴唇。

「嗯。小蓮，妳沒有看過那個狗屁作家的書吧？」

「咦？嗯，是沒看過。正如我在第四試煉所說的。」

「那個狗屁作家呢，是個超級愛狗人士。小說裡面出現過許多次狗，而且是會說人話的狗。」

「呃，喔……」

這誰知道啊。

蓮雖然這麼想但是沒有說出口。

「嗯，雖然我喜歡的是貓。」

「這我知道。快說下去。」

「然後呢，像這樣的傢伙所寫的劇本，妳覺得會出現最後殺掉至今為止幫了不少忙的狗，接著『好了恭喜過關』的情節嗎？」

「這個嘛……嗯……不覺得……」

果然如同最喜歡狗的不可次郎所拒絕的那樣，愛狗人士最討厭狗死亡的場面了。

國外甚至有「是狗（或者其他動物）會死掉的電影嗎？」這樣的檢驗網站。愛狗人士不想踩到地雷的話，就可以到該網站查驗。

「對吧？我猜呢，至今為止的所有人都著了這道關卡的道。因為是任務所以沒有任何猶豫就輕鬆下手殺掉狗了吧。所以即使到了這種時間，我們還是最快速通關！」

「喔喔喔喔喔喔喔！原來如此！第六試煉，沒有著了對方的道嗎！」

克拉倫斯以極為佩服的模樣這麼大叫……

喂，給我等一下喔？

不過蓮沒有被騙。

「Pito小姐……如此一來，妳打從一開始……就注意到……所有事情了吧……？」

「是啊。到了像我Pitohui的水準，這不過是件小事喲。」

「如此一來……妳明明注意到了……卻還強力主張殺了狗就能過關對吧？」

「哎呀討厭啦，是這個樣子嗎？我也真是的，到底是哪根筋不對了呢？」

接著蓮就提出為了再次確認一般的問題。

「喂，妳這傢伙——只是想在這裡戰鬥而已吧？」

「哎呀，太恐怖了~小蓮別再瞪我了。還有，不可小妞妳要哭到什麼時候啊？會因為脫水症而死喔。」

酒店寬敞的房間裡聽見Pitohui的聲音，黑色身體實體化後……

「唔！」

M、除此之外的小隊成員，以及小隊成員之外的眾人產生反應……

「不可原諒！」

蓮這麼叫著……

「哎呀，既然有了好的結果，過程什麼的就不重要了。以任務來說，這是最好的結局了吧。」

克拉倫斯則安撫著她……

「…………」

這時眼淚像是瀑布般靜靜流著的不可次郎回來了。

下一個瞬間，先死亡的伙伴們一起稱讚著生存者。

由於所有人一起開口實在太吵雜了，等了一段時間讓眾人冷靜下來後……

「好了好了！大家都辛苦了！知道結果嗎？」

「知道了！最快速通關！我們也有情報顯示，然後獲得大量經驗值與點數！應該說，除了我們之外就沒有中隊過關了！我們的名字將永遠留在GGO的歷史上！」

老大這麼說著。臉上露出最開心的笑容。

「但是，不知道究竟發生什麼事。當然，夏莉之前看見的經過我們都知道了。」

M以感到疑惑的表情這麼說道。

原來如此，跟SJ不同，這次沒有轉播。他們只是一直在等待。或者聽之後死亡的人所做的敘述。

這時候蓮……

「咦？」

注意到人相當多這件事。

除了我方隊伍的十二個人之外，竟然還有包含身穿虎紋迷彩女性在內的一群人，以及包含面貌凶惡男人在內的一群人。

總共二十四個人圍坐在這個房間的圓桌前面，話說回來，房間與桌子都變得比剛進來時還要大了。

「好喔！原來如此原來如此！唔呵呵呵呵。」

「Pitohui不要笑！這個臭傢伙！」

大衛代表MMTM，露出不高興範本般的表情，嘴裡同時還咒罵著。

著。

「妳會說明給我們聽吧。所以才一直在這裡等。」

碧碧以對她來說算是僵硬的表情這麼說道。旁邊ZEMAL的眾人全都以溫順的表情等待著。

「那是當然了！我全部都會說明！大家一起聽吧！那麼先坐下吧！」

在旁邊看著Pitohui露出至今為止最為開心的表情……

「唉……」

蓮點了冰紅茶之後，手拿起立刻跳出來的飲料……

「史三郎……你……拜託了……」

來到依然邊哭邊呢喃著的好友旁邊……

「雖然不是咖哩，不過先喝吧。」

接著就把吸管放到她的嘴裡。

（完）

後記（註：卷末文章。指不包含劇透的內容。）

嘟嚕嚕嚕嚕嚕嚕。

「你好，電擊文庫編輯部。」

「在百忙之打擾真是不好意思。我是作家時雨沢惠一。不曉得擔當編輯××××先生現在有沒有空？如果沒空也沒關係我馬上掛掉這樣才不會浪費電嘛。」

「我是××××。你明明知道還這麼說的吧？」

「咦？我完全沒發現耶太奇怪了……難道正在變聲嗎？」

「是啊，虧你聽得出來耶。那麼，有什麼事呢？『後記來不及交了』之外的事情我都願意聽喔。」

「後記來不及交了。」

「好膽量。」

「哇啊。感覺好久沒被人稱讚了。我是被稱讚就會成長的類型。」

「才沒稱讚你。早就已經過截稿日了，給你三秒鐘請寫好寄過來吧。」

「就算是用電子郵件也辦不到啦。就算是寄給隔壁的人，也得花幾秒鐘到數十秒吧？感覺那樣直接把兩台電腦連線還比較快吧。在想著這種事情的和煦春日當中，不知道大家都還好嗎？」

「說得像是歲時記那樣也沒辦法混過去。說起來，為什麼後記會花那麼多時間呢？你是自他都認定的『後記作家』吧？」

「那是上一個元號時的事情了。」

「去年才剛改元而已。」

「元號都改變了，卻還沒有寫原稿。」

「一點都不好笑。GGO也快到第十集了，應該有很多可以寫的吧？」

「哦……比如說呢？」

「你想抄筆記嗎？」

「有什麼根據說這種話？我有錄音了所以沒問題。那麼我要寫什麼後記才好呢？來吧！請講請講！」

「……比如說，第九集的後記寫了第十集預定會是短篇集，結果卻是整本的長篇之類。」

「嗯，這很不錯喔。採用！哎，理由是長篇似乎比較有趣！短篇集今後也可以創作，才想先寫我正在找機會創作短篇啊。」

「還有二〇一九年裡在ＧＧＯ電視動畫擔任神崎艾莎歌唱的ＲｅｏＮａ小姐以『神崎艾莎starring ReoNa』的名義推出了名為《Prologue》的新單曲，放在那裡的小說也收錄在本集裡面，這也是應該寫的吧？」

「採用！哎呀～那張新單曲真的太棒了！ＲｅｏＮａ小姐的歌唱就不用說了，曲子跟歌詞都確實地傳達出神崎艾莎的世界觀，實在是無可挑剔！還沒聽過的人請務必聽聽看，很想一隻手拿著大聲公對全世界這麼大叫啊。」

「人家大概會去報警，請別這麼做。」

「哎呀，整理出很多可以寫的內容了呢。其他像是我今年買了新的獵槍也可以寫對吧？」

「咦？」

「啊，我沒說過嗎？」

「讓我嚇一跳的不是這個地方。」

「嗯，目前仍在申請中，也就是說仍未獲得持有許可，我一直伸長脖子等待著，有種度日如年的心情！用Gun Gale Online的版稅買槍是再自然也不過的了。我這個人真的過著很自然的生活呢。」

「看來必須議論一下自然的定義了。」

「沒有那種時間喔。好了，其他還有什麼應該寫的呢？」

「火大！應該先對這次也讓你使用『Sword Art Online刀劍神域』世界的原作者川原礫老師，還有插畫家abec老師表達感謝之意吧？還有幫GGO系列創作出完美插畫的黑星紅白老師也是。」

「噢，那也很重要呢！兩位讓我有出版到第十集的機會，還有黑星老師幫忙創作可愛又帥氣的蓮等角色，真的很感謝他們，我想把感謝之意放在歌裡，在他們三位面前元氣十足地高歌一曲！」

「請在唱歌之前先加一句『編輯部要我別這麼做』。」

「了解了。還會加上跳舞。」

「在跳舞之前，請先加上一句『編輯部說過好幾次別這麼做』。」

「遵命。看來後記可以寫的內容已經湊齊了。那我會把這次的對話當成沒發生過一樣來試著寫寫看。讓我展現一下身為後記作家的實力吧。」

「靜候佳音。公司員工有守密義務，所以我會盡力把這次的對話帶到墳墓裡去。那麼，三秒後會收信。」

「我會努力的。」

二〇二〇年四月　時雨沢惠一

既然有「作品內老是
出現槍械的小說家」
那麼這個世界上
說不定也存在
「老是畫半裸
女孩子的
插畫家」喔？
黑星紅白

你喜歡的不是女兒而是我!? 1~4 待續

Kadokawa Fantastic Novels

作者：望公太　插畫：ぎうにう

兩人的關係即將往前邁進一步。
一個艱難的抉擇卻又出現在他們面前——

遲遲沒回覆告白的我，終於不再猶豫了。一察覺自己的心意，我就在如火山爆發的情感之下吻了他。面對突如其來的吻，他雖然一臉驚訝，但是不用擔心，因為我倆之間早已無須言語。這下我和阿巧就是男女朋友了！結果這麼想的只有我一個……？

各 **NT$220/HK$73**

Sword Art Online刀劍神域 1~25 待續

Kadokawa Fantastic Novels

作者：川原 礫　插畫：abec

兩個虛擬世界同時變異！
「Underworld」再次出現動亂的預兆！

邂逅與亡友有著同樣眼睛與聲音，臉上戴著面具的耶歐萊茵帶給桐人很大的衝擊。而在「Unital ring」裡，與姆塔席娜的決戰也迫在眉梢。她率領的是被恐怖窒息魔法拘束，多達百人的大部隊。迎擊的桐人陣營，為了顛覆壓倒性的劣勢而擬定策略——

各 **NT$190~260/HK$50~75**

除了我之外，你不准和別人上演愛情喜劇 1~2 待續

Kadokawa Fantastic Novels

作者：羽場楽人　插畫：イコモチ

小惡魔系學妹半路殺出對我告白!?
以告白揭開序幕的戀愛喜劇戰線第二集登場！

我與完美無缺的優秀美少女有坂夜華的祕密關係，正式轉為公認。但這不過是新騷動的序幕！我與從國中時代起就與我很熟的囂張學妹幸波紗夕重逢，她卻對我說：「希學長，我喜歡你。請跟我交往。」以告白揭開序幕的戀愛喜劇戰線第二集！

各 NT$200/HK$67

國家圖書館出版品預行編目資料

Sword Art Online刀劍神域外傳Gun Gale Online. 10, Five Ordeals/時雨沢恵一作；周庭旭譯. -- 初版. -- 臺北市：臺灣角川股份有限公司, 2022.08
面； 公分
譯自：ソードアート.オンライン オルタナティブ ガンゲイル.オンライン. X，ファイブ.オーディールズ
ISBN 978-626-321-683-9(平裝)

861.57　　　　111008909

Kadokawa
Fantastic
Novels

Sword Art Online刀劍神域外傳 Gun Gale Online 10

—Five Ordeals—

(原著名:ソードアート・オンライン　オルタナティブ　ガンゲイル・オンラインX ーファイブ・オーディールズー)

2022年8月17日　初版第1刷發行

作　者:時雨沢惠一
插　畫:黑星紅白
原案・監修:川原 礫
日版設計:BEE-PEE
譯　者:周庭旭

發行人:岩崎剛人
總編輯:蔡佩芬
副總編輯:朱哲成
美術設計:宋芳茹
印　務:李明修(主任)、張加恩(主任)、張凱棋

發行所:台灣角川股份有限公司
地　址:104台北市中山區松江路223號3樓
電　話:(02)2515-3000
傳　真:(02)2515-0033
網　址:www.kadokawa.com.tw
劃撥帳戶:台灣角川股份有限公司
劃撥帳號:19487412
法律顧問:有澤法律事務所
製　版:巨茂科技印刷有限公司
ISBN:978-626-321-683-9